让我路过你的世界

朱慧彬 著

图书在版编目（CIP）数据

让我路过你的世界 / 朱慧彬著 . —北京：知识产权出版社，2018.10
ISBN 978-7-5130-5813-1

Ⅰ.①让… Ⅱ.①朱… Ⅲ.①散文集-中国-当代Ⅳ.①I267

中国版本图书馆CIP数据核字（2018）第204536号

责任编辑：李小娟　　　　　　　　责任印制：孙婷婷

让我路过你的世界
RANG WO LUGUO NI DE SHIJIE

朱慧彬　著

出版发行：	知识产权出版社 有限责任公司	网　　址：	http:// www. ipph. cn
电　　话：	010－82004826		http://www. laichushu. com
社　　址：	北京市海淀区气象路50号院	邮　　编：	100081
责编电话：	010－82000860转8531	责编邮箱：	lixiaojuan@cnipr.com
发行电话：	010－82000860转8101	发行传真：	010－82000893
印　　刷：	北京虎彩文化传播有限公司	经　　销：	各大网上书店、新华书店及相关专业书店
开　　本：	720mm×1000mm　1/16	印　　张：	19.25
版　　次：	2018年10月第1版	印　　次：	2018年10月第1次印刷
字　　数：	246千字	定　　价：	58.00元
ISBN 978－7－5130－5813－1			

出版权专有　侵权必究
如有印装质量问题，本社负责调换。

迟到的礼物（序）

毛 臣

收到朱兄的文稿已1月有余，迟迟无法落笔，一方面是诚惶诚恐，面对逐渐荒芜的内心和疏远的文字，实在汗颜；另一方面恰逢女儿出生，奔波于单位和月子会所的两点一线中，内心的喜悦和焦灼并重。女儿之于本命年的我，此书之于朱兄，均是一份迟到的礼物，积蓄和期盼多年的爱，终于有了归宿，尘埃落定是对漂泊最好的馈赠。

这书名让我一下子想到张嘉佳的小说《从你的全世界路过》，去年南通的凤凰书城开业时，他回来做过签售会，关注只因他是一位从南通走出去的知名作家。无独有偶，朱兄和我均来自湖北，2009年在嘉兴作为同行匆匆会面后留了联系方式，近十年来我们东奔西走，很少联系，然而在某些特殊的时刻，我们一定会想起对方。譬如30岁那年，我将多年的稿子汇集成册，邀朱兄做书评，洋洋洒洒，为文的态度正如他的为人一样，朴实无华而又金玉其中。在医疗行业领域，我见过不少文案功夫了得的高手，但能坚持写作且发展这种爱好的并不多见，相同的地域和相同的爱好，这些特定的标签，成为我们惺惺相惜的缘由。

《让我路过你的世界》是一部充满人生悲喜与时代烙印的书，是写给70后与80后读的书。作者抓住这两代人共同的生活记忆，从乡土到城市，从少年到中年，着力记录个体在社会变迁中逐渐变化与成长，最终懂得了珍惜与感恩。

　　凡经历过去十年城乡巨变的人,大都完成了固定式思维人格到成长型思维人格的转换,以适应生活节奏越来越快的现代都市生存法则。正如生活给予你什么,就去勇敢地接受,享受上帝的馈赠。若能把漂泊的无奈当成一种新鲜的刺激,这何尝不是一种积极的人生态度?

　　席慕蓉说:"故乡的歌是一支清远的笛/总在有月亮的晚上响起/故乡的面貌/却是一种模糊的惆怅。"少时读席慕蓉的诗,懵懵懂懂不懂乡愁,正如现在我们看刘若英《后来的我们》一样,正如我们听李宗盛的歌一样,初识不知曲中意,再听已是曲中人。

　　"回不去的故乡"章节里,犹如一部电影的开端,充满明丽的色彩:炊烟、月亮、二胡、书柜、小人书、收音机、美人蕉、腊月酒、年夜饭……这些铺陈开来的意象本身就自带光环,时光久远,回忆起来依然鲜活有趣。若要提笔详述,细节展开,活色生香,绝非一般功力,若非时刻不忘初心,哪有如此的昔日重现?"问渠哪得清如许?为有源头活水来。"这源头一直在作者的心底汩汩流淌,这是深入骨髓里的基因传承。

　　"怕儿子长大"章节,从明丽的故乡原风景长镜头之下,转瞬聚焦到童趣的短镜头之下,这对于工作变动已成行业特征的朱兄来说,想要捕捉到儿子成长的点点滴滴,实为不易。尤其是读到儿子在作文中写到"父母的怀抱就是我的故乡"这一充满悲情的语句时,不禁眼角潮湿。同样的经历让我不免为未来的女儿担忧,她是否能如此理解父母漂泊的不易?她又要如何面对故乡的缺失带给她的迷茫?不想长大却不断拔节生长,作为父母,真不愿长大后的孩子再像父母一般辛苦奔波,这大概是每一位为人父母都有的焦虑。但也许,长大后,他就成了你——无惧风雨,不怕漂泊!这同样是基因,是传承,是成长。

　　"记住就是感恩"与"走着走着就散了"章节,像是一部电影的高潮,在乡情和亲情的大背景之下,有了爱情的温情与失落,有了人世的无常与落寞,这一幕我们不愿面对却无法躲避。如果说前两章是乡村的美好,这后两章也许就是城市的无奈。我们怀揣着美好行走在城市与乡村的冲突中,生命本来就是不断地受伤和复原,世界仍是一个温柔地等待我们成熟的世界。行走江湖,戎马生涯,若我们始终温柔相待,那么,所有的时刻,都将是一种无瑕的美丽。行文至此,仿佛一切又回到最初的那个春天,朴树唱:故事开始以前/最初的那些春天/阳光洒在杨树上,风吹来,闪银光/街道平静而温暖/钟走得好慢/那是我还不识人生之味的年代。

内心一万个疑问:你得到你想要的吗?可曾还有什么人让你幻想?不管现实多么铁石心肠,我们始终怀念那些清白之年里的自己,虽不敢说从未负过任何人,却从未负过生活。期待,纸质版枕边书,让我夜夜梦回故乡。愿朱兄的"礼物"被更多人接纳,被更多人带进梦乡。

2018年5月2日于江苏南通

作家简介:

毛臣先生,80后,武汉作家协会会员;医疗职业经理人、投资人。作品散见于《扬子晚报》《楚天都市报》《意林》《幸福》《散文诗》,和"台湾"《人间福报》、香港《大公报》、澳门《澳门日报》,以及印度尼西亚《千岛日报》等海内外数百种报纸杂志。作品《每一天都需要坚强》与诺贝尔文学奖获得者莫言作品《大风》并列入选2013中考语文阅读材料。

自　　序

一

国家行政学院中国生态文明研究中心主任、乡村问题研究专家张孝德教授称,"中国梦的根在乡村",中国乡村不会消亡,未来的三五年,将是中国乡村之窗打开的时候。

在中国城镇化建设、工业化革命势不可挡的今天,城市从来就不是游子的根,从来就不是心灵最终的归宿。千百年来,中国城市的根在乡村,中国有千百万海外游子的故乡在乡村,不管乡村经历怎样的变化,只要他们祖辈长眠的地方还在,他们就不会停止寻根问祖的步伐,就不会忘却振兴自己故乡的责任。

过去的中国乡村多的是人,如今的乡村最缺少的是人。乡音、乡俗、乡味、乡情正在消失中。读懂乡村的人,读到的是充满诗意、充满文化底蕴的乡村;读不懂乡村的人读到的是凋敝与破败,是落后与贫穷。

人因为读不懂而逃离,因读懂而回归。我们期待乡村文化的回归,乡村文明的复兴,乐见中国梦根植原乡,枝繁叶茂。

二

这本散文集,收集了44篇散文,3篇名家书评。散文大部分以故乡的真实故事为原型,以故乡情为基调,描绘了20世纪70至90年代30年间乡村生活的基本样貌,以及民情、民俗、民众生活。有喜悦,有慨叹,有悲歌。比如《回不去的故乡》《无处安放的乡愁》《大舅的格言》《生死悟爱》等,篇幅有的长达15000多字。

"回不去的故乡,到不了的远方。"

散文集最初拟为《回不去的故乡》,窃以为作为一名土生土长的乡村人,很懂自己的乡,自己的土。面对中国城镇化进程这个大背景,应该有所记录与表达,可是写着写着就想落泪,写着写着就写不下去了。不是因为题材与内容的问题,而是离开故乡20多年,对乡村的变迁、文明的兴衰,对人生的价值,对生命个体存在的目的性,对生活追求与人生梦想的矛盾性理解发生了改变。20年在乡村,20年在城市,我早就成了城乡结合体,孩子与家庭更是结合体的一部分,许多像我们一样的家庭单元都成了"地域黑",共同遭受了乡村与城市不同习俗、不同行为准则、不同生存之道的两翼文化的洗礼、挣扎与撕扯。特别是个体经历了从为人子到为人夫、为人父等角色的变化,经历了从中国中部到东部、南部、西部、北部等大半个中国15座城市的辗转、奔波、求生、寻梦、创业,个体早已被城市的规则同化,被生存的法则同化。我们这代人从农村包围城市,从知识民工到新市民,个中遭受了太多的冷眼、排挤与融合的阵痛。我们这代人的努力很难说不是为了"摘帽子""撕标签""换牌子";很难说不是为了下一代不再返贫,不再"种田打土块",不再与泥土为亲、与泥土为敌、在泥里水里求生。然而,无论我们走多远,乡村仍是大多数人,大多数城里的乡村人最后退守的支撑点与长眠处。

"回得去故乡,到得了远方",这是新时期的新课题,是13亿人的"中国梦"。作为其中一员,我只能借助并不成熟的文字记录自己的所历所见所想所闻所悟,希望"不忘初心,不悔死终"。

文集为增加容量与厚度,以散记形式,加入了"乡村"与"城市"两个

自　序

视角，从城市遥望故乡，从故乡怀想远方。文集分了四个部分——"回不去的故乡""怕儿子长大""记住就是感恩""走着走着就散了"。

路过，是一种新生存状态；停留，是一种情感表达；人设，是一种时代标签。书名最后定为《让我路过你的世界》，以增强对乡情、乡音、乡味、乡俗、乡愁、乡土及城乡两极更多角色与人本情怀的反思；以表现在"人设"盛行的"各色"时代背景下个体发展与社会变革的内在矛盾。

最后真诚地感谢作家毛臣先生、医学博士高静女士为本书撰写书评，感谢名家杨府先生为本书撰文压轴，使本书增添了一层亮色与阅读的厚重感；感谢出版社编辑田姝、责编李小娟老师等为本书出版给予的大力支持。

2018年5月15日于广州

目　录

第一章　回不去的故乡 1
　　故乡那抹炊烟 3
　　清明的泪水 15
　　乡村的夏天 18
　　莫负人间四月天 25
　　月亮花 32
　　父亲的二胡 34
　　父亲的书柜 39
　　丢失在阁楼的小人书 47
　　记忆里的收音机 53
　　抢　雨 61
　　老屋门前美人蕉 65
　　月自故乡来 69
　　梦里花又开 77
　　雪花飞处是故乡 88
　　冬月豆饼香 91
　　腊月的酒 93
　　告到朋友圈 98
　　父亲的年夜饭 101

过腊又逢春 107
无处安放的乡愁 111
回不去的故乡 118

第二章　怕儿子长大 143
儿子的春天 145
教儿子识字的烦恼 149
幸福人生绕不过聚散 152
补丁里有只猴 157
别人家的孩子 161
怕儿子长大 166
童年的尾巴 169
儿子的故乡 172
再不陪我,就长大了 175

第三章　记住就是感恩 181
油菜花又开 183
栀子花香 191
谁不是行色匆匆一个人走 193
云中谁寄锦书来 196
大舅的格言 199
记住就是感恩 205
月桂飘香 208

第四章　走着走着就散了 211
人生中的许多来不及 213
不打电话就离婚 216
二　货 219
生死悟爱 226

目 录

像风一样的女子 ……………………………………… 236

走着走着就散了 ……………………………………… 245

让我路过你的世界 …………………………………… 262

美的另一种救赎(跋一) ……………………………… 281

乡土本真的回望与呈现(跋二) ……………………… 285

第一章　回不去的故乡

第一章　回不去的故乡

故乡那抹炊烟

【题记】

儿子出生在阳春三月,10岁的生日转眼就快到了。我问他生日可有什么心愿?他想也没想地说,"就想吃一次'柴火鸡'"……

我一下懵了。在绿色环保争创宜居环境的大都市,在除污减排到要堵住汽车"屁股"的超级城市里,在电磁炉太阳能把持我们家巴掌大厨房的今天,吃腻了麦当劳肯德基必胜客和海鲜沙拉比萨牛排,早已不识人间烟火的儿子居然想吃"柴火鸡",这下可难倒我了。

"我们家没灶膛,没大铁锅,没柴火,没烟囱,哪来的柴火鸡?就是城里大酒店也不一定能做出这道菜来。"

妻在一旁笑了笑,好奇地问,"为什么突然想吃这玩意呢?"

儿子颇为委屈地说:"女同学的爸爸上周带她吃过,在乡下,要远一些的乡下,同学说她看到了童话里会跳舞的炊烟,而且柴火烧的鸡非常美味,鸡汤里还有奶奶的味道……"

原来,儿子是想远在乡下的奶奶(因他奶奶早逝,遂管他外婆叫奶奶)了。这次我没有笑,我被千里之外的故乡,被记忆中低矮的老屋,被母亲的厨房,母亲的柴火堆,以及厨房顶上那抹悠远绵长的炊烟所编织成的温暖画面牵动起来。

醉人的炊烟

故乡,醉人的炊烟在春天。

清晨,太阳还未升起前,天色往往是最见清淡的。村邻尚在晨梦中,雏鸟便睡眼蒙眬地睁开了眼,在绿叶渐密的枝头巢穴里探出了一颗颗小脑袋,黄黄的小嘴儿饥饿地等待着晨哺。村道边的桃林春意正浓,一朵一朵,一枝一枝,白里透着红,红里透着紫,挨挨挤挤相互依偎着,争先恐后地吮吸着晨露。河边的杨柳伸展出一条条细长柔软的手臂,妩媚地梳着晨妆,指尖在清波里不经意地划出一道道水纹。旷野里是花的海洋,一坡一坡黄嫩的油菜花滴着清露,沐浴在春色中。

期待已久的朝阳冉冉升起,村落里开始有了响动,一家家的大门次第开启,迎接着清晨的第一缕阳光。禁闭了一夜的鸡鸭饥渴难耐地从笼子倏地跳出来,欢呼雀跃地扇动翅膀奔向后院,冲向田野,呼吸着清新的空气。谁家的厨房开始有了打水、刷锅、切菜、生火做饭的声响,接着炊烟从灶膛里窜出,穿过烟囱,在屋顶上空袅袅升起。开始是淡淡的灰,既而灰白,最后是淡淡的白——一缕、两缕、三缕,近处、远处……整个村落完全苏醒过来。

从田野吹来的清风噙着泥土与花的馨香,穿堂过户,在庭院里转悠之后,迅速爬上屋顶,挽住了炊烟柔软的腰肢,舞蹈起来,钻进桃林、竹林、柳林里,像云像雾像少女披着的薄薄的清纱,羞怯地缠绕在花朵间,浮游在枝叶上,在阳光的抚慰下藏不住娇羞,道不完的情话,几经温存之后方才缓缓飘散,如一个甜美的梦境。

母亲做好早餐——七八碗稀饭、一盘咸鸭蛋、两盘腌菜摆上了桌。我们早已梳洗妥当。饭桌前有站着的,有坐着的,有端着碗出门转悠的……于是"呼啦—呼啦"的乐曲在每一户人家的厅堂里、院落里、门槛上、禾场边、田埂上次第奏响。

母亲永远是最后上桌的家庭成员,她要伺候那条跟了她好多年的土狗汪汪。汪汪一听见母亲的开门声就醒了,等母亲进了厨房更是摇着尾巴、缠着进进出出,在腿脚边打转转。我们用餐了,它就半蹲在桌边歪着脖子眼巴巴地瞅着,哼哼叽叽的,一脸的可怜与委屈。

第一章　回不去的故乡

　　故乡的春天,只要没到插秧的时节,大抵还是清闲的。吃完早餐,男人们脱下冬装扛着铁锹去田间看看落地的谷种芽发得如何,瞧瞧返青的麦苗长势如何;女人们穿着花布衫到后院给菜畦松松土,给前些天种下的蔬菜瓜果苗儿施施肥,浇浇水,或者一手抱了满盆要浆洗的被子与衣物,一手拿着棒槌走到池塘边、小河边,一溜烟蹲在石板上捣衣;下了学的半大青年则搭一件夹克在肩上出门放牛;孩童们则套着小棉裙,系上丝巾,背了书包,撒腿儿就往校园跑。

　　炊烟在何时起落,在我的故乡那是有讲究的。

　　"水竹遮藏自一川,日高茅屋始炊烟。"

　　春天里,孩子们上学,放学,炊烟都很守时。若是过了时辰,就是不守饭点,那就说明这家女主人要么是生了病,要么是与男人在家吵架,要么是懒虫;若是炊烟提前升起,要么是来客了,要么是有了新活路,打算送亲人出远门。

　　因此,不用进屋,不用见人,看炊烟便能看出一户人家的心情、性情,就能估摸到这户人家大概发生了什么事。

　　炊烟,即便是在春天,不同的时令,不同的天气,不同的气温环境,姿态自然也不尽相同。

　　清晨,清风徐徐,炊烟便像个婀娜多姿的少女,梦幻而羞涩。在清淡的光影中,飘忽迷离,旖旖旎旎,幻做一件梦的衣裳。

　　晌午,树静,风止。炊烟似一位轻狂的后生,一柱腾空,遒劲而奔放,从淡淡的黑蜕变成淡淡的灰,远望云是灰白的,炊烟也是灰白的,炊烟与白云共舞,化成一片流云。

　　傍晚,万鸟归巢。炊烟如同一位妩媚的少妇,温顺而多情。此刻,村邻们、孩童们裹着熏香的和风一步步向家的方向挪近,一缕炊烟斜斜地飘舞,与落日的霞光交相辉映,镶嵌成一道西天的彩云。

　　春天的风里溢着浓浓的百花香,沐浴在清凉的春风里,走着笑着呼吸着，就会让人沉醉。春天的炊烟也透着淡淡的五谷香，看着盼着回味着，就会让人陶醉。

"榆柳荫后檐，桃李罗堂前。暧暧远人村，依依墟里烟。"

这种如诗如画的美丽景象，也只有在春天才能见到。

恼人的炊烟

在故乡，乡里乡亲保持着较好的邻里关系，因此家里的钱、米、农具等都能借，但有一样东西村邻们从不向人借，那就是——柴火。因此家里似乎什么都可以缺，就是不能缺柴火。许是"柴"有"财"意，借"柴"犯忌讳。

"柴火"就是生火做饭的基本燃料。有田里稻谷收割上岸后打下来的稻草、麦秆，有田埂上小山坡下秋草枯萎后割回晒干的茅草，也有枯死的树枝、无用的木材、树兜等。不同的柴火做不同的饭菜，这可是有规矩的。

记忆中，我们家曾缺过柴火。那一年大姐出嫁，我10岁生日。两场喜宴烧光了家里的柴火。母亲便带着父亲、二姐、三姐一道去了小姨家砍柴。小姨住在二十里外的深山里。那个年代，山林保护得较好，山里有着丰富的柴源。野草、断木、残枝，满山遍野。若是家里缺柴火的都会往山里跑。

家人在山里住了一个多月。回家的时候，父亲用"东方红"拖了满满一车柴，可就在回家途中下起了大雨，柴火受了潮，还没等晒干，农忙时节就接踵而来。

那个戴着大草帽，坐在树荫下都汗流浃背的夏日，下厨房生火做饭对于忙碌在农田里的村邻而言，就是一种折磨。谁都不愿意走近厨房。好脾气的母亲在厨房里生着受潮的柴火，饱受着烟熏火燎，被折腾得生了热病，一连好多天头晕脑涨下不了床。

那时村里人住的几乎都是清一色的土屋,青瓦盖的屋顶,密封性本就不好,漏雨十分正常。堆在屋檐下、柴火间、厨房里的柴火一旦被雨淋湿,结果可想而知。不过,即使柴火没有受潮,但遭遇绵绵不绝的雨水天气,情形也好不到哪里去。

雨水产生的雾气堵住了屋檐上的瓦缝,浓而黑的炊烟便会在灶膛里打转,即便侥幸穿透烟囱,也会被雨水压制,在屋顶上空盘旋。往往不用一会儿工夫就会败下阵来,像个披头散发的妇人,羞愧地钻入低矮的灌木丛,满地乱窜;屋里屋外烟雾弥漫。

遇到这种情况,再好的柴火也烧不出香喷喷的饭菜。不仅如此,烧出来的食物还时时是半生不熟。

厨娘们一边用火剪使劲地掏空着灶膛里的灰烬,一边怨着这天气,自然对着当家人也不会有什么好脸色,好心情。最后,只能一声叹息。

"炊烟满地跑,天气好不了。"说的就是雨天生火做饭的情景。

最恼人的炊烟在雨季。

温暖的炊烟

最温暖的炊烟在冬季。

故乡属常绿阔叶林与落叶阔叶林的交互地带。到了冬天,西风渐近,白杨、泡桐、老槐树、枣树、桃树等抵挡不住西伯利亚寒流的侵袭,黄叶辞枝,随风飘零。在垄头,在陌上,在村落周遭落叶沉积,枯木遍地,满目萧瑟。

在清冷沉寂的日子里,炊烟给村落带来了生机,带来了温暖的气息。

这个季节的农事主要是种麦子,种油菜。男人在地里犁着责任田,新翻过来的泥土里有不少被犁伤的泥鳅、黄鳝,有的完好无损,尚在冬眠中。男人便欣喜地将它们收拾进挂在犁尾上的塑料袋里。餐桌上也便多了道荤菜。等犁好地,整好田,男人在前面施着肥,女人便端着一筐种子在后面播撒。

如果遇上面积大耗时久的地，还未到饭点，男人便把装满泥鳅、黄鳝的塑料袋交给女人，催促道："快快回家做饭去，要到晌午了。"

女人应着，带上筐到田边自家的菜地里，迅速抓上一大把青菜、大蒜，或扯上一把红萝卜便往家里赶。

等到了晌午，男人一边扬着鞭子使牛，一边扭头向村口张望。一旦看到浓密的炊烟从自家屋顶上冒出，男人心底便腾起一股温暖的味道。这说明女人在烧着树枝儿，烧着荤菜，兴许还有肉呢。男人便想象着小木桌上摆出的一盘盘贼香的菜，寻思着昨晚还剩下的那半瓶烧酒，心里美滋滋的。等着女人在村口拉长了声音喊——"某某爸爸，回家吃饭了……"。或者听不到喊声也不打紧，男人只等这炊烟一落，便歇工回家。那刻再辛苦再疲惫，脚底也会像生了风般的轻快。

可要是过了晌午，仍不见炊烟的影子，男人便有些不耐烦了。人会饥肠辘辘，牛也有生物钟。过了该喂牛草料的点，饿着肚皮的牛那是赶都赶不动的。男人知道，男人也没办法。于是急急地回家，脚还未迈进门槛儿，便嘟囔着——"这是怎么回事，跟谁置气呢，冷火罢烟的……"。

"哪那么快，昨天没见缺柴火了，拾柴火去了！别急，米马上下锅……"

女人们这时候尽管找着借口，但自知理亏，是断然不会去惹恼男人的。若是家里有孩子在村里上学，不用说，这会儿大抵会噘着嘴儿，立在灶膛边，盯着锅里，不停地催促——"妈，好了没，好了没……"

女人只能赔着笑脸，等饭菜上了桌，这气也都消了，留下的只有温暖。

不过，田里的活忙碌起来，也有女人热好剩饭剩菜早早送到田里去的，但晚饭常常是夫妻一道回家做。女人在前面挑着农具、蔬菜，牵着牛；男人扛着犁铧，拎着剩下的小半袋肥料，嘴上叼着一支烟，慢慢跟在后面。男人的后面还有一轮忽忽西沉的落日。

一进家门，男人便担着桶去挑水。挑完水，便给猪牛喂食。女人擦把手和脸,系上围裙,戴上方头巾,便一头钻进厨房。男人安顿好牲口,便一屁股坐到灶膛前的小木凳上给女人添柴火。男人若是饿得不行,添柴火的效率自然就会提高。急得女人发脾气——"小点火,小点火,饭菜都给烧煳了。"男人则咧了嘴,嘿嘿地笑。

若是到了雪天。家里就更温馨了。

雪天是村邻们最闲的时候。男人们串串门,找上几人玩玩扑克牌,搓搓小麻将,或者下下象棋;孩童们放了学或放了假,便满雪地里跑,整个村落都是天真烂漫的笑声;女人们则与邻家的媳妇儿或相处得来的姐妹们,以及老太太们,聚在一起拉拉家常,听听老人们讲讲村里的陈年往事,或是议论着谁家姑娘该说婆家了,该给谁家本分的小伙儿说说媒了……

聊着聊着过了钟点,女人们便会关上话匣子,冒着雪花,冲进自家的厨房。等到一条鱼、一两斤豆腐下了锅,香味从锅里浮上来,扑进女人的鼻子里。女人想着一家人亲亲热热地围着火炉吃饭的情景,再冷的天,心里也有了暖意。

这时候,无论大人小孩跑多远,无论在做什么,只要望见自家屋顶上的炊烟,不管是浓烟、白烟;不管烟柱子是扭扭捏捏、摇摇摆摆、飘飘荡荡;那刻,炊烟就是时钟,就是铃声,就是回家的信号,就是温暖的感觉。不用喊,大人小孩便争先恐后地挤进家门。

若是男人孩子还没进屋,女人便会端着一碗热气腾腾的饭菜,在自家屋檐下喊。若正好遇见过路的村邻,凭他是谁都会热情地招呼上几句——"吃饭没,我们家烧了鱼,香着呢!"或者"雪天冷,进屋暖和暖和,吃个便饭吧……"

幸福的炊烟

故乡的炊烟在某个时候,也会长久地升起,有时会持续几个时辰,或者断断续续一整天，甚至好几天。

这种情形首先是办喜事。比如说嫁姑娘或娶媳妇。办喜事那天，屋里、禾场上都是人，都是道贺致喜的亲朋好友。庭院里、厨房里，到处都摆着大案板，摆着鸡鸭鱼肉。光帮厨的女人就有六七个。

家里办喜事，女主人自然是不可下厨的。掌勺的权利要交给从十里八乡请来的老乡厨。老厨师一般会提前一晚来，与东家一道商量着宴席的菜谱，安排着帮工的人准备食材，常常要忙到深夜。次日天没亮，老厨师就得早早地来，在院子里支起几口大锅，添上半锅水，上面摆上大蒸笼，用劈好的木材烧着。负责生火添柴的人那是村里有福气的，主人家得给红包。

厨房是主阵地，先做什么再做什么，一切都得听厨师的。厨师的主要工作，除了掌大勺，还要查看食材准备得如何，查看灶膛里的火苗旺不旺，到没到火候。做大盘子菜，什么时候添柴，什么时候减柴，那是不能含糊的。

村落里，只要有户人家办喜事，整个村庄都会弥漫在欢快的节奏中。按乡俗重大喜事一般会持续两三天，唢呐作为营造喜庆氛围的工具，自然不能停下来，炊烟更是不能停。于是一道浓黑粗壮的炊烟不知道疲惫地与唢呐声应和着，变得生动起来，热烈起来，摇摆起来。村里的小孩子只要闻着炊烟味儿，就会馋得直流口水。

而比办喜事更加浓烈些的就是过年。

记得儿时我们家过年，母亲会把厨娘的角色让给几个姐姐们。二姐、三姐都会几样拿手菜，因此会与母亲轮流掌勺。连平日很少进厨房的父亲也会露上一手。不会做菜的大姐便只有生火添柴的份了。

有负责做板栗炖鸡、鱼头豆腐的，有负责做粉蒸肉、香辣排骨、红烧牛肉的。大厨们便忙碌开了。至于最后一家团聚，议论谁的火功好，谁的菜肴味道好，母亲一例回答——"都好，都好，都不赖……"。遇到谁把菜烧出了糊味儿，母亲便打趣道，"糊了吗？真糊了吗？那就好，来年咱家要发财呀！"……

除夕的早晨，谁家屋顶上只要冒出热气，还没等粗壮的"手臂"伸出来，便会有人传播开来——"谁谁家烧年饭火了……"接下来，不是一柱、两柱、三柱，而是十柱、二十柱，甚至上百柱；不是一个村落，两个村落，而是邻近的十来个村落，你不让我，我不让你地沸腾了起来，此起彼伏。

一排排亢奋的炊烟，有长的短的，有高的矮的，有浓的有淡的；如同音乐一般，有一飞冲天的高音，有到高处徐徐减缓的中音，也有打着尖儿冒着淡淡余热的低音……不管怎样，那刻如果你在我的故乡，站在村落的高处；如果你仔细品味，仔细聆听这宏伟的乐章，你就能感受到那宏大无比的交响乐，那激情四溢的摇滚旋律。

在这旋律中，酸甜苦辣，五味俱全。但满满的都是欢喜的节奏，浓浓的都是幸福的味道。

寂寞的炊烟

在故乡，我见过最寂寞的炊烟。

那是村东头的一户人家。说是"户"，其实只是盖着油毛毡与半边青瓦的三间房而已。向西一间分成两半，一半喂着猪，一半用来做厨房；东间是卧房；中间是饭厅，兼放农具。屋里几乎没有一件像样的家具。

屋里只住着一个人。他叫弯。

他的房子或许只能遮点风，谈不上挡多大的雨。他在兄弟中是排行最小的儿子。他父亲前些年故去，兄弟们分了家。各有各的家庭，各有各的难处。原来的老屋是土坯房，拆来拆去一把灰，本就没有什么值钱的材料，兄弟们自立门户后自然要拆走一部分，最后他分到的不过是些断瓦残梁。

房子是他用积攒的钱买红砖盖的。挣点钱就买点砖，买点石头。前后花了大半年的时间。他跟父亲学过泥瓦匠手艺,建房的工钱就省下了。记得他的房子是过完春节后建的。他自己下墙脚,自己测量,自己一块砖一块砖地挑到屋场里。水泥、沙子不够,他就用泥土掺着用。这么小的房子,似乎不需要请什么人,何况他也请不起。在上梁盖顶的时候,他的兄弟们过去帮上两天。

一幢两房一厅的小洋楼建好一般仅需十多天,而弯的小房子前后约莫花了二十天。我不知道他一砖一砖修建房子时是怎样的心情,我想他是喜悦的,或许也是孤独的。

他是我的发小,比我稍大,为人憨厚,做体力活从不偷懒,谁请他,他都会帮忙,他帮过我们家很多忙。我不在家时,大哥一个人做不了的体力活,总会去叫他。而有时恐怕连饭菜都不曾招待过他,更不用说工钱。

厨房的灶,据说是他请人打的。这种技术活一般人是做不来的,他因此花了一两百元。那可能是他当时能拿出来的全部,可见他对生活仍充满感念与期待。

他自己拾柴火,自己做饭。在地里疲了累了饿了,自己回屋做,也不管什么饭点过没过。因此,大多数时候,村落里只有他的屋顶上独自冒起一缕炊烟。那炊烟很白,很细,很短,也有些贸贸然,有些慌里慌张,似乎还没开始就已经结束。

他喜欢煮稀饭吃,有一两碟咸菜即可。一个人也用不着做过多的菜,也不用常常煮上一大锅米饭,没那个时间,或许也没那个心思。即便煮了,也只能自己一个人吃,吃不完还得顿顿热着吃。

或许,他只是想让自己的厨房跟普通人家一样,顿顿都冒着烟,都是热的。至于烧什么样的柴火,做什么样的饭菜,别人管不着。

弯独居了不少年,早过了婚龄。可家徒四壁,房不像房,谁又愿把自家的姑娘嫁给他呢?什么样的心情做什么样的饭,弯的心情自然也好不到哪里去。

弯后来从外村娶了房媳妇回来,媳妇有些木讷,也不串门,村里有人说那媳妇不太像正常人。接亲那天,弯请了一两桌客,可那腾起的炊烟,远远望去,似乎并没有喜庆的味道,反而有种淡淡的哀愁。

弯是寂寞的,弯家的炊烟也是寂寞的。即使他娶媳妇的那天,弯与炊烟也大抵是寂寞的吧。

弯后来迁走了,迁到了其他的村落。我再也没见过他。

我后来坐车去拜访远房的亲友,有了新的感悟。车窗半开着,偌大的山林空旷无人。黄昏时分,我看到了一缕炊烟,带着寒气游弋着,孤零零地变成雾变成云。那炊烟是从山坳里的一个小木屋里冒出来的。

一户人家的村落是清冷的,一个人的家是孤独的,炊烟自然也是最寂寞的。

远去的炊烟

20世纪90年代,我离开故乡,外出谋生。城里没有炊烟,炊烟自然离我越来越远。我与妻子结婚那年,回乡办过一次婚宴。因为行程紧,仅办了一天,邀请了十多桌邻里亲朋。那是我们家老屋的厨房顶上最后一次升起粗壮而浓烈的炊烟。

老屋不见炊烟二十年了。

我所在的村落,年轻人纷纷外出打工,做生意。开始是一个一个,然后是一对一对,慢慢地出门早的也带走了小孩,一年难得回村一次,村里便只剩下了老人。村庄也开始荒芜起来,留守的空巢老人们起初坚持了一段,最后也放弃了。早没了当年砍柴火的那股好精力,当年收割庄稼的那种好体力。便只能听从儿女的安排,用起了电磁炉,小煤气罐,在厅堂里支起,做做简易的饭菜,自然也用不着进厨房了。故乡没了炊烟,也就没了生气,没了魂魄,变得十分的清冷。

炊烟升处是故乡。曾经,炊烟是故乡一座古老的时钟,是一曲荡气回肠的交响乐,是一抹飘荡在心灵家园的天空白;是故乡的呼吸,是村落的脉搏,是灵魂;是母爱亘古绵长的呼唤,是不归的游子斩不断的乡愁。如今,关于炊烟,正渐渐地走进历史,一步步夹进回忆录,成为梦里的一道风景线。

2016年3月5日于广州;首刊2017年福州市作家协会文学刊物《榕树3》;江山文学网"绝品文章"

第一章 回不去的故乡

清明的泪水

一到四月,东风浩荡,吐故纳新,阴阳逆转,春天的气息便迅速攻营拔寨,摧枯拉朽,随之到来的便是充沛的雨水。而伴随着雨水的是人们匆匆出行的足迹,在这雨水与足迹交织声中的是人们奔走的汗水,沾衣的泪水。

清明未到之前,遇到谁都会问一句,"清明回老家吗?"这句让你无法回避的话像患了传染病,在城里人、乡下人、中国人的朋友圈发酵,不可阻挡,仿佛不回去就是不忠不孝不仁不义。于是代人扫墓,网上扫墓,修墓……成了新一波炒作的焦点话题。

我有18年清明节未回乡扫墓了,春节也没有回乡。留守湖北老家的大哥在微信里说,父母的坟上结满了杂草、枯枝,年年清明砍年年发,清明前想请宗族亲友帮助用水泥石砖修修,大约要花近万块钱,问我意下如何。我不知道节俭一生的父母在天有灵是否会同意,但作为子女,在这个世上,我们唯一能为他们做的,能尽点子孙孝道的,仿佛只有这些了。

从沿海城市回一趟老家十分地不易,老家交通不怎么便利,没有直通的交通工具。因此,得先从沿海出发,坐动车回武汉,再从武汉换坐火车或换乘汽车到县城,再从县城到镇上,在镇上歇个脚,再回乡下。在老家待不了两天便要返程,再一番轮回的急奔与折腾。来回四五天时间,两天便耗在了路上。这是全国出门打工的游子们共同的返乡路线。而清明就放一天假,上六年级毕业班的孩子成绩也不理想,早已列入重点关照对象,这一来大人小孩都得请假,扣学分扣工资扣奖金扣……

更糟糕的是,老家的亲友们仿佛并不怎么热情,我们回家的消息在老家微信群发布了好几天,也没有谁来跟帖,更没有谁来关心我们一家三口的具体行程。

"我们折腾来折腾去,拼了命回去,为了啥?"老婆的一句话让我顿生困惑。是的,一路的汗水,雨水,或者还有泪水,到底为了啥?

父母仙逝20多年了,兄弟姐妹都已是升级当爷爷奶奶的人了,他们都自顾不暇,谁有更多的精力来关注我们的行程安排:问"打算何时出发?""路上衣物钱带足没?""饿不?""孩子身体怎么样呀?";没隔多久,再问"这会儿到哪了","你们电话怎么打不通,急死人呐","到了没,我去接你们"……

这些出自父母之口的饱含滚烫亲情的话语,萦绕在许许多多人的耳畔,也曾在我耳边来来回回,而如今却已变成久远的回忆。于是乎我与妻有了一场关于教育关于责任关于亲情关于孝道关于生的意义的争吵。

我反复对住在城镇且父母健在的妻解释——兄弟姐妹,他们很忙,他们有自己的儿女要疼,我们得自己想办法。而且他们再好,也不是爸爸妈妈!我是没有爸爸妈妈的孩子!

说这句话时,我被自己脱口而出的近乎幼稚的回应吓了一跳,紧接着年届不惑的我眼泪不自觉地掉了下来。我们不约而同地将争吵的焦点聚焦到了一个问题上——有父母的地方就是家,那没有父母的地方就不再是"家"了吗?

我忽然想起前年我与大堂哥春节祭祖后回来的路上,他对我说的一句话——"弟娃呀,父母长辈一个个都走了,有的躺在这里都几十年啦,翻年我都七十了,横竖要躺进去了。你们好几年才回来一次,以后亲人都不在了,你们还回来么?"

随着中国农村城镇化步伐的加快,随着农村集体农场化的改造进程,农民正在失去土地,失去老屋,失去牲畜……乡土,乡土,没有乡了,也没土了,故乡还是故乡吗?十年,二十年,三十年,故乡将无一例外地

第一章 回不去的故乡

变成了子女们眼中的"爸爸的故乡""妈妈的故乡""爷爷奶奶的故乡",最后都会成为别人的故乡。而每到春天,在一片结满稻穗、麦穗、大豆、高粱,以及一望无际的鱼塘的故土上,在垄头陌上乡间小道上,怕是再也找不到认识的人,熟悉的冒着炊烟的房子,可以放牛的松树林,一年四季常断水的小河沟,找不到可以想念、值得留恋的理由。

然而,只要还剩下祖先躺下去的地方,剩下那堆埋葬着父母亲人的坟茔,剩下那不到两平方米的黄土地,哪怕草长得再深,路变得再远,那便依旧是我们日里夜里魂牵梦绕的乡愁的终点,无论我们身在何方!

贾宝玉曾在探春远嫁、亲人云散、骨肉分离的寒食节悲情地写下——"人间几度清明",以及"清明涕送江边望,千里东风一梦遥"的诗句。每每看到那一章节,泪水便溢出眼眶。

清明的泪水,不为伤春,不为应景,只为永恒地坚守着故乡那方黄土地,却天地相隔,叫不应喊不回的父母;只为来不及行孝尽孝以及"子欲养而亲不在"的那种愧恨与思念;只为找一个地方来安放我们蒙尘太久的魂灵与乡愁。

"青烟起,清泪垂,青山,青冢,不见子孙回。一杯清酒,两行清泪,皆化作,清明时节雨,纷纷断人魂。"

2017年4月1日于福州;刊于2017年4月4日《南方都市报·城市笔记》

乡村的夏天

【题记】

在纳凉的队伍中,女性与孩子们永远是属于情感派,如"牛郎织女""七仙女""美人鱼""狐狸精""野人"等神话传说、异志传奇故事总是她们的最爱。偶或换换口味时,也会开讲谁家男子相中谁家女娃之类的道听途说的爱情片段……

讲着讲着,听着听着,夜色浓了,茶水凉了,银河淡了,星辰远了,睡意浓了,夜露重了,日子远了……

青石板,光脚丫

有天井、门槛、大古树的地方就有青石板,有青石板的地方,就有人家。故乡的村庄里每家屋前屋后屋中央都有着长长的屋檐,屋檐下是绕着房子一圈的窄窄的过廊,故乡管它叫"廊檐"。雨水沿着屋檐上的瓦缝流淌或是倾泻下来,敞开胸怀接纳它们的是卧在廊下的青石板。

一块大青石板大约两三个平方,这种青石板总是有些年头,被雨水、脚丫子或者屁股蛋打磨得颇为光洁。若是下了一段时间的阴雨又长时间没有人光顾,青石板上便会结满青苔,而周边墙角或杂草丛生的空地上便会爬满地或者一些长着翅膀的小昆虫、毛毛虫。若是正好院落里有片竹林,或者两排房屋中间隔着一条小巷,抑或屋旁有条浅浅的小溪,整个村落便会充满古意,让人时常想起江南的乌衣巷,或者似"茅檐低小,溪上青青草"之类的宋词里描写的田园风光。屋檐下的大青石,除了遮挡雨水,防止其侵蚀门户外,还有另外一种功能,那便是一家人歇脚或纳

第一章 回不去的故乡

凉的所在。

夏日，没有山峦与河流环绕的故乡仿佛每一寸土地都冒着青烟。田野里正在疯长的禾苗、大豆、芝麻等庄稼缓缓地低着头，躲避着太阳过分强烈的注视；阳光与空气里散发着青草与谷物的味道；泥鳅、秋刀鱼、乌龟闷在水沟或池塘里太久，从大耳朵草下偷偷探出头来，刚吐出一口闷气，便被滚烫的水平面逼回深处。

这个时候，村邻们多穿一层纱都会显得不合时宜。男人们干脆光了大半身子，肩上搭一条汗巾；女人们穿上汗衫短裙，摇着蒲扇，嘴里说着"这天气"。人们都光了脚丫子。学前的孩子甚至一律是光着屁股，挺着营养不良的大肚皮，走起路来一摇一摆的。想来那时乡村人家没有相机，若是将这一幕幕定格下来，便是群体的"艳照门"了。

这样的炎夏，女人闷急了是要出来串门的。脚掌踩过青石板，一股清凉的气息从脚底倏地蹿上来，那种舒爽如同泡在澡堂子般的惬意。若是不小心脚丫子踩到了树刺或者玻璃碴，自然是要骂上老半天的了。

而大多时候，阳光光顾不到的纳凉去处便是老皂角树下的青石板。大人小孩猫在绿荫下，要么下着对角棋、三角棋，或者玩玩用泥巴做成的象棋，再或者缝补着渔具，纳着鞋底。

人们嘴里惬意地衔着半条黄瓜，或者一瓣西瓜，闲聊着，含糊不清地嬉闹着。时光就这样一寸寸地从高大的皂角树挪到古槐树，跌落在断了枝的老桑树上，最后拖着长长的影子斜卧在晒过谷子的禾场上。

夏天的多数时间，学童们都会趴在青石板上写作业，女人则坐在石板上择择从菜园子里采来的扁豆、长豆、苋菜或者辣椒。阳光一步步地挪过窗台、天井、鸡窝、屋檐、老古树，渐渐地远离青石板，悠悠地向西而去。一同远去的还有留在青石板上那些家长里短的故事以及许许多多扎着麻花辫与戴着八角帽的青葱岁月。人们的脚板心远离青石板的时候，石板常常是黑蚂蚁的地盘，它们不厌其烦地搬着家或者转移着食物，

19

在石板上摆出长长的队列,结果被冷不丁的扫把一把掀入树丛深处。

荷叶青,鱼虾肥

20世纪八九十年代,不少自然村里都有荷塘。荷叶不像圆明园里乾隆帝御种的卷叶荷,据说那荷叶翻转过来像个大盆子,里面能躺下半大的孩子。但这里,荷茎壮硕,亭亭如盖。莲有红有白,接天连叶,将整个池塘包裹在芳香四溢的一片嫩绿中,像极了一幅浓墨重彩的江南水乡图。

夏日的午后,是村邻们歇脚的时光。在荷叶的庇护下,逆着阳光生长着丰美的鱼虾。到了七八月份成群结队地浮上来,呼吸着清凉且透着谷香的空气,胖乎乎的身体,饱满跳跃,来回翻转,做着各种各样撒欢的动作,在空出来的一片水域里划出一段长长的优美弧。倘若是用一两只小蚌捣碎作诱饵,置入竹篮,沉于水,不一会便能捞上来一篮子活蹦乱跳的小鲫鱼、白虾、泥鳅或螃蟹。采一些荷叶晒干,包裹上食物,譬如用来烤鱼:一勺红糖、半勺盐、少许生抽、一点花椒、辣椒丝、蒜子,再加酱油一勺、黄酒两勺和香叶、葱段、姜少许,混合后抹满鱼体,这样烤出来的鱼香而不油,滑而不腻,含入口中,唇齿生津。即便是荷饭,那也是相当刺激人们食欲的。

若是正赶上七夕或中元节,送一袋莲子,一袋荷叶烤鱼,节日便会变得简单而隆重起来。亲友们围在屋前屋后的空地上、池塘边,聊着谁家的庄稼长势喜人,看来今秋又要增产;谁家塘里的莲藕白生生的,许能卖个好价钱;谁的妹子水灵着,过了秋该说婆家了;谁家的娃考上京城里的大学,该请谢师宴了;谁家的老屋遭了秋雨,怕是挨不过秋……

那荷塘记录着、储存着太多太多关于村落,关于男女情事,关于庄稼地的故事,若是鱼虾不老,便是那故事最忠实的听众了。

西瓜熟，知了欢

夏日，是瓜果丰收的季节。院子里、池塘边、田埂上，沟渠左右、荒弃的菜园里，若是能有一块小地，都能种上瓜果，像黄瓜、西红柿、香瓜、油瓜、白瓜等，有长的、扁的，也有圆的。当然最解暑解馋的还属西瓜。

菜园是母亲的责任田，姐姐们是兼职义工。我帮助母亲种过几次菜，也种过瓜果。我的主要任务是用锄头与铁锹帮她松土，母亲负责用小铲刀种上育好的瓜秧，接着挑来农家肥，我负责从池塘担来水。一株株种，一行行浇，一天天等。等到瓜苗成活，叶肥茎壮，等到开枝散叶，长藤开花；等到结出一粒粒小小的瓜，母亲便笑了。到那时，该是第二次、第三次给瓜地施肥、浇水了。

割完早稻，或者插完双晚秧，若是在地里干活累了、渴了，便会开个小差，到瓜地里探探，用脚尖轻轻撩开瓜叶，看看窝在瓜藤下的瓜长大了没，熟了没。脚进瓜地时，要十二分地小心翼翼，若是不小心踩坏了瓜藤，好不容易长成半大瓜果的生命便会戛然而止。那是要挨骂受罚的。

每年瓜果成熟时，总会惹来嘴馋的人。一些乡村有摸秋的习俗，趁着月色去摸别人家地里的瓜果蔬菜，那是一种生在田园的乐趣，那是一种享受丰收喜悦的方式。但在我们村，偷偷顺走一两个瓜尝尝鲜，且未被主人瞧见，那便作罢。若是顺得多了，又把瓜藤踩死了，那一定是不能忍受的昧良心的行为，且是地地道道的"贼"，该被"砍脑壳""问候其祖宗十八代"，被主人拾上砧板，执着刀，叉起腰，扯起嗓子，砍砍剁剁要骂上好几天的。

记忆中，自家瓜地也曾遭过贼，但很少听到母亲骂人。母亲说偷就偷了吧，骂也回不来了。但母亲会立在瓜地里，瞅着一片狼藉的瓜藤瓜叶，愣上好半天，有时还会背着人偷偷抹眼泪。

知了便是在瓜果成熟的时节放声歌唱的。

知了分雄雌。雄蝉身体比较长,尾巴尖。雌蝉,身体短而圆,尾巴椭圆。

雄蝉会鸣叫,它的发音器在腹基部,像蒙上了一层鼓膜的大鼓,鼓膜受到振动而发出声音,由于鸣肌每秒能伸缩约1万次,盖板和鼓膜之间是空的,能起共鸣的作用,所以其鸣声特别响亮。

雄蝉能利用各种不同的声调激昂高歌。据说,雄蝉每天唱不停,是为了引诱雌蝉来交配,它们并不能听见自己的"歌声"。

雄蝉一般能发出三种不同的鸣声。一是"集合声",受天气变动和其他雄蝉鸣声的影响而长短调节;二是"交配前的求偶声";三是被捉住或受惊飞走时的"粗重喑哑的鸣叫声"。

雌蝉的乐器腔系构造不完全,不能发声,飞得不快也不高远,所以它是"哑巴蝉"。秋天的雌蝉若是贪婪地进食,是很容易被人从背后捉住,放进盒子里做标本的。

在故乡的桃树、李树、黄连木、朗树、枣树等树木上,总能找到知了的身影。它最喜欢吸食的汁液是苦楝树、柿子树、柳树。

我曾在夏日的乐山大佛、成都的青城山道观,以及香客如云的九华山百岁宫、地藏寺等听过饱受道场教化且意韵优长的蝉鸣,总能让人驻足遐思。而最让人记忆深刻的还是故乡的知了。那种没完没了没心没肺拉腔拉调的鸣叫声,曾陪伴着生活在故乡的人们度过了一个个火热的夏天、秋天,度过了一段金色的童年。

谷堆高,米酒香

故乡最忙的季节是七八月。既要将水稻收上岸,又要将晚稻秧苗插下田,还要再将早稻谷打好,储藏。

谷子打好后,不会马上收进粮仓,得除尽渣,扬掉灰,晒干了再入仓。因此,各家门前的院子里,也就是禾场上,便会堆起一座座小山似的谷堆。有半大的孩童便会一屁股坐在谷堆上玩耍,或牵着一群同伴的手围着谷堆转圈圈,用怀抱来丈量丰收的喜悦。最让大人们生气的该是那些抓一把谷子来打闹嬉戏的孩子们。

谷堆堆起来有一定的讲究,大小高低位置远近,都有一番学问,必须不能对着自家正门,必须不能堆得过高过平,究竟是不吉祥还是什么,不得而知。

谷堆用扬谷的铁锹堆好后,再握一把灶膛里取来的草灰,请上村里书法功底好的青年,拉好架势,写上"社会主义好"或者"毛主席万岁"的字样,再用塑料膜盖上,外加一层新稻草,把谷堆遮盖得严严实实,这样既防夜露也防窃贼。

打谷的时候,正是米酒飘香的时候。渴了累了走到农家,招呼一声,几乎每家的主人都会端出一大盆用糯米或者剩米饭做成的白生生的米酒,盛上一碗招待客人。米酒虽说有清热解暑的功效,且家家户户都会做,但每家的米酒味道都不一样。吃米酒可见女主人的智慧。酒曲的量用不好,米酒就会发黄发酸变味发臭,自然也就不能食用。夏天的米酒在自然环境里一般能保存7天左右,如果没有吃完,酒味就会越来越浓,甜味也会越来越淡,最终将变成真正意义上的酒。

在农家,无论米酒是清是浊,是甜是淡,那种扑鼻的香味总是让人难以抵挡。几乎整个夏天,米酒与绿豆、米汤一同成为村邻们必不可少的盘中餐。

纳凉夜,星空远

故乡的晚饭,大都是在太阳落山后至夜幕降临前的傍晚时分开动的。这个时候,村邻们都停了工。不论是在地里干活,在菜园里劳作,还是在禾场上打谷,到了饭点,村邻们都喜欢把餐桌搬到禾场上。一时间,如同摆宴席般齐刷刷地一字排开,一片锅碗瓢盆声,可谓"你方唱罢我登场"。谁家吃着猪肉炖粉条,谁家喝着地瓜烧,谁家来了新媳妇,谁家买了台新收音机,谁家用上了电风扇……都会成为饭后的闲话。

晚饭后的时光,也是纳凉的时光。清荷脉脉,清风徐徐。当得知一场黑白或者彩色宽银幕电影在乡村轮流上演的消息时,人们便拖家带口地搬着小凳子去赶场,那一条条弯弯曲曲的村道被高高低低的田野簇拥着,连接一个个村落,在月色下就像一条条雪白的飘带,格外迷人。于是从电影里看来的动作,学来的台词,加上去头去尾的故事情结便会在纳凉时分,在此后每一个星空下发酵,演变成一场场激烈的自导自演的辩论赛。

即便是在没有电影的时候,星空下也是热闹的。村里总会有一两位有文化的人物或者讲者,从《封神榜》讲到《聊斋》讲到《西游记》,从《三国演义》讲到《隋唐演义》讲到"太平天国"讲到抗日战争与解放战争,从孙武讲到鬼谷子讲到诸葛亮讲到杨家将讲到朱元璋讲到曾国藩讲到十大元帅……总有宣泄不完的爱国热情,总有讲不完的各种版本不一的励志故事。抑或从村干部讲到县委书记讲到中纪委,比如某某官运亨通、某某财大气粗、某某身败名裂……这些话题的听众大部分都是村里的中老年人,几乎没有女性与小孩。

在纳凉的队伍中,女性与孩子们永远是属于情感派,如"牛郎织女""七仙女""美人鱼""狐狸精""野人"等神话传说、异志传奇故事总是她们的最爱。偶或换换口味时,也会开讲谁家男子相中谁家女娃之类的道听途说的爱情片段……

讲着讲着,听着听着,夜色浓了,茶水凉了,银河淡了,星辰远了,睡意浓了,夜露重了,日子远了……

2017年9月4日于广州

第一章　回不去的故乡

莫负人间四月天

正月梅花香又香,二月兰花盆里装,三月桃花红十里,四月蔷薇靠短墙……

青青草

四月的春风盘旋着袭击北方村庄的时候,首先被抱在怀里亲吻的是村道上、河坡边、屋前屋后院子里的白杨。执着地不肯相信爱情的老白杨一夜之间身子骨软了,羞涩地将鼓鼓的芽包隐藏在激情满怀的枝枝丫丫间;接着,春风一路亲吻,红了樱桃,绿了芭蕉;河边的小草抵挡不住爱的抚摸,醉倒在十里春风中;春风占领荒芜的田野时,所有领地上的植物一夜之间成为春天的一个个符号,不约而同地揭竿而起,完成了颜色的革命。

四月的春天,贪婪地吮吸着全身裹满香气的阳光,在充满童话的透明空气里织梦。献出初吻的小草犹豫不决,当了一世的红娘,一颗春心摇摆不定,总渴望被路过的一片云朵再次抚摸,渴望着与一只迷途的蝴蝶邂逅,或者与一头刚成年的水牛谈一场奋不顾身的恋情。

"四月南风大麦黄,枣花未落桐叶长。"如诗如画的四月,整个故乡的村庄都被南风包裹着——莜麦香,菜籽黄,蛙声隆,犁铧响,从田里退下来的老水牛惬意地立在草垛旁,倚在树荫下,卧在结满青草的小河边,沐浴着无边的春光,一寸一寸地咀嚼着、回味着又一轮返老还童的日子。

槐花如雪,海棠如血。乡间小路,芳草萋萋,萋萋的芳草磨亮过天空苍凉的颜色,洗白过牧童厚实的光脚板,抚摸过小姑娘柔软的小脚踝,托起过单身汉压满脊梁的梦想。

25

一长串曾经行走在这块土地上的名字,用汗用泪用血用爱用生命,用所有能够支付的形式,给了这山这水这坡这草地无尽的滋养。如今他们冰冷地躺在故乡四月的青草地里,为感恩苍山翠柏的护佑,耗尽最后一丝能量。

行人如织,布谷声断。那一排排立在春光里的名字,被一双双返乡的脚印惊醒,被一声声动情的轻唤激活,被一怀怀思念的胸膛揣暖,被一行行怀亲的泪水捂热,被一道道深情的目光牵引,走进四月的日历,四月的文字,四月的花海,四月的怀抱里。

那些在旧磁带里走失的歌,历经三十年的打磨,在乡村的四月复苏,成为白发姑娘感喟岁月的台词——"青青河边草,悠悠天不老,野火烧不尽,风雨吹不倒;青青河边草,绵绵到海角,海角路不尽,相思情未了……"

唱它的人已老去,听它的人也已老。

在这熏风濡湿柳荫的时刻,历经汉唐的小草摇落一身的朝露,踮起脚张望。它想起几百年前一个春天,想起长亭外古道边的欧大学士,想起他经过江南时的吟诵——"四月芳林何悄悄,绿荫满地青梅小。南陌采桑何窈窕,争语笑。乱丝满腹吴蚕老,宿酒半醒新睡觉。雏莺相语匆匆晓,惹得此情萦寸抱。休临眺,楼头一望皆芳草。"

如今又是连天碧草,碧草连天。春风自古无凭据,故人已故,乡人已老。故乡唯有几处瓦房,两声鸡鸣,半缕炊烟,一坡青青草……

纸风筝

四月,天朗气清,风和景明。

四月的故乡,是风筝的故乡。父亲找来大报纸,母亲熬好米糨糊,姐姐挽着尼龙绳,哥哥握着竹片刀,弟弟捧着水粉、颜料……

"纸花如雪满天飞,娇女秋千打四围。五色罗裙风摆动,好将蝴蝶斗春归。"讲的便是暮春户外放风筝的情景。

四月,不少乡村都有放风筝的习俗。在我的故乡,做风筝、放风筝、赛风筝是四月的主旋律。做风筝,常用的支撑材料是竹子。家乡每户村民都有院落,每个院落都种有竹子。春天是竹子抽笋拔节的季节,不适合砍伐,而且新竹子也不合适做支架,只有隔年脱了水的老楠竹才足够直挺,足够粗壮,足够韧性。这些成年竹要想足够轻盈必须削薄去结,使主干部分变成竹片,或者变成圆圆的细杆儿。接下来便用细绳扎支架,扎成不同的形状,如蜻蜓、蝴蝶、猫头鹰、蜈蚣等。风筝要飞起来,飞得高,要有长长的尾巴,且必须寻找开阔的地界,寻找风力平稳的时辰。"儿童散学归来早,忙趁东风放纸鸢。"这里的"东风"是不加一分不减一分的"和风",风太大或太小,都不适合。

放风筝的时节,早稻秧苗已插完,村里半大的孩子们只要见到风筝上天,便会跟着风纷纷出阁,活跃在禾场上,奔跑在村道上。一时间,红的、绿的、黄的、粉的,各式各样的风筝越过稻田,穿过池塘,窜上屋顶,攀上树颠,在风里飞,在云端飘……放风筝的孩童猫着腰、牵着线、扬着脸、蹙着眉、张着嘴;看热闹的爷爷奶奶拄着棍、展着颜、喝着彩;保驾护航的父母则不断地提醒着"当心脚下,当心脚下……"

放风筝的人,心都在天上,都在云上,哪管得了脚。结果不是跌入秧田里,掉进水塘里,就是倒在沟渠间。

日迟迟,花袅袅,草青青,祥云绕,一袖春光风正好。整个村落都沉醉在四月的风筝里,童趣的欢悦里,满满当当的天伦里。

谷前雨

清明断雪,谷雨断霜。

四月,故乡的亲人早早地褪去冬装,更换了被服,卷起裤管,在田埂上巡视。早插秧苗在农田里结完根须,等着抽穗拔节打苞扬花,等着落下一场谷雨。雨,落在禾苗的叶苞上,落在新挖的菜地里;落在新茶树的叶尖上,落在采茶女深深的酒窝里;落在换着毛发的牛背上,落在浅浅的河塘里。落在瓜田李下的草帽上,落在老汉的心坎里。

谷雨是农人的及时雨,是充满诗意的雨。

这时候,村里学堂的孩子们,揣在裤兜里,搁在吊梁上,养在抽屉里的蚕宝宝开始露出白胖胖的肚皮,冒出圆溜溜的小脑袋,伸长了脖子张望,等着又肥又嫩又脆又甜的桑叶喂养。一场谷雨,也是蚕娘的渴望。

这时候,邻家妹从木柜子里取出去冬叠放的春装,找出那件长裙,趁着响午暖暖的春光穿上身,试试腰,尝尝鲜。想起去年穿着姐姐给的这件花格子长裙,踩在露珠摇晃的青草地,走在浅浅的溪水边,那粉面含春,柳腰轻摆的模样,那跳动的心房,曾引来多少艳羡的目光。想想去年穿着它还得穿上高高的高跟鞋吧,今年似乎刚刚好。得跨个小竹篮,拿把小铲刀,挖回早春时寄养在田边的那株栀子花树。想到经过阳光雨露的滋润,那七层的雪白花瓣将开满整个院落,香满整个夏天,心里就想发笑。趁着谷雨前,还得去地里拾拾草菇,摘摘草莓,采些开满河坡的薰衣草。窗台上种的几盆杜鹃花早就谢了,剩盆金盏花兀自怒放着,真美!不过,答应阿宝去镇上看场电影的事别忘了,赶在谷雨前,得想想穿牛仔还是穿长裙?配哪条腰带?坐车去还是骑车去?还得买把花伞吧,那家伙虽说读过省城里的大学,脑子灵光着,也保不齐会疼人。虽说去镇上的黄土路早就修成了水泥路,穿高跟鞋就能一路走到街尾,雨鞋还是要买一双。她想起要挤进隔音的黑屋子去看电影,要坐电梯上姑妈家吃饭,就怀念大人们讲的露天电影院,怀念石凳子,怀念姑妈家早前住的筒子楼。若是与阿宝挽着手一起步行,一起爬楼,一起打伞看露天电影……一起,就得依偎着!那一定是很特别的爱情味道吧。

谷雨是爱情的毛毛雨,似乎一切准备得赶在谷雨前。

第一章　回不去的故乡

清欢酒

　　四月的乡村,经过了清明的祭扫、谷雨的洗礼,经过"风透春衫,雨透春衫",日子变得越来越长,阳光变得越来越暖,空气变得越来越洁净清爽。趁着庄稼地里该种的种了,该施肥的施了,该是歇歇脚的时候了。

　　院子里,村道边,沟渠上,山坡下,槐花满枝,白色的蓓蕾,似一串串悬挂在春天里的雪葡萄,是美丽脱俗的世外佳人舞动的霓裳,是万紫千红的春天的留白,是春之深爱。醉人的香裹风的软,飘在雨丝里,浮在尘泥上,钻进衣袖里,没入姑娘的发梢,在情人的眼里静静开放。那宏大的场面,迷醉的模样,春风十里总不如。

　　四月的故乡,整个春天就是一锅至鲜至嫩至脆至美的菜肴。而母亲、姐姐们就是小炒春天的最美厨娘,将四月炒成一桌色香味俱全的满汉全席。

　　四月的洋槐,是春天的礼物。从树上采下洋槐花,冲洗、除梗、去叶、晾干、入盆,和上面粉,每个花朵儿都裹白,配佐料,入蒸笼,出蒸笼,搅拌、散开、待凉,入锅加油葱姜盐炒热,一碗清热泻火的槐花麦饭便上桌了。

　　四月是野韭菜疯长的时节,到田野里采一把,装一篮,配上香干,一盘带着春天的气息的农家菜便出炉了。

　　尝鲜无不道春笋。农家的院落都盛产茂林修竹,雨后春笋一夜之间从地里冒出头,铆足劲疯长,成为农家餐桌上丰足的美食。色泽红亮,鲜嫩爽口的油焖春笋有丰富的氨基酸、维生素、无机盐等,若是加入酱制的鲜美酱肉,清蒸一下,就更美味多汁,益气补脑了。

　　四月的菜谱里,我最爱吃的是清炒莴笋条。将莴笋切成条,一层一层地叠好,翠绿翠绿的,养眼爽口。只要看到餐盘里的莴笋条就会想起母亲,想起坐在屋檐下竹椅上的母亲;想起手执镰刀,剥着莴笋的母亲;

一头是满布老茧的手,一头是坚硬粗糙的莴笋皮;一边是放学催饭的孩子,一边是忽忽西沉的春阳,还有不安分的田鸡在屋前稻田里无休无止地吵闹。不过只要等上一会儿,等到那一条条莴笋跌入大铁锅,守候着的菜籽油便会让它欢腾起来,让整个农家欢快起来,然后安静下来。那直逼味蕾的清香,仿佛要将整个春天烹在锅里。

没有香椿的春天是不完整的春天。四月的菜肴中,香椿在农家餐桌上占有相当的分量。无论你走到哪里,是故乡人还是异乡人,只需采些香椿芽,到草垛里捡几个笨鸡蛋,或者称一斤豆腐,一道独具农家特色的香椿炒鸡蛋或香椿伴豆腐便相继入盘了。

"蓼茸蒿笋试春盘,人间有味是清欢。"在乡村四月,无论是在"花见"初浓的北国,还是烟雨繁花的江南;无论你忙还是不忙;无论腿上带着泥衣上粘着土;无论有客来还是无客访;无论是群居还是独处,你都会被人间最美的春光打动。泡一杯峨眉山前回甘心脾的竹叶青,想一想金顶四面佛前的一叩首;来一盏洞庭湖畔吓煞人香的碧螺春,赏一赏碧波万顷的莲叶香;或者干脆煮一壶生津止渴的大碗茶,清一清满腹牢骚的九曲回肠。桌上有烧好的槐花蒸菜、韭菜鸡蛋、油焖春笋、炝拌莴笋条、香椿拌豆腐,若不够填味蕾,再来一碟干锅豆角、白灼芥蓝、清炒扁豆,外加一碗菠菜鸡蛋炖粉条。

春天本就是一壶醉人的酒,所有的香茗只是前奏,所有的鲜肴都是应景,只要再沽一壶地瓜烧,或者打一坛高粱酒,倒半斤老白干,一杯下肚,那么整个春天就有了意味,就有了欢愉,就有了满足,就有了酣畅淋漓的醉意,就有了浓得化不开的温暖与幸福。

四月天,清心菜,清肠茶,清欢酒,不老汉,一盏清杯送流年。

燕归来

"柳絮无风不肯飞,卷帘看燕归。"

第一章　回不去的故乡

在故乡,燕子归来的时候,正是芳华将尽的季节,南方湿热的季风气候宣告着立夏即将到来。

春燕是春的使者,也是夏的宠儿。它将春天里积攒的太多的爱恨情仇,太多的喜怒哀乐,太多的悲欢离合,以及太多的诗词歌赋一并衔起,连同一笔算不清的糊涂债都交给了火热的夏天。而春天那最美的章节,却被它含在嘴里,藏入心底,浅吟低唱。

有"一身诗意千寻瀑,万古人间四月天"美誉的民国才女林徽因,在四月里动情的吟诵:"你是一树一树的花开,是燕在梁间呢喃——你是爱,是暖,是希望,你是人间的四月天!"

莫负人间四月天!

2018年4月24日于广州

月亮花

"娟娟篱头花,白白间绿叶……"

有种花,生长在故乡。白的、黄的、浅红的、桃红的……小小的花瓣,三五成群地守着日落日出开着。你走着走着,冷不丁地从你的身边或者脚下冒出来,有时它带刺的枝枝蔓蔓会刺疼你,会勾住缠住你的衣衫,或者裙摆,拦住你的去路。这种留客驻足的强迫方式比较特别。那刻,你可能会恼,或者会讨厌它,想拿镰刀捕杀它。可是当你回眸一瞥,那白里透着红,红里透着点粉,开着小小的花瓣,花瓣上还托着一滴将尽未尽的晨露,在晨风里轻轻摇晃,那般瘦劲,那般娇俏,那般洁净,洁净得如同佛国里的睡莲,不染一丝尘泥。你的心底便会立刻升腾起一丝怜惜,一丝敬意,一丝感动。

远远看去,在茂林修竹的小山坡,在绿草苍苍的阡陌里,在禾苗扬花怒放的水田边,在村落与村落相接的乡间小道上,在杂木丛生的院落,在残垣断壁的土墙后,在村头村尾的电线杆上,它柔软的蔓坚定地支起一簇小白花或者小桃红,顶着烈日,探出头来,敞着胸怀,安静地开着,安静得像一幅水墨山水画。

它有个学名叫"野蔷薇",还有个不雅的艺名叫"买笑"。虽然"蔷薇"自古堪称佳花名卉,长在深宅大院的花盆里,可在我的故乡,人们不管"蔷薇"是"名卉"还是"野草",喜欢管它叫"月亮花"。

因为有人说,它开得安静,安静得近乎寂寞。它开得与世无争。它淡淡地来,淡淡地开,淡淡地去,像天上的月亮一样忧伤。

在乡间小道上漫步,走着走着,你时常会遇见哼着小曲儿的小姑娘头上,就插着那么一枝"月亮花"。

第一章 回不去的故乡

生长在农村的人大多都玩过"过家家"。几个童男童女围在槐树下，捡三五片瓦块为砧板，拾几块蚌壳为刀具，割一两束艾蒿、青草、竹叶等为佳肴。菜谱中如果只有一道能食，那必是"月亮花"的茎。生长在农村的小朋友几乎都吃过，嫩嫩的茎，剥去带软刺的皮，食之清甜爽口，如同咀嚼着整个春夏。

坐在手臂绕成的轿子上的是美丽的新娘，穿着花格子布衫，扎着长长的麻花辫，小脸蛋与小嘴唇用妈妈的画笔涂成了一抹红，头上必戴一朵"月亮花"，那就是——"新娘花"。花瓣红里透着白，开在长长的麻花辫的发梢，带着淡淡的香。

后来的一个夏天，我在故乡遇见一位发小，许是太久的隔膜，我们没有了话题。我们不约而同地谈起小时候的情谊。没想到她会说，"做小孩时，我们常在一起打架……"

我一边应着，心里却很不是滋味。记忆中我们的感情很好，她多次扮演过我的新娘，在她母亲去世后的日子里，我们常常手牵着手去看"月亮花"。而今远嫁异乡的她虽年届不惑仍旧美丽着，只是多了一份世故与沧桑。早已为人妻人母的她，在内心深处，或许早已羞于启齿，又或许早已不该再留存童年的章节了吧。可我想，问问那芳草萋萋的小山坡，问问那弯弯的山道，问问那早已干涸的小河，问问那历经风霜的老槐树，它们或许不会忘记，很久以前，曾遇见过怎样的一位小小新娘——头戴"月亮花"，红红的小脸蛋上绽放着月亮一般幸福与忧伤的笑容。

我没有再说话，我们的背后，群山如黛，蒹葭苍苍，斜阳正浓。我发现就在离她的不远处有一朵"月亮花"静静地开着。我想起一首宋诗——"悠然芳草畔，见此衣逐妾。罗帷未生梦，粉面反成怯。幽香熏倒入，山麝火初爇……"

刊于2018年6月21日《平潭时报·海坛风》

父亲的二胡

求　胡

父亲有一把二胡,据说是20世纪五六十年代他在乡村戏班子跑龙套时,从老艺人手上半买半求来的。

那时故乡的小镇几乎都有一两个戏班子,主要是演出花鼓戏与皮影戏。皮影戏台是一张展开的大白麻布做的幕景,幕后就是内台。内台的光源是几盏悬吊在台柱上的马灯或汽灯(后来有了电就用电灯)。表演者大都是有点唱腔功底且擅长说书的老者。有的白发苍苍,有的头顶光光。一台戏的表演者大抵需两三个。表演者们通过控制人物脖颈处的一根主杆儿和两根耍杆,来驱动人物做出各式各样的较高难度的动作。表演者通常或立或坐,边摆弄二尺二寸左右的"门神谱"类大皮影人,边说唱故事。我看过的有《穆桂英挂帅》《樊梨花出征》等。

配台的有站着打快板的;有敲锣打鼓的;有坐着吹唢呐吹笛子与箫的。最具技术含量的要数跷着二郎腿拉京胡或二胡的艺人。这些艺人与表演皮影的老者构成了皮影戏的台柱子。故乡的皮影戏大多在晚上演出,逢年过节或是农闲季节是演出的旺季。而坐在台前的忠实观众大都是十里八乡的村民,以及一群凑热闹的孩子们。

一台皮影戏根据剧情需要,少不了要配吆后台的人。父亲便担任着敲锣兼吆喝的角儿。也就是戏唱到高潮处,使劲配和声的那种。

在戏班子里,最金贵的除了皮影,就是弦类的乐器。一把二胡据说要花费百元以上,那时一般家庭根本买不起。以父亲那样的角色能求到的二胡自然是要退役的。那是把红木做的二胡,到手时,据说琴杆、琴筒与琴皮已近破损,父亲用新蛇皮蒙了琴筒,更换了琴枕。一番精心维修后,琴筒里居然也能流出像模像样的乐曲来。

悬　胡

曲子绝不会是父亲拉的,父亲或许根本不会拉二胡,因为姐姐们从未见父亲拉过。但父亲却把二胡当宝,担心在阴雨天受潮,特地在阁楼的土墙上钉上一张纸板,打上木桩,将二胡悬挂在上面。等闲下来,父亲便取下来把玩,擦拭。

父亲擦拭二胡时十分地小心,一块白色的棉布,涂上一两滴菜油,从琴头到琴杆到马尾到琴枕到琴托,前后要擦好几遍,然后再给琴弦抹上一层松香。做完这些功课后,父亲会坐在竹椅上,也翘上二郎腿,一手执琴,一手执马尾,抬头摆手模仿艺人们拉二胡的动作,一些戏曲的唱腔便在父亲脑海里荡漾,不知不觉哼出一些片段来。

"一弓推却喜乐事,二弦磨平春秋痕。"

父亲是个聪明人,虽只上过几个月的私塾,却练得一手漂亮的毛笔字,在村里家里也是爱主事的人。家族里出纷争,都会找父亲出面评评理或拿拿主意。我一直不能明白,父亲既然在戏班里混迹过,而且对二胡有着深厚的兴趣;既然拥有了一把二胡,为什么就没有学会拉二胡呢?

父亲那把二胡的来历曾听母亲提及,并说父亲有过四件宝,除了二胡,还有一杆竹笛与箫,以及一本《林海雪原》。据说那本书是1957年10月人民文学出版社出的初版,后来被父亲藏进上了锁的书柜里。而竹笛与箫便没那么幸运,只是随意挂在墙上,孩子们可以取下来玩。但二胡断然是不能碰的。只有父亲把玩时,家里的孩子们才有机会围在父亲周围观摩。有次哥哥因为好奇取下来把玩,结果挨了父亲的打。从此再无人敢碰父亲的二胡。

春　阴

　　而父亲把玩二胡较多的频次出现在阴雨天,尤其是春季。那时油菜收上了岸,地里的早稻先后落了种。秧苗青青,槐花飘香。正是"春阴垂野草青青,时有幽花一树明"的农闲时节。戏班的演出多了起来,父亲据说进了花鼓戏班,还是跑龙套,演丑角。就是在换剧幕时跳将出来扮鬼脸,唱上几句搞怪的台词,活跃气氛的那种。

　　有戏唱,父亲便有了喝小酒的去处,往往几盅烧酒下肚,满面的红光,自然情绪便好起来。父亲情绪好的时候,也会从领到的微薄的报酬中拿出点零花钱,分给家里正在上学的孩子们。

　　我那时还小,没有上学,没资格领零花钱,但能领到点糖果或饼干之类的零嘴。于是家里的姐姐们都盼着春阴。

　　春阴的时节,菜桌上还算是丰盛的,田里、河里捉来的鱼虾,连腊肉也偶或能上桌。母亲做好饭菜,碰上家里来了外客,便与姐姐们回避到厨房里吃。我与哥哥是男丁偶或能在桌上客串一下小主人。依稀记得那时来的外客中有花鼓戏班里的老艺人白师傅。白师傅光临时,伙食是最好的,也是父亲最为得意的时刻。

　　白师傅是戏班里拉胡琴的首席乐师。他擅拉音高的京胡,二胡也十分拿手。据说他的父亲在民国时期曾是县剧团的班主,他本事自然是祖传。可白师傅也因此在"文革"时受到了牵连,下放到了农村。

　　第一次在家里听白师傅拉的二胡,便着了迷。那个重要时刻,父亲会显摆似地取下挂在墙上的二胡,请白师傅校音,顺便拉上几曲。

　　白师傅喜欢拉的二胡曲较多。有描绘丰收后喜悦场景的《喜送公粮》;有描绘草原上奔腾嘶鸣的骏马,旋律粗犷奔放的《赛马》;有模仿各种鸟叫声的《空山鸟语》等。我与哥哥很爱听,可姐姐们更喜欢白师傅拉的《二泉映月》。那曲调缠绵情深,如泣如诉。父亲则最称道戏曲《秦香莲》。白师傅台下一般不拉戏曲,只有酒至微熏有人央求时,才会拉上一段。

白师傅与父亲都好酒。古人讲酒有酒德——"饮不至醉,半酣即停;醉不至狂,微醺即醒。"而白师傅与父亲在喝酒这件事上是有区别的。父亲年轻不得志,喝酒则是为了忘却现时的烦恼;白师傅已过知天命的年纪,喝酒则是为了寻找丢失的记忆。因此父亲越喝越糊涂,白师傅却越喝越清醒。

白师傅拉曲时,微闭着眼,随着节奏抖腕摆头;父亲则追着节奏,哼着台词,摇头晃脑,拿腔拿调。

父亲让我给白师傅敬酒时,我顺便请教了白师傅拉二胡的技巧。白师傅微微一笑,说了一通口诀,我一个字都没听明白。后来长大些从哥哥那里了解到,白师傅当时讲的大意分为两部分。

一是指法的规则——"指尖触弦手型圆,揉抹滑打压垫颤,长短顿抖跳抛连";二是拉弦的秘诀——"运弓有序布局妙,双手协作同步调,心到声到手要到,抑扬顿挫有技巧;发音悦耳声不躁,韵味出来品自高"。

白师傅在故乡可谓是有修养的人,一生与世无争,分田到户没几年便无疾而终。作为一位民间艺人,他一身的乐技,却没有传人。离去时,仅一把二胡相伴。父亲凭吊回来,曾感叹了好长时间。

落　日

许是白师傅的故去给了父亲一些启发,又或许是村里通电后娱乐节目开始丰富起来,戏班子的活路便渐渐少了。闲下来的父亲居然慷慨地将二胡取了下来,借给了村里一位渴望学琴的年轻人,我们管他叫"安"。

安上过镇上的中学,像父亲一样习得一手好书法。安家里只有他与他的奶奶。安十分聪慧,学什么会什么。这让父亲一脸的得色。

记忆中,夏天经过故乡的时间相当的长。落日西垂,残阳如血。村民们结束一天的劳作,吃过饭,便早早搬了竹床到庭院里纳凉。

安坐在庭院的小木椅上,低低的,一低头,拉响二胡。安只拉不唱,拉的全是当时的流行歌曲——《达坂城的姑娘》《月亮代表我的心》《路边的野花不要采》《甜蜜蜜》等。这些充满甜蜜感伤的旋律从安的二胡里流淌出来时,村里有群像安一样到了适婚年龄的男青年们便聚拢过来,跟着曲子扯起嗓子唱。女青年们便红着脸不好意思地走开,远远地背转身坐了,耳朵却没落下一支曲子。父亲也因此面露不悦之色,只是不好意思收回二胡。

我最爱听安拉的那首《橄榄树》,安总是习惯地将《橄榄树》作为每日演奏的结束曲。这首散发着浓郁泥土气息的怀乡曲与二胡特有的浑厚音色一结合,便有了一番独特的意味。尤其是听到"还有,还有,为了梦中的橄榄树,橄榄树"这段转调曲时,安对颤音与长短音恰到好处的把握,总让人胸中充满无限的忧伤。以至于许多年过去,我一听到这首歌,便会忆及父亲的二胡,忆及安,忆及那个特殊的年代,许多像安一样的青年心灵深处囤积的那种孤独,以及对压抑已久的情爱的渴望。

秋　蚀

那个秋天来时,安的奶奶去世,安因此也生了一场病。父亲借故收回了那把二胡。父亲没有把二胡挂在墙上,而是锁进了大柜子里。于是村落里再也没有听到二胡或悲或喜的曲子。

安病好后,便在那个秋末结了婚。对象是远村的一位未上过学的大龄女青年。后来戏班子解散,父亲也归了田。我再也没有见到父亲的那把二胡,听母亲说那把二胡离奇地遗失了。就好像二胡从来没有来过我们家,也从来没有在村里出现过。

2016年4月5日于广州

第一章　回不去的故乡

父亲的书柜

【题记】

父亲的书柜,他耗尽一生精心守护着的一隅,装着的竟然是如何做人的密语!

一

用今天学者们负责任的话讲,父亲算不上一名读书人。父亲只念过三个月的私塾就告别了书包。我一直没有弄清,父亲的私塾在哪?教父亲的私塾先生又是谁?早霜的奶奶是如何背着家里仅剩的几斗米,硬是咬着牙将年幼的父亲送进学堂的?而穿着草鞋麻布衫的父亲又是如何在秋季学堂度过让他骄傲一生的100天?

我很难想象,父亲的最后一课是在怎样的情景下开始与结束的。我想在那秋风瑟瑟的傍晚,在秋雨潺潺的屋檐下,刚满10岁的父亲应该听到了奶奶与先生的一番对话吧。

那时的奶奶应该二十出头,盘着头,裹着小脚,当秋收的意味弥漫整个村庄与田野的时刻,在弯弯的乡道上,在窄窄的田埂边,在回家的村道上,一名一辈子连乡镇都未走出过的旧时女子,不知对渴望读书识字的父亲是怎样劝慰与叮咛的。总之,无论后来因缺少文化而遭受多少的挫折与失意,父亲始终都没有责怪过奶奶,连年少的辛酸往事更是绝口不提。

像所有旧时农村渴望上学读书的孩子一样,父亲对学堂与书本有着一种敬畏与渴求,有着一种弥爱与专诚。每次茶余饭后,几杯烧酒下肚,父亲总会无一例外地提起他读书的心得——习《弟子规》，背《千字文》，默《三字经》；一日一篇，一周一册，一月包全本：字、词、句、读、解、诵。

父亲在讲述时，一脸得色，一脸满足与憧憬。这或许是那些年许多亲友不理解，何以有"一把铁算盘"之称的父亲，能将家中五口人辛苦一年所挣的600元钱毫不犹豫地给儿子交了上中学的第一笔学费。我想，个中必有父亲当年辍学的情结——他是不忍让子女重复他年少失学的遗憾吧。

父亲爱书。他的枕边总会有几本带着戏文的残缺不全的线装书。几乎都是他在乡办的戏班子跑龙套时顺回来的。他还不时拿出来擦拭、端详、品赏，给书装上新封面，还将翻皱转角的页面一一抚平，用铁板压实，再用布巾包裹仔细，放在被单下压平。

父亲从私塾先生那里学来的对书的态度影响我们一家人。他也因此养成了特别爱整洁的素养。他所有的生活用品都有固定的存放处，可谓"事有来处，物有归处"。穿衣叠被，一丝不苟，一尘不染。以至于，儿时我与哥哥偷窥父亲的东西即便放回了原处，也总能被父亲一眼识破。

父亲爱读书。据说他有过一本完整的书，是20世纪50年代首版的《林海雪原》。那是作者曲波根据1946年亲身参与东北民主联军深入东北林海与雪山执行剿匪任务的一段经历创作的长篇小说，根据这部小说中"智取威虎山"为主要情节改编的电影《林海雪原》，可以说是家喻户晓。而改编成的现代京剧《智取威虎山》一搬上舞台，便迅速登上了20世纪60年代"样板戏"榜单，影响很大。其中的唱段唱词，直到今天很多人耳熟能详，会演会唱。

这本书是父亲在哪买的，还是从哪顺来的，我不知道，我没有见过。我想那本书应该是繁体字版，我后来在网上搜索过相关的版本资料，那本书是具有一定的收藏价值的，如果留到现在应该十分地珍贵。后来听说被三堂哥借去，再后来，不知去向。

第一章 回不去的故乡

　　那本书应该是父亲所珍爱的。家兄在20世纪80年代多次提及过这本书,说明父亲对遗失的《林海雪原》念念不忘,每每听到旁人讲到革命样板戏,讲到抗日英雄、剿匪故事,父亲便会叹息好半天。那本书父亲应该忙里偷闲读了很多遍,少剑波、杨子荣的英雄形象应该早已植入父亲的脑海,影响了他的一生。

　　父亲爱习字。尽管我们家户口簿上父亲的学历一栏里写着"初小",但从他后来能担任村里的出纳,能打得一手好算盘,能做密密麻麻的账本,能开会做记录,以及能写秀美的毛笔字,可见父亲着实下过一番苦功夫。

　　一生泥里水里,与牛为伍以猪为伴以草为邻以酒为友的父亲,一生牢记"万般皆下品,唯有读书高"之类圣贤教化的父亲,渴望成为一名堂堂正正的读书人,成为一名风风光光的城里人。那种以书为缘以笔为生的荣耀,应是他一辈子的未了的遗憾。或许在他无数的梦境里,那份失学的痛,辍学的悔,也会时时澎湃而生,翻转而来,凝成了他一生的心结吧。

二

　　老家有两件柜子,上好的楠木,据说是乡里有名的已故老木匠师傅的手工制品,革命的一品红,只是历经岁月的磨砺,褪尽了大红的底色,一片淡淡的灰,如同生命老去的颜色。

　　其中一件2米多高,宽不足1米。有上中下3层。每层都有木板隔着,上层与中层间夹着一个抽屉,底层之下是三四十厘米高的裙边。两扇对开的门,门上端触手可及处挂着两枚铜片,作为开门的把手。另有两枚立起来的小铜扣,是用来上锁的。两扇门间严密无缝。在左边的那扇门右角缺了一块,形成一个两指粗的洞。那洞是老鼠所为,是受潮破损,还是人为,不得而知。柜子长年用铜锁锁着,这小洞便成了阿里巴巴的山洞，让人生发许多的联想。

老家的两件柜子是父母的结婚家具，或许是母亲带来的陪嫁品。两件柜子原本应该都在母亲住的北厢房。许是后来有了儿女，父亲搬去南厢房后，其中一件便跟着搬进了父亲房里。柜子最初大抵是用来装衣物的，但后来不知为何其中一件用来盛放家用五金配件，再后来又搬到了堂屋前侧的墙角，用作碗柜。碗柜自然是开放式的，没有秘密可言，且很快陈旧破损。

唯一没有挪动过且上了铜锁的是那件保存得相对较好的柜子。铜锁的钥匙只有一把，在父亲的手上，自然柜子的主人就是父亲。我7岁那年问母亲才知道，那柜子居然是父亲的书柜。

我想这衣柜改装的书柜，应该是父亲当上村干部以后。可这件书柜一锁就是二三十年，直到父亲卸职归田成了地地道道的泥腿子，依旧没有开放过。母亲也从未提起，姐姐们也讳莫如深。

书柜除了它的神秘，还因为它是拥挤不堪的土房子里唯一的禁区，唯一一块属于当家人的领地。在某种意义上，书柜象征着一家之主的权力，象征着当家人的威严。至于我们这些孩子，甚至是善良的母亲也不敢轻易去挑战的。

所以，尽管书柜摆放在母亲与我住的房间里，我们早晚都能看到它，但从不敢越雷池一步。至于书柜里具体有些什么，对于我与哥哥姐姐们而言一直是个谜。

在父亲去世前的十多年间，我见过父亲开启过两次门。

第一次大约是我六岁那年的春天，那是个阳光明媚的早晨，"文化大革命"结束后解任的村支书白书记首次来家串门，看望一同下来的父亲。两人在堂屋的饭桌前谈着话，纯净而温暖的阳光从屋顶上透亮的玻璃瓦中倾泻下来，像一层面膜敷在白书记古铜色的脸上。父亲打开书柜，从里面取出几册账本给白书记查阅。

随后,母亲烧了一桌农家菜,父亲与白书记喝起烧酒,聊起村里人事变动后各自的打算。

白书记是个文文静静体型较肥胖的老人,我只见过一次,后来才知道他是我小学永远坐第一排的矮个子男同学的父亲。

第二次看到父亲打开书柜,是我念小学四五年级的时候。父亲从书柜里拿出一张五元的纸币,让我拿去交学费。我立在父亲的身后。从父亲高大的背影后偷窥,可除了书柜里淡淡的黑,什么也瞧不见。

于是,我知道了父亲的书柜里装着一些账本,还有一点用来支付全家人生活所需的钱。至于书柜里还有什么,依旧是个谜。于是,面对家里唯一的一片禁区,一颗属于男性的与生俱来的叛逆的心伴随着年龄疯狂滋长,总想一探究竟。

三

1988年的冬天,已经是高二年级的我,在镇上的寄宿学校上学。父亲与三姐是家里主要的劳动力,哥哥在镇上的修理店生意一直惨淡,生活常常难以维系。而家里也不断有不好的消息传来。三姐在劳作时不小心,推动木板车把手,冲撞到了父亲,父亲因此发了很大的脾气,并在家歇了好长一段时间;哥哥去了省城武汉进修,又缺粮少钱了;母亲的眼疾越来越严重,从夏至到秋分,常常间歇性失明(直到后来,我进了医疗行业后才知道,那是患了严重的糖尿病);家里唯一一头耕牛老了口,怕是挨不过冬……

学业的加重,家境随时可能引发的辍学危机,随之而来的未知的前途,一下子包围了我,我的注意力开始转向对生存环境的担忧,至于父亲的书柜渐渐被淡忘。

一段时间过后,父亲的胸痛不但没有减弱的迹象,反而渐渐加重起来。终于在二爷去世的送行宴上,心情沉重的父亲几杯酒下肚后,病灶被引爆。

　　二姐夫、表叔陪着父亲去省城看病那段时间,我一直是被隐瞒的对象。而书柜的钥匙自然一直在父亲的手上,准确地说,仍由父亲保管着。直到父亲放弃治疗,从省城归来。我不知道,从未去过省城的父亲,三百多里路,在来回的车上,想了些什么,是否想过母亲,想过未成年的儿女,想过自己……一辈子站立在黄土地上,一身硬气,一生只向泥土低头的父亲,或许意识到自己的生命将要走到尽头。

　　从省城回来后不久,父亲便卧床不起。

　　我周末回家向母亲索取生活费时,母亲第一次打开了父亲的书柜,第一次拿出10元钱给我。那是我第一次也是最后一次拿到的金额最高的生活费。

　　我看着母亲手里的那把铜钥匙,被岁月打磨得有些锈色斑斑,而锁头仍旧锃亮。母亲将钱递到我手上时叮嘱着我细点用,那刻我的脑中想着,父亲与母亲曾就当家人的身份做了一次怎样的交接。做了一辈子当家人的父亲是不甘、不忍、不放心?还是疼惜、遗憾,或是彻悟——世间种种终必成空!

　　那一年,母亲58岁。一辈子逆来顺受,不跟父亲争当家人位置,不跟人争斗的母亲,我不知道当她拿到书柜钥匙时,心里有着怎样的一番感叹。我想她应该是极不情愿,极不忍心,却又坚定地接过了那把象征责任的"权杖"吧。

　　父亲去世后,锁了一辈子的书柜上的铜锁不见了。或许母亲以为,那些村里的账本,早已超过了查账时效;关于所剩无几的存款,母亲以为孩子已经长大,还有什么不能让他们知道的呢?

　　然而,在很长的时间内,我们都没有去关注未上锁的书柜。一是仍处于失去亲人的悲痛中;二是出于对父亲的尊重;三是早已习惯书柜上着锁的状态。就如同触不可及一样,父亲的书柜在母亲近乎放羊式的管理中,延续了大半年。除母亲外,谁都没有打开过父亲书柜的门。

四

1991年春天(父亲去世一年后),我打开了父亲的书柜。

书柜的上层左侧放着一个较厚的木箱,木箱里放着厚厚的一叠账册,那是父亲任村出纳时往来账本副件;另一侧有一个小木箱子,箱子里放着一本书——毛泽东选集(第一卷),书里还夹着几张十元钞票;书下放着建新砖瓦房时材料款的欠条,以及父亲记着的每一年的家庭开支往来账。包括几位姐姐出嫁、亲友人情与开销;我与哥哥上学所花的学费,借出去的几十元欠条,以及母亲借钱给父亲看病的借条(这些单据绝大部分都早已兑现,且过了期)……箱子下面压着一本书,那是父母亲在我满12岁时,请算命先生撰写的"流年薄"。

中层与上层之间的抽屉拉开,里面放着刻有父亲名讳的印章。此外,是父亲在任村干部时,在那个激情年代,佩戴过的毛主席像章、绣标,用过的铜烟杆、烟袋与几支蘸墨的旧式钢笔,以及奶奶辈留下来的几枚铜钱,还有我丢弃的小学与初中的校徽……

而柜子的中层一侧放着印阴钞的铜版;另一侧放着几条新毛巾与手帕。毛巾存放的时间不长,手帕显然有些年头了,用纸袋装着,因长期的封存,早已发黄。这两样东西中毛巾应该是父亲去哪位亲友家凭吊所得的答谢之物;手帕应该寄托着父亲早年的一段情感。

书柜的下层是空的。怎么会是空的呢?

父亲的偌大的书柜原来只装了一本书?!这一封锁了几十年且吊足了我与哥哥姐姐们好奇心的禁地,谜底揭开,竟然会是这样。

我立在书柜前怅然若失——只有这些吗?父亲宝贝似地封尘到死,就只是为了收藏这堆根本谈不上珍贵的东西吗?

可是当我把书柜存放的所有东西,进行整理排序后,我的泪水忍不住夺眶而出……

　　第一层左侧,存放的是账本——高度不是一般孩子能接近的。近一米七的父亲得踮起脚跟,伸长了手去取,取的姿势是仰望着的。账本锁在大箱子里,象征着——公家的东西是最重要的,公为大;右边放着毛选与钱钞,象征着对伟人对新社会的感恩,有毛主席与新中国,才有幸福的生活。

　　书下放的借条与欠条,意味着做人应坚守的诚信;箱子下面压着的"流年薄"是父亲对后辈寄予的希望;中间放着生活用品——毛巾,代表着对亲情的重视,是一种孝道,一种对家庭的责任;右边放着的手帕,显然是父亲对母亲的一份无须言说的感情。

　　中间的抽屉装的物品,表达的则是父亲认真生活的态度,以及关注儿女成长的每一步,把美好的或不美好的都坦然地接纳保存。

　　至于,空空如也的下层,不正代表着父亲做人的品德与个性吗!

　　永远把集体利益放在首位,对公权力心怀敬畏与忠诚;永远对来之不易的安定生活,以及对他人的帮助心存感激;永远对家庭对儿女成长充满责任,充满爱心;永远对婚姻情感不忘初心;永远堂堂正正做人,"清风出袖,明月入怀",在诱惑面前,绝不轻易伸手,轻易低下高贵的头……

　　父亲的书柜——他耗尽一生精心守护着的一隅,装着的竟然是如何做人的密语!

2017年11月9日于广州

第一章　回不去的故乡

丢失在阁楼的小人书

【题记】

老家住的房子,是那种有天井与阁楼的土屋。所谓阁楼就是堂屋部分的正厢房左右两间都隔着木楼板,楼板与地面搭上一架木梯,以便上下使用。阁楼大约五六个平方米,地板用的是旧中堂门或整块木材拼成,很厚实。阁楼上有亮瓦,人在阁楼可卧、可坐,若是成人站立得弯着腰。阁楼上存放的都是不常用的藏品,其中有母亲、奶奶或者太奶奶们嫁过来时的陪嫁,还有几个能装下人的大木箱子,里面放着一两双绣花鞋或者棉被什么的?有的箱子是空的,久不打扫,表面满布尘埃。而我最喜欢的小人书便有了藏处。

雨天的书

我喜欢在雨天读书。我年少的时候好读书,能读到的大多是小人书。半卧在阁楼的地板上,抱着灌了油菜籽的枕头,或枕或垫在胸部,仰卧、俯卧随性。雨打在青瓦背上,或急或缓,如同乐曲,此起彼伏。若是雨点大,叮咚的声音,如滚动的珠子,如鼓点如音符如踏歌的行板,极是好听。因为头顶离屋檐很近,雨声听得自然分外真切。这与在亭子里以及山野、湖边听雨的感觉是不同的。若是雨带着风,那感觉便又有不同。风是打瓦沟里钻过去的,带着呜呜的声音,如洞箫加打击乐的混合曲。风从瓦缝里渗出来,头顶与后背就会感到丝丝的凉意。若是夏天,那是极舒适的感觉。可若是秋冬天,风雨便带着些潮气,好在窝在被子里,总能对付过去。而有时会有点滴从瓦缝里溜进来,冷不丁地袭击你的头顶,你的脸,或滴落在你捧着的书本上,那便得起身,半立着用手调一下瓦缝距离。书读倦了,便仰卧在阁楼,看一排排青瓦,一道道木梁,纵横相接,雨就在瓦沟里欢快地流淌。从亮瓦里看,满满的都是潺潺的诗意。若是,卧下的地方刚好有扇玻璃窗,就能看到窗外斜风细雨,整个村庄、树木、庄稼、青草地沐浴在洁净的雨中;抑或瞥见穿着雨衣从田野归来的村民,或者举着粉色的油纸伞漫步在村道上的女子,样子十分的优游、闲适。整个村落非常宁静,静得只有淅淅沥沥、洋洋洒洒的雨声,静得只有来来回回、晃晃悠悠的风声。

雨天读书是十分惬意的。这时候不用去庄稼地里劳作,自然也少有人来造访,即便来了,也找不到阁楼上的你,自然拥有一份难得的清静,那么读书就显得富有诗意了。

雨天的时间,是读书天。在雨天,我看的小人书有素描版的、有工笔画的,插图下配着一两行注解,都非常的精美。因为都是静态的,于是我们总是拿了半透明的信纸临摹,小人书的插图便成了我绘画的启蒙老师。20世纪80年代,能读到的小人书除了《嫦娥奔月》《美人鱼》《百鸟衣》《封神演义》《东周列国故事》等中国神话与历史故事,便是《敌后武工队》、《地道战》等抗战故事。但雨天读的书,大多是借来的,因此读得也快,大多囫囵吞枣地读完雨就停了。雨一旦停了,便是要下地干活的,若是风住雨疏仍不肯下楼,或者看着看着忘了午饭或晚饭的时间,那就会被父亲拧着耳朵请下楼来。

太阳底下的书

能在太阳底下读书,自然是在冬季。油菜与小麦落种后的冬日,是村落里一段长达两三个月的慢慢假日,也只有在这样的日子里,才会有空闲,才有兴致。从屋里搬两三张桌椅或者木椅,置于门外的禾场上拼成半张床,伸直了双脚,再盖上一床小棉袄,就这样躺在阳光下,卧在时光里。让阳光包裹着、亲吻着裸露出来的每一寸肌肤，打打哈欠或者伸伸懒腰；让时光的手指一遍遍地抚摸心灵，漫过心域里沟沟壑壑，拭去风尘。

这时候，旁边常常跟着一条溜出来晒毛发的小懒猫或小狗崽，它们用自己的嘴唇清理着毛发、脚板，用爪子挠挠痒痒；而村邻们看到这一幕，常常端了饭碗，边吃着边围过来，只为凑个热闹，话话家常。

这时候，村庄是慵懒的，与越冬的庄稼地、小动物们一样，仿佛要进入冬眠，连讲话的声音都是低低的，温软了许多。小猫撒着娇，攀上你的脚，你的腿，你的胸，收紧前脚，并拢后脚，把头埋进你的胸襟、脖颈的温暖处。它半眯着眼，偶或看看你，偶或闭上眼，似梦非梦，让你不忍拒绝它的示好。

只有阳光是醒着的，只有爱读书的人是醒着的。阳光晒热了老人们的身子骨，晒热了小猫小狗们的毛发，晒热了人们的舌头与话语，自然也晒热了书页，晒热了一行行律动的文字。

在太阳底下读书，思想充满了温度，充满了灵性，文字是温暖的，空气也是温暖的，身边的人自然也是温暖的，就连飘下来想一探究竟的落叶也是温暖的。

在太阳底下读书，读到的都是关于春天的讯息。合上书页，闭上眼睛，或者将书盖在脸部，自己仿佛在浩瀚的宇宙里梦游，仿佛自己已不是自己，仿佛时光已行走在红尘之外，连小猫都开始做着一场关于春天的梦。

在太阳底下读书，听凭日子一缕缕地游过脸颊，游过书页，悠悠远去。

灯下的书

在灯下读书，是大多数文人们必修的功课，不少旧时的文人们叫它

"夜航"。

夜是艘没有盖着蓬的船,屋顶是蓬,一圈圈的灯影是流淌着的河水,而翻动书页的声音好比那欸乃的桨声。

年少时读书,在灯下,是决计不敢读《画皮》《聂小倩》《孙悟空三打白骨精》等鬼怪异志类的书,生怕美丽的女鬼或者狐狸精深夜来敲门。

所谓灯下读书的"灯",过去一般指"煤油灯"。一灯如豆,照亮的不过五六个平方的空间。而且灯往往是要共享的。母亲或者姐姐在灯下纳着鞋底,或者忙着其他的针线活,我则借着灯的余光,看着小人书。看得多是《基度山伯爵》《大西洋底来的人》等西方传奇故事。等再长大点,就会看电影书,就是从电影上截屏下来的画面,底下配着文字,相当于电影的精华版,如《威尼斯商人》《巴黎圣母院》等。

乡村的夜是静寂的,静得能听见煤油灯捻子燃烧的声音;听到母亲与姐姐针线扎过鞋面的声音;听到牛在牛房里咀嚼稻草,打着饱嗝的声音;听到小狗打着哈欠的声音;听到水气在星空下裂变以及夜色缓缓流失的声音。

乡村的夜,如果你没有经历,你难以想象它的静。

灯下看书,一如僧人静修,是彼此的呼吸都能听得真真切切的。在灯下看书,常常会着迷,会遗忘时间。如果到了三更天,灯显然是要被灭了,那种不情愿并且有些愤懑的滋味是很难受的。合上书本,心却整夜都沦陷在故事情节中,难以自拔,于是梦里全是一场场与剧中人的对话,自己便是那主人公,任意编排着小人书中不合时宜的情节。

在灯下读书,是一种人与天的交流,是静得发慌的优游,是人与自然的融合,是一种出神入定的境界。多少灵感从夜里幻化作精灵,爬入纸格子里,成了传奇。

第一章　回不去的故乡

牛背上的书

　　在乡村生活过的，大多都有放牛的经历。若是男生，大抵都逃不掉这份专属的差事——放牛娃。放牛的季节一般都在春夏季，那可都是农忙的季节，我爱放牛除了能逃掉下地劳动的体力活，主要还是因为自己喜欢看书。

　　一手牵着牛，一手执着书本，牛用鼻吸驱走虫蚁，一口口咀嚼至嫩至脆至香的春草，吸取天地之精华；我则用目光抚摸书页，一行行如饥似渴地吞食至甘至醇至美的文字，吸纳知识之琼浆。所谓"书中自有颜如玉，书中自有黄金屋"或许就是这种不能说不能道不能与人分享的领悟。

　　在物质相当匮乏的乡村，能读到的书自然不会太多，常常一本书要传遍整个村庄。而一旦得书，那种快意，真如三日不知肉味。

　　若是没有书可读，即使到了放牛的时间，也往往听凭系在树荫下的牛绕着树桩打转转，听凭急得跳脚的牛伸长了脖颈，一遍遍地发出饥饿的催促声，也充耳不闻。直到家里的长辈发了脾气，才横眉竖眼地一扭头，放下作业本，极不情愿地从凳子上起身，憋着一肚子气迈出门槛。即便是出了门，可那步子却是慢慢吞吞的。

　　若是腰里夹了本书，那情形可就完全不同了。不仅兴高采烈，整装待发，且脚步如飞，直奔主题。

　　戴一顶草帽，在饱和的阳光下，在浓烈的光影里，骑牛而行则别有一番滋味。人在牛背上，牛在风景里，村道弯弯，风轻云淡，溪水潺潺，大豆高粱、稻浪麦浪，五谷飘香；村道两旁、田埂边上，碧草连天，秀色可餐。那里是美的故乡，那里是牛的天堂。

　　骑在牛背上看书，牛是忠实的，是知晓来回路径的，你不用担心脚下的路，脚下的草丛，更不用耗费一点点的体力。而在牛背上看书，书是温的，是香的，文字是甜的。在牛背上看书，那是一种慢生活，是一种可以

51

慢得忘记天地日月、忘却是非功过、忘怀前世今生的悠游时光。

　　有时候,也会将牛放到草塘子里,自己与同伴们躺在荫凉柔软的草地上看书,"流水汩汩东去,飞光忽忽西沉",那种自由自在,那种随性愉悦,可谓人与牛各得其乐,各得其所。

　　在这个时期读到的书,大多都是侠义小说,如《玉娇龙》《水浒传》《杨家将》等系列。从书中懵懵懂懂知晓了众多未知的世界,未知的繁华,似乎所有的神奇都在书中。

　　等再长大些,便是琼瑶与岑凯伦的纯情小说了,而小人书便渐渐地淡出我的生活。

　　离开故乡20多年了,每每回故乡都想去看看那些被遗忘在阁楼的小人书。翻一翻那些发黄的书页,摸一摸那些年少时的指纹,瞅一瞅那些流过泪淌过汗的印记,捋一捋那些伴着我一步步成长的岁月,以及走远的像梦般逝水流年的日子。

　　后来,老房子拆除了,阁楼自然也不复存在,而那些伴我度过美好童年的众多视如珍宝的小人书也不知去向。

2018年1月14日于广州

第一章 回不去的故乡

记忆里的收音机

【题记】

听着它起床,伴着它出行,陪着它劳动,抱着它入眠。它就是时钟,它就是天气预报,它就是指令,它就是良师益友,它就是最忠实的伴侣。它曾用悦耳的歌声,温情的话语,激情的声浪,陪伴着一代又一代的人从年少步入暮年,半个多世纪的温暖记忆历久弥新。直到今天仍存在于被遗忘的角落,影响着许许多多的人。

一

20世纪六七十年代,老家拥有的第一件电子设备便是有线广播。那时,"村村有广播,家家有电灯"是奋斗目标。因此有线广播每家每户都有一两部。从村头牵着一根电线,连入每一家。天井后的中堂门楣上挂着一个广播,电线连着广播喇叭,地线扎入地下。我家有两部广播。除了中堂外,父亲的床边还装有一部。

广播的信号来自村里,村里有一个总控台。尽管广播何时响,使用哪个电台频率,播放什么内容,播多大的音量等,全然不由户主控制,但作为户主兼使用者、拥有者还是十分期待从广播里获得更多外面的消息。

播音员有时是村主任、村干部,有时是临时出场的广播站管理员。都是土得掉渣的家乡话,广播的时长根据需要有长有短,内容也较丰富,也会有语句不通的时候,但并不妨碍村民们对它的喜爱,可谓是雅俗共赏,人们亲切地叫它"小秘书"。

年轻的村民们很喜欢在集体劳动时,听村里的有线广播转播省电台的热门歌曲,如《在希望的田野上》《九九艳阳天》《在那桃花盛开的地方》等。歌曲过后,常常插播镇里、村里的政策、文件与制度,或者有关生产劳动任务的通知;或者村小学欠学费的学生与家长名单播报;或者是好人好事的表扬,以及生产队家禽、粮食被盗事件的披露……人们边劳作边倾听,手脚一个比一个更加轻快有力了。到了歇脚拉家常的时候,男村民们便坐在田埂上抽上一袋旱烟,女村民们则哼哼刚播出的当红歌曲,或是与路过的村邻们聊聊广播里的新闻。

傍晚的时分,那时天渐渐黑下来,村民们结束一天的田间劳动,疲惫地歇着脚,或者正围着大方桌吃饭,聊着家常。若是广播播放诸如《李天宝吊孝》《宝莲灯》等村民们喜闻乐见的戏曲片段,或者播放天气预报,户主们便立即号令全家安静下来,腾出耳朵细细地听。这一场景曾在人民公社集体劳动的年代给了许多村民温馨的记忆。当然村里偶或会发生个别村民拔有线广播线的事件,少不了会挨家族长辈们的训斥。

后来,由于有线广播功率大的大,小的小,音调高高低低,此起彼伏,久了便会出现杂音,有时也会变哑巴,维修起来太过费劲。于是村里对农户们的有线广播进行改革,改为在水泥电线杆上绑定两三个高音喇叭。播出的频率少了,内容却更加规范了,只有村里发生较紧急的事才会起用它。再后来,人们的精力更多地参与到了自然村的民主生活会以及新农村的建设话题上来,有线广播渐渐淡出人们的生活。

习惯了"小秘书"的村落一下子便安静了下来,垄头陌上,屋里屋外,少了戏剧,少了人们茶余饭后对村里村外发生的新鲜事的议论。村里的五保户们似乎更加孤独了,住在三间瓦屋的院落里,忙完家事的户主便搬了门板斜斜地背着光躺下,打起盹来。晴朗的日子,日光与月光相约光顾庭院。一寸寸地,光影从东头的屋檐移到窗下,缓缓地掠过到水缸,掉到天井里,尔后渐渐窜入后院,钻入竹林里,最后坠落在矮矮的土墙

第一章　回不去的故乡

外。除了那只乖巧的花猫不时地亲吻女主人安眠的脸颊,饥饿时叫唤三两声,断然不会再有任何的声响。

村庄的时光仿佛静止了,被遗忘在时光里的村庄又开始听到蝈蝈唱曲、孩子们嬉戏、年轻的母亲唤儿归,以及村民们手舞镰刀撂倒庄稼、负重的板车辗过黄土路的声音。

二

故乡的村庄被再次唤醒是在20世纪80年代初。故乡迎来再次的土地改革,村民们重新获得了自主使用的土地。生产力随着生产关系的改善获得了极大的解放。第一台收音机就在这种大背景下落户到了村民家。

那时一台32开本大的收音机要二三十元。这小小的能发声的家电曾经是一枚标签,成为村里"当家人"的脸面,成为一个家庭走向富裕的象征,开启了一个全新的文明时代。

春天来的时候,父亲背着母亲用卖金针菇的钱买了一台"长江牌"半导体收音机,那是台单波段中波收音机,上下两个可旋转的按钮。上面的用来调频率,下面的用来调音量。拿回来的时候用红布巾包裹着,向母亲炫耀。母亲本打算用这点钱买小猪崽的,颇为不悦,一连几天不搭理父亲。父亲舔着脸讨好母亲,没两天就给母亲赊回来两头小猪,并保证把买这台收音机的钱给赚回来,母亲才肯罢休。

接下来,父亲当着全家人的面,搞了一个简短的收音机落户协议。他将收音机用两条红绸系紧,在中堂的左侧挂日历的墙上钉了一个长木桩,然后悬挂上去。那礼遇就像对待革命年代获得荣誉奖章的"英雄"。

随后,父亲与我们约法三章,确定了收音机的使用办法。早上6:30起床,一家人吃早饭,听中央人民广播电台的新闻联播。7:00听天气预报,听完出门劳动。12:30—14:00回家午餐与午休,听广播剧。14:30—

17:40由父亲与姐姐们轮流拥有。一般是将它带到田野里,放在田埂上,用一把大洋伞遮着。姐姐们一边在骄阳下劳作,一边听着歌儿,生产效率居然提高了许多。18:30全家人回家一起听全省各地人民广播电台的新闻联播与天气预报。19:00后便是音乐、广播剧或戏剧等精彩节目时段了……上学的小孩子必须做完作业才能听中央人民广播电台的《小喇叭》等少儿节目与歌曲。

起初,大哥与二姐都遵守父亲定的制度。但随着大家对这台收音机的使用,发现这家伙能调出七八个电台的频率来。而且每个台在不同季节不同时段都有着相当精彩的内容,于是大家便更离不开收音机了。

我们家自从有了收音机,父亲仿佛有了得力助手。他从收音机学到了许多科学种田、科学养殖等知识。成为村里粮食亩产过千斤的种田能手与家禽养殖标兵。我们家在分田到户那年就脱了贫,第二年就跨入万元户行列。父亲坦言,这都是那台收音机的功劳。

从收音机获益的父亲,过去一直以家庭"一把手"自居,后来所幸退位让了贤。父亲将收音机尊为"一把手",对它可谓言听计从,而且轻易不会借人。

自然村邻们都羡慕我们家。春天什么时候适合落种?是种蔬菜好,还是种庄稼好?种子、肥料哪个地方产的质量好?该施几种肥?施多少斤的肥?什么情况下准备抗旱?什么时节打沟排水?什么日子收割庄稼?就连过去晒谷子这种不是事的事儿都来问父亲。于是父亲逢人就嘿嘿地笑,也因此得意了很久。

夏日农忙的时间,收音机播出的节目是最为精彩的。结束劳动后的一家子盼来一天中最美好的休憩时光——纳凉的夜晚。夜晚的乡村,繁星满天。村落依旧有些炎热,男人们无一例外地赤裸着上半身,脖子上挂着擦汗的毛巾,有些湿漉漉的。萤火虫开始亮灯的时刻便是蚊子偷袭的时候,父亲在天黑前早早地将竹桌椅、竹床搬到院子里。未等菜摆上

第一章 回不去的故乡

桌,父亲就打开了收音机,调好戏曲频道。一边饮一口烧酒,一边听着戏,一脸的得色。

饭毕,夜色朦胧起来。一家人围着竹床,或坐或卧或把脚丫子搁在竹床上,躲避蚊虫的偷袭。人们的手上断然不能缺少那把大蒲扇,一处处,一排排摇起来,风便像长了翅膀,在身体的周遭呼呼地游走。一会儿撩拨着新媳妇胸前的纽扣儿,一会儿卷起大姑娘的裙角儿,一会儿抚摸一下趴在竹床上、光着屁股蛋数星星的孩童们,一会儿又扑上奶奶们的鬓角与发梢。收音机里的戏曲也跟着这游走的清风摇曳起来,远远地听着仿佛更灵动婉转了。

年长我八九岁的二姐与三姐不太喜欢听戏,她们钟情于《高山下的花环》《夜幕下的哈尔滨》等广播连续剧,以及邓丽君的系列歌曲。我与大哥则喜爱当时最流行的新派武侠小说,譬如梁羽生的《萍踪侠影》《七剑下天山》、金庸的《雪山飞狐》等。那个时候武侠小说一般以评书方式播讲,说书人模仿不同男女角色,以高超的口技艺术,让人物性格栩栩如生,让那个年代的武侠迷们着迷、发疯。

那年,评书播出时段恰好是酷热的中午。大哥患有小儿麻痹症,有严重的腿疾,便被父亲安排在家做饭。武侠小说播出的时间一到,我俩便将收音机取下来立在饭桌上。遇到收音机电池量不足,声音变小时,我俩便趴在饭桌上,把耳朵贴近收音机的喇叭口。说书人每每讲到精彩的打斗环节时,大哥便激情四溢,拍案叫绝,浑然忘却了做午饭这档差事,结果大哥受到父亲严厉的责罚。

然而,收音机给我们家带来的并不总是和谐与快乐的音符,也出现过几起摩擦。

由于大家喜欢的精彩的内容时常出现在同一时段,这样家庭成员之间便出现了矛盾,大哥与二姐争抢收音机的事件接连发生。父亲钟爱的"一把手"也因此遭了殃,大哥自然也遭了殃。父亲的巴掌在大哥的耳边呼啸而过。

为了让大家不错过精彩的节目，平息父亲的怒气，大哥除了赔礼道歉，还得负责修理收音机。渐渐地，聪明的大哥居然成了村里修理收音机的小行家。

三

后来，村里的电器产品渐渐多了起来。黑白电视机、录音机开始进入部分富裕的家庭。尽管电视与录音机风头正劲地抢占着人们的生活空间，但由于村子里常常断电，它们出场的机会便很有限。收音机在大多数的家庭，大多数的时间里依旧扮演着不可或缺的角色。无论走到谁家，走过谁的窗前，耳边都能听到它的低语。

那时候我上了镇上的中学，大哥则辍了学，他拜了镇上的一位修理师傅为师，学习电器修理。于是，家里更换了一台双波段调频收音机，尽管是组装货，但音质还不错，能听三五个台，哥哥把它作为生日礼物送给了父亲。那台收音机对于父亲有着特别的意义，在姐姐们相继出嫁、我离家求学的日子里，收音机与父亲几乎形影不离，陪伴着父亲度过了一段快乐的晚年，直到父亲患病去世，它被转给更加孤独的母亲。

许多个寒暑假里，那台已经老旧的收音机白天是陪着母亲说话的人，到了晚上就是我的枕边人，我的良师益友。入夜，沉寂下来的村落，沉没下来的秋夜，静谧清冷，如水的月色洒在窗台上，晒在床沿上，一台收音机卧在枕边，小小的音箱里流淌着动听的旋律，最走心的当数散文与诗朗诵。

那时，正处于创作旺盛期与苦闷期的海子诗集尚未出版，统治诗坛的是继"食指"之后的"北岛""舒婷""顾城""江河"等诗人，以及以他们为代表的"朦胧诗派"。在相对落后的乡镇，名家的诗集是不可能进入新华书店采购目录的，于是大多数农村的文艺青年想要接触或接受雅文化的

第一章 回不去的故乡

洗礼,主要途径还是靠收音机。

记得收音机里常播的诗朗诵是舒婷的那首《致橡树》——"如果我爱你,绝不像攀缘的凌霄花,借你的高枝炫耀自己;绝不学痴情的鸟儿,为绿荫重复单调的歌曲……我必须是你近旁的一株木棉,作为树的形象和你站在一起。根,紧握在地下,叶,相触在云里"。

舒婷的这首诗全然没有"朦胧"色彩,相反它有着明丽隽美的意象,充满着浪漫的英雄主义气息。诗歌通过木棉对橡树的独白,诠释的是全新的爱情理念。在那个年代感染了无数情窦初开的痴男怨女。

我也是从那时起开始了解诗歌、诗人并爱上诗的。那时收音机这个神秘的东西能收到港台的一些电台。邓丽君、汪铭荃的歌就是这样走进千家万户的。那段岁月,我不仅喜欢上了音乐,爱上了文学,还学会了一两门外语。这不能不说是收音机给予我的。

四

20世纪90年代中后期,收音机开始小型化,戴着耳机的微型收音机大量出现。它依旧是离家千里的打工族们喜爱的"枕边人"。

不少农村青年从城里的大学毕业,因学校不再包分配,于是又回到故乡,成了村里的零余汉。为了寻找出路,大多数人再次背井离乡。出门的时候,再少的行囊里必有一部收音机,当年一档名叫《夜半心声》的电台节目曾陪着多少打工族度过了多少他乡的难眠之夜。

我正是听着《夜半心声》里自强不息的励志故事成长的,并在一家机构找到了一份做编辑的工作。我的文学之路也开始峰回路转。我从给电台栏目投稿,渐渐地转向报纸杂志写专栏。我不仅成为几家电台栏目的特约评论员,还成为几家报纸杂志的签约撰稿人。从写诗歌、散文到写小说、评论、剧本,我的文路越走越宽。

随后几年,作为通信工具的手机开始出现,物态意义上的收音机日益成为"零余汉",成为一个时代的记忆,夹进了历史的书页。

可是我依旧保留着听收音机的习惯,把手机放进裤兜里,插一对耳机,工作之余,出差的途中,回家的路上,享受放松下来的时光,听着听着便进入梦乡。如果是开车,或是打的,也会打开收音机,听听交通路况,听听当地新闻,听听本土音乐,给自己提提神,听着听着便到了家。

我们小区有位门卫,是位五六十岁的大叔。我每次进出小区,都能看到他小小的办公桌上放着一台半导体收音机。他看上去十分的苍老了,每次见到我都满脸的笑容,友好地站起来点头示意。而他的一位老乡,据说是老伴过世后来城里投奔儿子的,也必定每天早上六七点会路过保安亭,会和他打招呼。老友手里常常举着一台收音机,边散步边跟着收音机唱着我听不懂的地方剧。

这是我看到的为数不多,依旧使用着老式收音机的人。我想,那些步入暮年的老听友们,有收音机几十年忠实的陪伴,他们应该是快乐的。而那些走远的日子,那些年轻的岁月,那个激情的年代,因有了共同的记忆,因有了一台老式的收音机,因有了一段怀旧的歌声、热腾腾的心便被排山倒海地激活起来。就像住在三亚的东北人,有了那温暖的一个手势,一个动作,一个表扬,一口浓浓的乡音,老人们便感觉自己仿佛不再是别人城市里的零余汉,而是城市的主人了。

2016年4月19日于广州

第一章　回不去的故乡

抢　雨

【题记】

在故乡,无论你与村邻有什么恩怨、过结,当晾晒在禾场上的谷物遭遇暴雨侵袭时,大都会拾起自家的农具汇入到抢雨的行动中……

一

尽管已过七夕,清晨与夜晚秋意日浓,但炎炎的夏日远没有走到尽头。垄头陌上,田间瓦舍,沟沟壑壑里,短衫与凉鞋依旧是这个季节里村邻们的主要生活标签。受够了闷热天气的牛还是习惯性地拽着主人往水塘里钻;午间歇脚的时候,流连忘返的知了固执地盘踞在朗树上,没有了从前放纵的姿态与高亢的调子,三两只,停停歇歇地唱着忘了台词的歌,一幅深情寂寥的模样;走失在季节里的萤火虫在夜色渐浓的田园游弋,跌跌撞撞地点着残灯,找不着回家的路;玩闹得已忘情的学童们在父母的责骂声中急急忙忙地寻找着丢失已久的作业本。

这时候,田园是美好的。早稻早已收割上岸,6月间种下去的秧苗在农田里疯长,抽着穗拔着节扬着花,探头探脑地享受着洁净的日光浴,以及迎面吹来的凉爽的风。而禾场上便开始忙碌起来。

一大早,村邻们便起床看朝霞看云气,听广播里的天气预报,若是天气合适,便早早地将抢收回来的稻子从草垛上拆下来,一束束平铺在打扫得干干净净的禾场上。要围成一个圆圈,待稻子晒得发热发软发亮散发出谷香味后,母亲方才戴上顶草帽,套上牛架,驱动碾压谷子的石磙,开始一天的打谷作业。

每家门前都有敞开的院子,自家的院子便是打谷晒谷的禾场,但面积常常是不够的,若是借用邻家的禾场,那是要预约的。若是邻里不和,发生过嘴角,那是不好意思开口借的。必须越过邻家,借四五个场地,这时候自家的禾场便弃用了。

母亲是我们家每天起得最早的人,也是打谷的一号人物。姐姐们使牛打谷子的本事都源自母亲。要把稻穗干干净净地碾压下来,需要把谷物翻转过来,一千斤的谷物用牛作动力,往往要耗上半天时间。要经过碾、翻、除草、除渣、扬谷等多个流程,使用羊角叉、耙子、推板、跑板等五六种农具。

打谷的过程往往是一气呵成的,母亲一手牵着绳子使牛、一手端着碗在禾场上吃午饭的情景我至今记忆犹新。母亲的额头流淌着汗水,蜡黄的脸上,溢着丰收的笑容。

我是最害怕被派上这种差事的。学生时代的我不是在套牛时被牛踩折了脚,就是在使牛转圈圈的过程中,总是转着转着,圈子越转越大,以至于把牛与石磙转到了场外。因为在使牛的过程中,总想着禾场边上的池塘里,那些浮在水面成排成排欢快觅食的秋刀鱼,想着丰盛的晚餐;或者想着秋分将至,又将是采莲时季,而河里的菱角也相当地硕大丰美了。

二

打谷场上的人们,内心是十分热烈的,如同头顶的空气与阳光。而无论有多闷热与烦躁,人们都不期待经过半天的劳作,终于使硕大的谷子裸露在禾场上,在谷子正吮吸着骄阳似干未干的时刻落下一场雨。

处暑或七夕过后的雨,还带着夏日浓重的急脾气,前一刻万里无云,转眼便乌云满天。而东边或者南边,太阳还在半空笑着,如同不少西方电影或小说里描述的"末日"。

第一章 回不去的故乡

雨落下来前,半天响着炸雷,空旷辽阔的天空云层一下子收缩起来,云朵快速飘移着,像山丘一样,又像电影里的胶片,黑白的底子,兀自变换着形状与颜色,从一片一片到一群群,相交聚拢。天色一下子黯淡下来,天幕四合,云朵拖曳得很低很低,由西向东,或由北向南,黑压压像是要坠落般,恶狠狠地借着一场长长的风,扑向田野,扑向池塘,扑向牛羊,扑向肥美的青草地,忽然间一道闪电划破云天,在天边撕开一道口子,雨便放肆地包围过来,一下子吞没了村庄。

村里人最怕的就是这种来不及反应的及时雨。一旦天气有变,禾场上的人便嚷嚷开了——"抢雨,嘿,抢雨呀……"

三

民以食为天,谷子是庄稼人的天,是村民们的命。住在一个自然村的村邻,无论是在野外劳作,还是在家里歇脚,不管是穿着衣服还是光着膀子趿着鞋子,也不讲是与东家吵过架,有过过节,发过誓不再往来,到了这个时候,一般都会抛弃前嫌,操起家具投入到抢雨大军中。若是打谷场铺得面积大,村前村后的村邻也会闻讯赶过来。

记得有次邻家抢雨,由于我们两家积怨很深,不曾来往很久了。村邻们外出赶集未归,于是无论邻家怎么呼喊求助,也没人来帮忙。

父母亲刚从地里回来,母亲喝了口水坐了下来,向门外张望,父亲拿眼瞪母亲,示意感冒未愈的母亲不要去帮忙。可听到邻家那种近乎悲情的呼喊声,母亲瞅着再不帮忙,邻家的谷子就会被雨水冲到池塘里去。母亲坐不住了,操起农具就冲出门去,在母亲的带动下,姐姐们也冲进了雨中。

那次的抢雨,母亲被雨水淋透,感冒加重,在床上躺了好些天。无论母亲怎么发烧咳嗽,父亲也不肯老着脸到床前端茶倒水的伺候,两口子冷战了好些日子。

那次抢雨后,两家的争吵间隔明显延长,双方安静了好一阵子,一向不肯低头认错的邻家母私下向母亲赔礼道歉,而父亲却不以为然,以至于每次父母争执,父亲都拿这件事来堵母亲,母亲总是不言语。有次把母亲逼急了,没念过书的母亲淡淡地说:"谁没遇到过天灾?人再错,庄稼没有错!"

一辈子硬气的父亲,一辈子泥里水里只向庄稼低过头的父亲似乎听懂了母亲的意思,原谅了母亲。

母亲去世很多年了,故乡的人打谷子也很少再使牛了,而是换成拖拉机与打谷机。晒谷也较少晒到禾场上,而是晒到了用水泥制成的平整光滑的带着漏斗的屋顶平台上。抢雨,这件在20世纪稀松平常的事而今渐渐少了,淡了。可要是谁偶或不经意地喊出一声——"抢雨,嘿,抢雨呀……"这声号令依旧能穿越时空,激起曾在农村生活过的人们无限的回味与怀想。

2017年8月25日于广州,首刊2017年8月30日《南方都市报·城市笔记》

第一章　回不去的故乡

老屋门前美人蕉

在堆放柴火的矮墙前，在丢弃已久的石磨旁，曾种着那么几株红彤彤的"美人蕉"。并不肥沃的土壤，并无特别的装饰。

"美人蕉"是三姐从好友家挖回来的。种在向东的方位，每天都能看到日出。江汉平原充沛的阳光与雨水，让嫁过来的"美人蕉"在日里在夜里疯长。

母亲常常把刷碗刷锅洗衣浆后的酸碱水泼洒在花叶上，当作花肥与养料。有时牛经过馋了嘴，偷吃了两三片绿叶，被母亲瞧见，便厉声呵斥，边用力拽牛鼻子边骂上老半天。

当鲜红的花朵儿浸泡在阳光下时，绿的底子，喇叭状的花冠，红艳艳的花蕾，像草莓，像胭脂，像红唇，像姑娘的肚兜，像红裙摆，像新娘子红扑扑的脸，像静静伫立的美人，三两株抱着团，站成一幅油画。

"美人蕉"无香自芬芳，不招蜂蝶，却惹得村里半大的姑娘们纷纷来嗅，有的看着眼馋，想顺走一两株。母亲只是笑，三姐则抢过话茬儿道，"那得等到它长得再粗壮些，再发些枝儿的时候吧。"

三姐说这话的时候，眼瞅着打着苞儿的一株"美人蕉"发愣。等花开后，三姐便会给村里央求过的姑娘们分别采几朵"美人蕉"送过去。姑娘们将花戴在头上，远远望去，像科幻片里一朵朵盛开的火莲。

姐姐们则喜欢将"美人蕉"养在玻璃瓶里，放在书桌上。朝也看，晚也看，闺房里便充满了灵气。而上门给适婚的姐姐们提亲的红娘，也络绎不绝起来。

母亲逢人就笑呵呵地说，"这花儿吉祥着呢"。

1987年春，父亲在老屋后面又盖了四间灰砖瓦房，据说花了八千多。

65

出嫁没两年的二姐也回来帮忙,母亲则在新老房子来来回回,屋前屋后收收捡捡忙里忙外,可谓又喜又忧。喜的是自己辛苦了一辈子,儿女们终究住上了敞亮的大房子,忧的是父亲因操劳过度,患了病。

母亲与父亲仍住在灰暗的土坯房里,她陪着父亲度过了在人间的最后一个春天。

由于房间灰暗,空气不流通,为了让父亲看到更多生命的亮色,母亲每隔几天便采一株"美人蕉",放入装满水的酒瓶里,一生嗜酒如命的父亲很是欢喜,他即便躺在床上只要一抬头就能看到。有次父亲下床摔伤了腿,母亲就磨了"美人蕉"的花粉,用手掌一遍遍地在父亲的伤处涂抹揉搓,说是可以活血化瘀、清热解毒。

我不知道这对于一天天挪向天国的父亲有多大意义,目睹生命凋零且早已无能为力的母亲那刻能为父亲做的,或许只剩下这些了。我常常看见母亲给父亲搓腿,久躺的父亲血液不流通,瘦骨嶙峋的,母亲搓着搓着,一转身,泪便掉了下来。

可是对于十六七岁的我而言,住在新房里也并不舒坦。新房南北朝向,坐在堂屋里再也看不到日出,看不到东风浩荡香气来袭。更让人感到遗憾的是,门前没了歇脚的大青石,也没了讨喜的"美人蕉"。

为了给父亲的康复加油,为了给新房增添喜庆色彩,三姐与母亲合计,将老屋门前的美人蕉乔迁了过来,种在了门前的左右两侧。仍旧没做月台,没镶砖石,没做支架;仍旧像种庄稼一样散养着。可毫不计较的"美人蕉"依旧活了过来,且长势喜人。

次年春来的时候,还是红通通的颜色,还是绿油油的味道。于是在窗里窗外,整个春夏,半个秋冬,都能闻到它清新的气息。惹得来往的村民们都羡慕。不久,村头村尾,池塘边、小河旁、田埂上、丛林里,都能见到"美人蕉"的身影,它像极了迎宾的少女,红遍了整个旷野。

三姐在父亲去世后,独自撑起门户,打理农田。她能下塘捉鱼,能下地使牛,能把抽水机从泥塘里拉上岸,能用板车拉千斤稻谷走几十里山路,能挑百斤重的草头,能扛起不少男人都扛不动的粮包。村里人都说三姐一点也不像女人。可我知道,为生活所迫的三姐如同"美人蕉"一般有着一种直面生命的韧性与坚强。

三姐是在"美人蕉"开过后出的嫁,嫁到了十里外的村子里。三姐是自己走到婆家去的,嫁妆并不寒碜,都是三姐自己准备的。嫁过去不久,三姐常常惦记着种在娘家的"美人蕉"。

一次回门,母亲挑了几株长得最为壮实的"美人蕉",连着泥带着土用塑料袋包好,悄悄塞进了三姐的花篮里。于是在春来的时候,十里外的乡村一路开满"美人蕉"。

如今,母亲早已仙逝,故乡失居的老屋抵不过经年的风雨,早已歪斜破损,村里的人一个接一个迁出去,迁出泥土包裹的村落,迁出牛羊满坡的黑土地;迁到镇上,迁到县城的小区里。先是一两家,接着是一大批。一个自然村最后只剩下四五位老人,田园也开始荒芜。

老屋门前的美人蕉因长期缺乏照料与眷顾,业已枯萎凋零。早已变成城里人的村民们大多遗忘了那段"写字用瓦碴/没有铅笔盒/农忙收割季/烈日皮晒脱"的艰苦岁月;遗忘了曾带给他们美好与希望的"美人蕉";甚至遗忘了自己曾经是一名在泥里水里纵横捭阖的庄稼汉。

这些年,我经常出差,奔跑在各大城市,被鲜花包裹着的城市总给人N种驻足的理由。比如上海的白玉兰北京的菊,苏州的桂南京的梅,重庆的山茶成都的芙蓉,福州的茉莉广州的木棉……可每次移步花前,总让我想起老屋门前的"美人蕉",想起那个"皮肤没有黑白之分/家庭没有穷富之分/工作没有好坏之分/稻草垫床睡/姐弟同被窝/一盏煤油灯/姊妹围一桌"的特殊时代,想起那些年街上流行的红裙子。"美人蕉"与红裙子,曾经让多少近乎麻木困惑的心迅速开启了一层亮色。

直到今天,我一直不敢忘。我心中的"美人蕉"仿佛依旧坚守着故乡，在日里在夜里在梦里坚守着那片黄土地，坚守着无垠的田野。如同"美人蕉"的花语——"美好的未来，坚持到底"。

  我想仍旧留在故乡，仍旧种着十几亩地，仍旧在泥里水里求生的三姐也许永远不会忘，也怕是忘不了，忘不了日日陪伴她的"美人蕉"。

  三姐依旧坚信——乡村终将迎来美好的明天。

  2017年11月14日于广州；刊于2018年2月5日《福州日报·闽江潮》

第一章　回不去的故乡

月自故乡来

【题记】

月有颜色、有味道、有温度、有容貌,有生命……最红最香最暖最美最难忘的月来自于故乡!无论你走到哪里,故乡的月是你失落的魂魄,牵起无边的乡愁!

红月亮白月亮

故乡的月亮是从东边田野上升起的。轮廓饱满,弧度光滑而圆润。蛋黄色粉嫩均匀的底子,中央抹着一圈淡淡的黑,像是从野地归来的淘气姑娘,来不及洁面,便在星星的催促下,泛着红晕,挽着薄云,从葱绿的稻田里,莲叶飘香的荷塘里,涨满着水的沟渠里,结满青草的小山坡上羞答答地探出了头。

先是半低着眉半眯着眼,好奇地打量着太阳落山后炊烟袅袅的人间,打量着一处处高高低低的村落;打量着一排排高高大大的皂角树、木籽树、老桑树;打量着一条条结满狗尾巴草的弯弯曲曲的村道,打量着村道上牵着水牛扛着犁铧从地里归来的男人们,以及被夕照的余晖拉长的背影;打量着黄昏在人间的最后一副剪影。

接着,它从田野挺起腰,踮起脚缓缓地爬上了树梢,它能隐约瞥见在屋前悠闲地抽着大烟杆的老汉,以及一条偎依着老汉吐着长舌摇头摆尾的大黄狗,它能依稀听到孩童们在禾场上奔跑追逐的嬉闹声。

故乡人管这个时候的它叫红月亮。

红月亮在晴朗的日子每月光临故乡两次,且以夏日最大最圆最吉祥最富有浓浓的诗意。不知是关于月亮与桂花树的传说使然,还是其他原因,我总能想起在红月亮的光影里父亲锯倒池塘边那棵老桂树的场景。

那一年,我大约六七岁。那轮红月亮就藏在老桂树的枝丫间。蹲在树下的父亲,手执着锯子,光着膀子,侧着身子,消瘦的背影被月光拉长,而红红的月光洒了他一脸,像极了一幅油画。那时,我总以为父亲锯倒树会惊吓或者伤到红月亮,于是提心吊胆了一整晚。而那棵经过一夜终于被锯倒的老桂树据说后来制成了姐姐们的床。我想,枕着月光入睡的姐姐们应该是幸福的。

而关于红月亮、关于父亲、关于父亲与我共同生活的那17年,这一影像一直挥之不去,成为父亲留给我的最初最美最深刻的记忆。

红月亮十分的短暂,等你吃过晚饭,等你洗完澡,等你想要与它相见的时候,它已长高,高过了草垛,高过了柳枝头,高过了村口那棵高高的老槐树。渐渐地,它能看清禾场里堆放的谷堆,看清母亲那张安详的脸庞,看清姐姐花篮里纳的鞋底与针线包,看清父亲摆在木桌上的那壶烧酒,那碗新茶,还有那盏盛满月光的小酒杯。

它的光影越来越明亮了,它能看见你的眼,看见你眼波,看见眼波里或明或暗或浓或淡的情愫。于是红月亮离我们越来越远越来越高越来越皎洁,红月亮最终变成白月亮,繁星满天的黑夜变成了一望两三里的白夜。

甜月亮苦月亮

村头住着一户人丁兴旺的人家。女主人是村里出了名的贤良与智慧。家里孩子多,不仅出过当官的、当兵的,还出过几位响当当的大学生。村里人都羡慕她们家,出了什么事都找找这位母亲拿主意,或者评评理,而最终事情总能得到圆满解决。

我们管这位母亲叫英妈。她非常友善与慈爱。我们那班半大的孩

第一章　回不去的故乡

子从小没少受她的照顾与恩惠。我们总是惦记着她家院子里的杏子、李子、桃子，还有她亲手做的米糕以及可口的饭菜。

迈入她家的石门槛，总能闻到从厨房里飘出来的米酒香，从后院竹林里弥漫过来的百果香，还有从卧房里溢出来的用米汤浆洗过的被子香。而最让人抵挡不住的是直逼你脑门的桂花糕的香味。

到了中秋，英妈家总是有不少的客人，开着小吉普车来的，骑着摩托车来的，踩着永久牌自行车来的，一一停放在禾场当中，那可是一种展示与宣言。客人们手里拎着从集镇上买来的水果、月饼、糖果、鱼肉，还有瓶装的高粱酒。儿女们也都回来了，春风满面地围在一起，往往能满满当当坐上两三桌。那与村邻热络络的寒暄声，那节奏明快的吉他声，那饭桌上的推杯换盏声，那小孩子们相互追逐的嬉戏声，那门前桂花树包围过来的浓郁的香气，汇成中秋夜的暖流，一浪高过一浪，在静谧的乡村里传出好远好远。

她们家的月亮是圆润透亮的，像讨好似地把停放在禾场上的车把手、车窗、车轮子涂抹得闪着银光，那照在头顶的光环，那挂在唇边的浅浅的光晕，那袭上眉梢的笑容，那沉醉在酒里的月色，那停歇在高跟鞋尖上的光点，是中秋的夜宴与华光。

她们家的月亮是甜的。

月亮当空的时候，是曲终人散的时候，是茶冷天凉的时候。可村东的一户大叔家还亮着灯，大叔家几年前不幸失去了女主人。一个大叔拉扯四五个孩子，根本没办法做一顿像样的饭菜，自然也几乎没有过过一个像样的节日。

大叔是村里人都十分敬重的老会计，几个孩子都很安静懂事，不争也不闹。看着别人家的热闹，守着自己家的清冷与静寂。

大叔家少有人光顾，我也几乎没有见过大叔家在禾场这种公开露面的场合吃过饭，也很少听到从门户里传出喧闹声，甚至连脚步声都听不见。半掩着的木门,静默的空气,月光是从天井缓缓落下去的,前厅与堂屋半明半暗,摆在天井边的饭桌,每个人的脸也都是半明半暗,月光从后背穿过在地上勾勒出一条条长长的剪影。

他们家的月亮蒙着纱,透着凉意,带着神秘的味道,连风经过都带着忧郁与伤感的气息。一家人吃饭的时候,饭桌上十分地安静,没有浓烈的酒香,没有热得冒着气的茶,没有圆圆的月饼,甚至没有祝福声,他们家的月亮是苦涩的。

冷月亮暖月亮

夏天的月是农人高高举过头顶的加满油的马灯。明亮而清透,能照亮每一行庄稼,每一片荷塘,以及村道上的每一道车辙与牛脚印。

夏天的月,是少女的眸,澄澈中带着热烈的种子,闪动着撩人的光,让人时常琢磨不定,又忍不住猜想。那醉人的眸子,常常有着媚惑的魔力,能引一场暖暖的风,招一拨蟋蟀,揽一群萤火虫,撩动无边的田野。

在树下,在湖畔,在屋后,在田边,在村道的转角,那惹火的眼神,你只要一弯腰,只要不小心与她触碰一眼,就永远无法忘怀。

夏天的月是多情的男子,一双不安分的眼波能穿透连衣裙,能偷袭晃动的裙摆,能唐突心仪的少女饱满的前胸以及玲珑有致的后背、修长丰腴的大腿,能热烈地抚摸每一寸裸露与隐藏着的光洁的肌肤。

夏天的月是温暖的。无论你有多么的疲惫与忙碌,她会瞬间让你滋生激情的梦,在飘满荷香与栀子花的夜里一天天长大。

"晓镜但愁云鬓改,夜吟应觉月光寒""寒塘渡鹤影,冷月葬花魂"。秋天的月是冷的。清光流泻,意蕴宁融,让人久久难以平静。

秋天的月,是羁旅行役的乡愁。是李白的"床前明月光",是王建的"中庭地白树栖鸦,冷露无声湿桂花。今夜月明人尽望,不知秋思落谁家?"……

第一章　回不去的故乡

秋天的月,是浪子思妇的离恨;是李商隐在《嫦娥》中咏道的"嫦娥应悔偷灵药,碧海青天夜夜心";是范仲淹的《御街行》里"珍珠帘卷玉楼空,天淡银河垂地。年年今夜,月华如练,长是人千里"。面对明月,范仲淹这位北宋性格坚正刚毅的政治家,也会柔情绵绵。

秋天的月,是登高怀远的孤独。晏殊在《中秋月》中感喟——"十轮霜影转庭梧,此夕羁人独向隅。未必素娥无怅恨,玉蟾清冷桂花孤"。

李白在《月下独酌》中把离人的处境写得无限的凄凉。"花间一壶酒,独酌无相亲。举杯邀明月,对影成三人。"

杜甫在《月夜忆舍弟》中把象征怀乡思亲的月描绘得凄楚哀感,沉郁顿挫——"戍鼓断人行,秋边一雁声。露从今夜白,月是故乡明"。

秋天的月,是抚今追昔的咏叹调。苏轼在《中秋月》中感叹人生——"暮云收尽溢清寒,银汉无声转玉盘。此生此夜不长好,明月明年何处看"。

李白在《玉阶怨》话闺怨——"玉阶生白露,夜久侵罗袜。却下水晶帘,玲珑望秋月"。一个"侵"把秋月写得"切肤之寒"。

秋天的月,是带着禅意的自省与叩问。出身名门且养尊处优的王维一生吟咏不断,三千多首诗作中,有居多写月色的,其中一首把月色写得淡然无瑕,出尘脱俗——"空山新雨后,天气晚来秋。明月松间照,清泉石上流",将山村的月夜写成一个清新明爽、洁净纯美的世界。

有"二句三年得,一吟双泪流"之称的贾岛更是在《题李凝幽居》中把月色写得极富禅意——"闲居少邻并,草径入荒园。鸟宿池边树,僧敲月下门"。

秋天的月朦胧神秘,似纱拂面;秋天的月忧郁伤感;秋天的月长空高悬,高高在上,空虚与冷寂,离尘远居。

夏天的月亮是暖的,秋天的月亮是冷的。

夏月是因,秋月就是果。情感是阳光、雨露与肥料。

丑月亮俏月亮

俗话说,花容月貌。

在过去的农村,美与丑,是以月亮作为审美标准的。形容女子的容貌,大多拿月亮作比。如两弯眉像一弯蛾眉月,嘴角的微笑像"月牙弯"。目若秋水,面如"满月"。肤色白皙如皎皎明月。

我们的时光,是以"月"来计算的。小时不识月,呼作白玉盘。想搞对象,必先拜望"月老",要谈恋爱,地方必须选在"花前月下";怀春思人了——"春色恼人眠不得,月移花影上栏杆""梅花雪,梨花月,总相思";患单相思——"人攀明月不可得,月行却与人相随?";两情相悦,想一叙衷肠,必等到"月上柳梢头,人约黄昏后","云破月窥花好处,夜深花睡月明中";表达爱意必假手月亮——"月亮代表我的心";分手了,别离了——"恨君不似江楼月,南北东西。南北东西。只有相随无别离";受挫了寻找安慰——"人有悲欢离合,月有阴晴圆缺,此事古难全""人生如梦,一尊还酹江月";孤独了,要人陪伴——"举杯邀明月,对影成三人";思念故乡了——"共看明月应垂泪,一夜乡心五处同";表达英雄气概,意志坚定——"大漠沙如雪,燕山月似钩。"

得意了,让月来证明——"当时明月在,曾照彩云归";成功了,归功于月——"近水楼台先得月";失恋了,失意了便要归罪于月——"我本将心向明月,无奈明月照沟渠";失败后成功了,必拿月开涮——"守得云开见月明";败得家破国亡了——"小楼昨夜又东风,故国不堪回首月明中"……

月开始变色,变得有些碍眼碍事,变得有些丑陋,是从偷窥开始的,如"漏永迢迢清夜。露华浓、洞房寒乍。愁人早是不成眠,奈无端、月窥窗罅","明月不谙离恨苦,斜光到晓穿朱户";又如"偷天换日手""月黑风高夜"……

第一章　回不去的故乡

月没有美丑。无论是初三至初六的"新月"、初七初八的上弦月,还是十八十九下凸月、二七二八的蛾眉残月,无论月面朝东还是朝西,都让人忍不住抬头驻足、抱胸、注目、颔首。

赏月、祭月、拜月,一轮明月创造了丰富多彩的东方文明礼仪,造就了具有东方特色的中华赏月风俗文化。

老月亮新月亮

这些年,千里奔袭,为生计而劳碌。先后在南北东西部十多个城市生活工作。与家人也是月亏月盈,聚少离多。可每到一处,都忙于工作,无暇关注身外世界,关注阴晴圆缺。每每走出工作间,走在回住所的途中,一抬脚便沦陷在市井的灯红酒绿中,分不清白昼与黑夜,即使满月当空,月色如洗,也淹没在了无厘头的喧嚣及亮瞎人眼睛的霓虹里。

入夜,疲惫便侵袭过来,即便有了兴致,睁开眼,眼中的视界仍旧是没完没了的白夜,没完没了的汽车喇叭声;没完没了的迪吧摇滚声,夹杂夜场歇斯底里的歌舞声;配乐的是邻家电视综艺节目里暧昧的呐喊声,带着节奏感的补胎打气声,以及断断续续的麻将声。

夜未央,声正酣。城里少有月光,无论你住在哪个城市,你的生活都是被分割与劫持的。因此人们只要一得暇,便会躲到乡下去,过一两日自然清静的时光。寻香探幽,沐风赤足,听蝉赏竹,追月折桂,品茶论诗,直到拥山戏水,枕月而眠。

然而,人终究是孤独的。再新奇的景,再心动的境,再煽情的情,再撩人的月色,终归不是故乡的那轮月,不是儿时的那轮月,不是春闺梦里人。宿醉醒来,晓风残月,让你有种偷欢过后的负罪感,一种更深的怀念感。

比如,走在京杭大运河畔,走在沉睡中的德清孟郊故里;或者泛舟乌镇,在镜花水月的江南包裹中,你便会想起苦寒生寂的沈阳故宫,荒凉破

75

败的圆明园的残荷。寄行在秋风习习的峨眉山顶，便让你想起水不扬波的蓬莱阁……历史的厚重感，时光的穿越感，人文的交织感，能与你一起对话的，只有那轮苍老的月亮。

古人不见今时月，今月曾经照古人。在每一寸月光经过的地方，都有着鲜活的故事。如同我的故乡，如同正在消失或已经消失的村庄、稻田、炊烟、荷塘、古树、石碾坊、老水牛、八方桌、月亮花；如刻满童年脚印的黄土路，以及曾一同喝着老茶赏着月色老去的亲人们。

年年岁岁月相似，岁岁年年人不同。故乡的月，是一轮曾点亮我们生命，抚平我们伤口，给了我们温暖怀抱与重生能量的老月亮。这轮月亮曾带着母亲的体温，带着谷香的滋养，带着百草的祝福，装满我们空空的行囊，不断地激励我们走出去，走出去，走到远方的大千世界去，走到天涯海角去，走得越远越好。

他乡的月，是一轮时刻提醒着我们，鞭策着我们要么归去要么走下去的新月亮。所有仰望它的人都企求它的公平与温暖，而常常它的光辉只会照亮勇敢勤奋的人，在商场，在职场，在情场，在激情燃烧的校园，在寄人篱下的楼台，在冰冷孤独的工地，它的美丽与温情是用来出租的，它能给你的永远是一条没有尽头的跑道。哪怕你已在他乡落地生根，哪怕你功成名就，哪怕你发誓对它情有独钟，誓死相随，在日里在夜里在繁华过后的沉梦里，最终占据你心田守着你梦境护着你尊严的依旧是故乡的那轮月亮，那轮等着你归去陪着你变老的老月亮。

月有颜色、有味道、有温度、有容貌，有生命……最红最香最暖最美最难忘的月来自于故乡！无论你走到哪里，故乡的月是你失落的魂魄，牵起无边的乡愁！

2017 年 9 月 19 日于广州

第一章　回不去的故乡

梦里花又开

【题记】

腊月廿四（过小年），繁忙的办公室与这座城市一样一下子空落下来。我正打算在朋友圈给辛苦拼搏了一年的同事们写点新年祝福，忽然一位名叫"八月桂花"的女子申请加微信。

留言写道："我是琼，真想念在外的你！20年不见，我们都不再年轻，好期待晚桂飘香的时节能与你重逢……"

"琼表姐！……"我的脑子一下子断了片。

琼表姐生活在故乡的一个山村，与我失联近20年。表姐琼在微信里说，大舅（她父亲）身体大不如前，她做了我们喜欢吃的桂花糕，问我春节回不回故乡？

接下来，断断续续的关于桂花飘香的诸多影像不断潜入我的梦境。

因为琼表姐，因为外婆，因为桂花，因为一块琼表姐做的桂花糕，将太多早已远去却难忘怀的情愫，难舍的情结，难言的悲喜蓦地激活，在我记忆的河床肆意奔流起来，让人难以抵挡。

外婆家的庭院

外婆家的琼表姐与华表哥是一对孪生兄妹，他们比我年长一岁，我们仨一起上的乡村小学启蒙班。用农家人的话说，可谓青梅竹马。

外婆家离我们家只有三四里的乡路，我童年的大多时光都是在外婆家度过的。在那个贫瘠得填不饱肚子的激情年代，逢着放寒暑假，甚至是放了夜学，在大人农忙时节，没有闲力气看管我们的时候，我总习惯地

77

撒腿就往外婆家跑。

　　从我家出门走过一条长长的村道,拐个弯,再经过一两个自然村落,跨过一条窄窄的长满青草的田埂,再拐个弯,下段小坡,就能到外婆家的后院。

　　外婆家的院落是舅舅们为盖新房撤除大半壁房料后剩下来的。院落里有一个裸露在外的天井,有三间丁字形的土坯房。延展在天井旁的是一间小小厨房,而中间是间面积十来平方米的饭厅兼供奉先祖的厅堂。厅堂右侧一间是小客房,左侧是外婆的起居室。

　　外婆家的后院,像个浓缩了的花果园。不过一亩来地的土地上种着梨树、桃树、杏树、橘树、红枣树;在这些树林的空地上还种着美人蕉、秋海棠、栀子花、小白菊等。而年迈却身子骨还健朗的外婆,一生劳作养就闲不住的习惯,老了仍旧喜欢自力更生,自给自足。她除了精心打理花果园,还在园后围了一个栅栏,开了块小菜地。于是,外婆的后院瓜果鲜疏,四季不断。

　　外婆只身独居,逢着我母亲或我过生日,便时常来我家小住。遇到红枣熟透了,总会从树上打些枣,或者做些小糕点,包裹在方巾里拎来做礼物。所以每每看到村外外婆晃动着的身影,我总是抢在哥哥姐姐前面,远远地去迎接。而母亲则倚在门槛偷偷地笑。

　　有时外婆也会带着琼表姐来,我们的头就凑在一起,凑在那种有着长长捻子的煤油下,除了温习功课,就是讨论外婆家的杏子、橘子什么时候可以吃,明年什么时候桃李会挂果,华表哥那边还有没有什么新偷的小人书。而议论得最多的便是外婆做的麦芽糖、桂花糕。琼表姐说话时,声音细细的,仿佛怕人听到似的。

　　外婆会做酒曲,是那种以生米粉为原料,添加中草药粉和种曲母制成的。酒曲是乡下人制作米酒发酵必不可少的辅料。外婆做酒曲十分抢手,据说她会添加些晒干了磨成粉的小野菊,或者小桂花什么,以增加

第一章 回不去的故乡

其香味儿。而在十里八乡中,外婆做小糕点的本事仿佛更为有名。她总能就地取材,做出各种各样形状怪异的糕点,不但让我们这些孙子们果腹,还能让大人们解馋。

那个年代,大舅家、二舅家、舅伯伯家、小姨家都有几个与我年龄相仿的孩子,七八个在大人们出工后脱管的小屁孩,便全聚在外婆家里玩闹。

冬天,大家挤在外婆家客房的被子里打扑克、看小人书;春天野到外婆家的后院采摘花骨朵;夏天就在小厅堂或天井里铺了凉席下跳跳棋,玩过家家;秋天瓜果成熟的时节最为热闹,往往一群孩子为了一些分不均匀的瓜果、糕点、食物争吵不休。什么论大小、比长幼、争亲疏,看食量,从早晨到午后,从午后到日落,打打闹闹到上房揭瓦的程度,听凭外婆及家长们如何呵斥都不奏效。

而琼表姐大多不会参与其中。她不贪吃,常常拿着外婆分的食物,远远地躲到后院的青石板凳上看小人书,或者给院落的花草浇水施肥。

势弱的孩子们既然争抢不到,就只有偷。趁外婆不在家时,就蹑手蹑脚地猫进屋里四处找零嘴。

我每到外婆家,总能听到外婆数落谁谁家的孩子多么顽皮,多么不听话。所以,母亲总是在我离家前再三嘱咐,到了外婆家要懂事,守规矩。而每次我到外婆家时也总能瞧见小表弟、小表妹们倚在门外或墙角张望,许是担心外婆给我留了他们没吃到的零嘴。

外婆最讨厌小孩子们吵闹,最不能容忍的是"偷摸"。在一大堆的表哥表姐中,独喜文静乖巧的琼表姐。这当然也有琼表姐会讨喜的成分,以及从小跟着外婆当小帮手的缘故。

而琼表姐似乎与我关系最为融洽。外婆为了防孙儿辈频频窜入室内偷吃,总会将一些糕点或明或暗地藏在木箱、米缸、小瓦罐等不同的去处,琼表姐便成了看护者。而只要我去了,琼表姐便会变戏法似的取出部分零嘴与我分享。

琼表姐的桂花树

发现外婆家的院落里种有桂花树是我12岁那年的事。

由于国庆节放假,在一个"斜日消残雨,红霞映晚村"的傍晚,我便溜到了外婆家,住进那间稍显阴暗的小客房。

秋季昼夜温差加大,秋凉如水的夜,我躺在铺有稻草的床铺上,盖着表姐从家里取来的一床薄棉被,夜里被后窗窗隙里侵入的一阵浓郁的花香惊醒。

清晨刚起床,听到窗外有窸窸窣窣的声音,便好奇地绕到后院想瞧个究竟。

入秋的庭院,秋黄瓜已经倒园,橘树上挂着未落残果,百花凋零的庭园,但见一丛丛两人高左右的圆球形小乔木,大枝开展着,沿着后院墙一侧环绕,枝叶挨挨挤挤地伸展到了墙外,而枝条上雪花似的开着朵朵乳黄色的小花。花瓣的中间,是一粒粒小米似的淡黄色花蕊。而接下来,我看到了令人心动的一幕。

但见着粗布长衫的外婆,手执锄头,弯曲着有些佝偻的身子,正俯身嗅着那花骨朵;而在另一侧,一位背向我的少女,着一袭黄色连衣裙,膝下的裙摆镶着花边,脚上趿着一双红拖鞋,倾斜着弧度优美的身子,歪着脖颈,脸颊贴着一截绿枝,粉嫩的小嘴正亲吻那打着尖儿的花蕊。

"外婆、琼表姐……你们在干吗……"

"那花儿是什么东西,很甜吗?"

一向严肃的外婆沟壑纵横的脸上露出一丝笑意,"这是我从她姑家移过来的桂花树,七八年了,只长枝叶老不见开花,怕是前两天下了秋雨,降了暑气,昨晚一回凉才开的朵儿。"

"可香呢,人家管它九里香,有些甜味儿的……"

琼表姐见了我有些惊慌,先是眼睫毛忽闪忽闪,尔后脸上迅速泛起一层淡淡的红晕。

"那是不是能做糕点吃?"我问。

"嗯,可做桂花糕、桂花茶、桂花粥……听婆(乡下奶奶的别称)讲,这好处可多了。"琼表姐飞快地抢答道,"婆婆说好教我做的。你没份儿。"

"想吃,怕没那么快,才开朵儿呢。"外婆打趣道。

那是我第一次也是唯一一次窥见外婆露出少女般的笑容,也是第一次见到琼表姐那美得让我心跳的场景。但无论如何,这祖孙两代女性给了我做花事的启蒙。因了这桂花的香气儿,我一连住了好几日。

后来,琼表姐弄了些花枝插在瓶子里,装上水让我带回。于是,我的房里每晚都弥漫着桂花的香气,而表姐与外婆亲近桂花的影像也常常出现在我的梦中。这使我对桂花产生了一种别样的情愫。

我想改姓"桂"

外婆不但教了琼表姐一些农村女孩应知应会的种瓜果与花草的技能,还教了她一些子孙们应知应会的姓氏排行。什么"功、德、斯、永",什么"以、志、学、文"……

背这种姓氏"排行"十分顺口,似武侠小说里"经书"的口诀。琼表姐念了几遍,我便烂熟于心。

表姐叫桂琼。我喜欢表姐的名字,不仅因为她美丽可人,而是因为这个"姓氏"。与我的姓氏相比,显得多了一种"贵气""雅气"。加上我们村桂姓的前辈中有好几位考上了京城里的大学;有的把家搬去县城、省城;有的还当了官,做了公家人。于是乎,"桂姓"便增添了几份神秘与骄傲的色彩。

而我从小因自己的姓氏常被不长进的小同窗们"二师兄,二师兄(八戒的别称)"地叫。于是,更羡慕"桂姓"的琼表姐,羡慕外婆家的表兄弟

81

们。念小学一年级时,有次在老师发下来的作业本上,私自用橡皮擦掉"名字",改了"姓",结果挨了老师的责罚。再大了些,因惧怕父亲责骂,我便把这念头悄悄地告诉了母亲。

母亲听了,笑了笑,打趣地说,"彬儿,你怕是喜欢上你琼表姐了吧。好好念书,等你下了学呀,我跟你大舅说去,娶你琼表姐回来做媳妇如何?"

这回,轮到我脸红了。我装着不悦,心里却美滋滋的,故意几天没理会母亲。

"深绿护轻黄,怕青女、霜侵憔悴。开分早晚,都占九秋天,花四出,香七里。"

为积累更多桂花的知识,与表姐交流更多养花心得,我从学校的小图书室借了书来读。桂花又名"木樨""岩桂""九里香",是常绿灌木或小乔木,质坚皮薄,叶长椭圆形面端尖,对生、无毛,经冬不凋。

桂花有很多品种,最具代表性的有金桂、银桂、丹桂、月桂等。桂花在中国有2500多年的栽培历史,在黄河以南、广东及南方地区均有大量种植桂花的风俗,而在我的故乡却并不多见。

桂花有的开在中秋节前后,有的会拖到秋末,那就是晚桂花了。

外婆家种的那种椭圆的叶面,尖尖的叶角,花冠浅黄色,圆柱形,且有着4枚裂片的桂花,应该就是"银桂"。

银桂花期有长有短,一般在一周左右,有的一年开几次花。据说那是"花开二度",吉兆,可我从未见过。

桂花的寿命很长,有的可活千年。桂花性喜温暖,湿润,爱在阳光充足、土层肥厚、排水良好的地方生长。这个性像极了"小家碧玉"。而农历八月出生的琼表姐似乎与它有着难解的情结,从她"八月桂花"的网名可见一斑。

第一章 回不去的故乡

琼表姐的桂花糕

随着学业的吃紧,去外婆家的时间日渐变少。

我念高一那年中秋回家,琼表姐用糯米粉、糖做了桂花糕,托人捎话给我母亲,让我同去做客。

那时,初中毕业的琼表姐按前辈们的安排落了家,得闲的琼表姐便时常帮助外婆打理家务。华表哥也在镇上学起了做白案的手艺。其他表哥表姐们成家的成家,出嫁的出嫁,外出做生意的做生意;而长辈们依旧忙着农事,忙着忙不完的春播夏种秋收冬藏……

外婆仍旧独居。虽说儿女们时常来看望她,但院落着实冷清了许多。长大了的子孙们再也没有人偷吃外婆家的瓜果与糕点了。琼表姐成了与外婆话说得最多的人。

我与母亲见到外婆的那天,80岁的外婆刚生过一场病,精气神也大不如前,腿脚也变得不利索了,背更弯了。老屋好像一下子没了灵气。屋后的土墙开始倾斜,屋檐常常漏雨。外婆总说屋顶的"亮瓦"不如从前亮堂。只有午后的阳光一如从前,噙着桂花的香味,从虚掩着的后门潜入,在厅堂里转悠,让人感到时光的鲜活与温暖。

外婆出来时,是琼表姐搀扶的。琼表姐出落得像个大姑娘了。浑圆的臂上套了一袭花格子长裙,裙内裹着一件乳白色的衬衣,凹凸的身材玲珑有致,精致的面颊轮廓分明,带着笑意的嘴角镶着一对浅浅的酒窝。

见到母亲,琼表姐一脸笑意,示意我们在厅堂的小四方桌前落座。琼表姐走进厨房张罗起晚餐,我帮助拾柴火,到后院摘菜,舅舅、舅妈闻讯也赶了过来。

外婆、舅舅与母亲聊着家常,聊着不再年轻的兄弟姐妹们的家庭,聊着儿女的未来,聊着彼此的身体状态。外婆一个劲地夸赞琼表姐心眼好,这么多的孙子,数她最贴心,懂得照顾人。舅舅一脸木色地应承着。

几碟小菜上桌时,母亲关切地问起表姐的亲事。"琼丫头……十八了吧?他舅。"

"是,该说婆家了……"舅妈回道。

"还早呢,瞧彬表弟还在念书,早着呢……"琼表姐说这话时涨红了脸。

饭毕,琼表姐从房里端出一盘桂花糕,用竹筷夹了一块要喂给我母亲。"姑妈,快尝尝。这是用去年婆存下来的桂花做的,可香呢,也不知可不可口。"我也顺势夹了一块,放入口中。

"琼丫头做的桂花糕还真不赖,入口柔绵绵的,又不滑腻,吃完满口留着香味儿,怕是比你婆做得还要好呢。"

琼表姐吃吃地笑着,脸上掠过一丝红晕。

"好吃的话,等过完春节,我去姑妈家做,做给大家吃。"

"大家吃呀,好好……"母亲瞥了一眼琼表姐,又望了望舅舅、舅妈,打趣道。

临别,母亲把带来的糖、筒子面及一小袋白面粉交给外婆,让琼表姐收着。

而过完春节,琼表姐并没来我家做年糕。年前外婆生了重病,一病不起。年后不久,外婆就去世了。外婆去世时,琼表姐给外婆的棺木里放了一些晒干的桂花枝,说是爱花草的外婆在那边有个陪伴。

穿越的"莲"

外婆去世后,外婆的老屋被拆除,二舅在外婆的老屋地基上盖了几间砖瓦房。

而外婆后院里除了较靠后的红枣树,但凡占着地基的树木被悉数砍掉了。拆房前,据说琼表姐将外婆院落的桂树移了几株到自家庭院,过了好些年,却没见开花。而留在原址的一株桂花树,据说隔几年偶或结

第一章 回不去的故乡

出些零星的花苞。我自然再没吃到琼表姐做的桂花糕。

我高考那年，琼表姐花了一个冬天为我织了件毛衣，材料是当时流行的"马海毛"，有着长高领的，穿起来不仅暖和，还特别"拉风"。琼表姐托二姐送给我，嘱咐我好好念书，争取考上省城里的大学。

随后的几年，我家屡遭变故，父母亲先后去世，我也只身外出谋生，与琼表姐聚少离多，许多年难得一见。

1997年的腊月十八日，28岁的琼表姐出嫁。夫家据说是隔壁镇上的，人厚道，长得也帅，家里也殷实。一直飘落在外的我获悉，特地买了盆桂花赶回家。

那天，我穿着琼表姐给我织的那件毛衣，将桂花树送给琼表姐时，但见她半倚在床栏，一袭粉红的裙衣，一头盘起的黑发顶着一幅金黄色的花冠。

琼表姐见了我，鼻子一酸，慢慢闭上眼。睁开时，眼里噙满泪花，濡湿了眼睑周遭的粉底。我们相对无语，太多的变迁，让长大后的我们似乎没了共同的语言。

琼表姐上婚车前，转身拐到里屋，偷偷塞给我50元钱。

"彬弟，真希望你过得好，一定要过得好。"

望着琼表姐离去的身影，我背转身，强忍的泪水大颗大颗地从眼眶里滑落下来。

我忽然想起了"莲"，想起了那个行走在翁家山那弯弯山道上的"莲妹"；那个有着"两只肥圆的肩臂、紧密的腰部和斜圆的胫部曲线"；有着"一双水汪汪的大眼，隆正的尖鼻，一张红白相间的椭圆的嫩脸"；有着"一双天生成像饱使过耐吻胭脂棒般的红唇"与"一头不曾剪去的黑发"的"莲妹"（郁达夫《迟桂花》的女主角）。那个有着乡村女性康健纯朴与芬芳迷人的"莲妹"，仿佛穿越着时光，从发黄的书页里走出，又重现在我的眼前。我的鼻息里仿佛流淌着晚桂花的馨香。

85

亲人坟头的桂花树

我最后一次见到琼表姐,是在次年秋天。那年,表哥华驾驶的货车遭遇一场意外的车祸,就在离老家几里路的公路上不幸遇难。

作为孪生的兄妹,尚在新婚余温中的琼表姐回娘家奔丧。眼瞅着华表哥残缺不全的遗体,孤独地安放在老屋门前的凉席上,我木讷地立着,一身白衣的琼表姐则在我身旁半跪着,哭得天昏地暗,伤心欲绝。

那又是一个桂花飘香的清凉季节,那条纵横的阡陌夹着乡间小路,两旁艾草丛生,一路弯弯曲曲,坑坑洼洼。

如果外婆还活着,如果她有灵,她一定不忍看到,就在送别她的同一条路上,送别他的孙子,仅仅事隔7年。

那夜,我是打着火把,一路搀扶着琼表姐送华表哥上山的。途中,琼表姐泣不成声,几次身子瘫软下去,难以行走。而依旧孑然一身,两手空空的我,早已历经太多的伤痛与生死离别,欲哭无泪。

"桂花留晚色,帘影淡秋光。靡靡风还落,菲菲夜未央。"

那一夜我躺在外婆家老屋外搭起的帐篷里,彻夜难眠。我再也没有闻到桂花的香味,在那本该桂花飘香的时节。

后来的一年春节,我带着妻儿回乡,祭拜外婆与华表哥。

冬日的晨光凝视着那片雪后初晴的黑土地,收割后的原野,露出大片大片光秃秃的稻秆,稻秆上顶着零星的残雪,闪着雪白雪白的余晖。

在那方向阳的山坡上,有一小片泛着葱绿的麦田,被冬日的阳光抚摸着的一排排坟茔静静地矗立在麦田中央,外婆与华表哥就长眠于此。

我们走近的时候,忽然发现有一棵长着薄薄绿叶片、半人高的银桂树,圆球形花冠,胖墩墩地立在外婆与华表哥坟茔的连接处。

桂花的花语是:是富贵、吉祥、灵性、是永恒的相伴。

20年过去了,我不知道琼表姐是否变老,变成了什么样?在乡下过得如何？是否有了儿女，儿女们可都还孝顺？我想，躺在地底下的亲人们有千年银桂的陪伴，有像琼表姐一样纯洁善良的亲人守护，他们一定能放心地安眠。

【后记】

写完上面的文字，我给琼表姐回了微信：我告诉她，我非常想念她，我们也一定会重逢，重逢在新一年桂花飘香的时节。

2016年2月4日于广州；缩版《晚桂花》刊于2017年11月22日《南方都市报·城市笔记》

雪花飞处是故乡

广州无雪,无雪的冬季,想要买件羽绒服都找不到借口。从老家带来的棉衣、皮袄储藏在衣柜里,洗了晒,晒了洗,可就像一件艺术品,只有观赏与把玩的份儿,至于想套在身上过把瘾的念头,也只能怀想。

每天清晨在冬阳热情的抚摸下醒来,穿上单衣,骑着单车,在腊月的季节里穿行,如同活在东南亚的热带雨林,活在赤道的边上被焐热的阳光,被雾霾玷污的空气,满布尘埃的树木,以及发烧的体温……地球就像个透明的玻璃缸,闷得发慌。

渴望下一场冬雪,哪怕一场雨夹雪,将这被时光拧得太过紧张的日子蓦地释放。

可这个城市仿佛一点也没有想过冬的迹象,至于"雪花飘飘年来到"似乎是20世纪剧本里的唱词,是太过久远的梦,丝毫未触动这座城市的神经,而春节就要到了。

正为暖冬着急,碰巧遇上一次去北方出差的机会。一起出差的同事打趣说,先去沈阳吧,那是真正的北方,没准能看见雪。

为体验一把下雪的冬天,我们做了精心的准备。从天气预测到随身装备。飞机经湖南过江西、安徽,午后飞入山东地界时,遇到了强大的冷气流,舱内温暖如春,舱外飞雪连天。坐在机窗位置的老院长十几年没看见过雪了,便兴奋地惊叫起来——"快看,快看,雪?雪!"但见舱外整个胶东半岛银装素裹,卧在皑皑白雪中,天地变得广阔而又宁静。我们开始羡慕起被雪拥抱着的城市居民,以及大片大片的雪乡,连浴雪的荒山也羡慕。

我们期待着飞机降落,期待着去沈阳故宫看雪,期待着倚在皇太极

第一章 回不去的故乡

与海兰珠凭吊过的阁楼,看红楼深院,品沉香清茗,听晨钟暮鼓,赏神鸭白雪。

然而到沈阳时,迎接我们的却是暖暖的红日。沈阳的雪早已下过,并已然消失得了无痕迹。我们等候多日,北纬41度的沈阳仍旧一本正经地艳阳高照。于是我们沿着雪落的痕迹追到海港名城烟台。

在烟台的蓬莱机场,我们遇见了落日下的残雪,同事兴奋地用相机捕捉雪的遗迹,用短镜头将一片片残雪放大再放大,献宝似的分享到朋友圈。而我们千里追雪计划最后以失败告终。

在我童年的记忆中,冬季,北纬30度的故乡时常下雪。

"一夜北风紧,开门雪尚飘,入泥怜洁白,匝地惜琼瑶……"

雪来的时候,调皮地蹿上屋檐,藏进瓦缝,或躺在老槐树、桑树的枝丫间小憩。有时猫着腰从老旧的木门缝隙里、烟囱里钻进去,或者改个道从天井里倏地飘落下来,探头探脑地张望。又或者在结着冰的池塘里嬉戏,不一会儿便转出了村口,撒着欢地奔向田野,在返青的麦苗地里打起滚来,在冒着嫩芽的油菜茎上打着啵儿。似乎只要西北风的口哨声不断,由雪主宰的舞会便不会停歇。最后,意犹未尽的雪半推半就地醉倒在新翻的泥土为它准备的婚床上。

冬天的日子,大部分是闲着的。穿着厚厚的棉袄,捡来柴房里的枯树根,在堂屋里摆上大方桌,生起小火炉,煮一锅腊肉、干豆、胡萝卜,炖一炉鲢鱼、白菜、嫩豆腐,香气四溢,炊烟绕梁。这时候,女人们可以在炉边做做针线活,男人们便会聚在一起下下棋,扯扯镇上听来的新闻,爽朗的笑声此起彼伏,融入飘进来的冬雪中。

我们这些书虫呢,往往会捧着一本关于雪的诗集,或者一部借来的名剧,思绪便在雪中流淌起来,热烈起来,燃烧起来,化作一首首洁白的诗行。

或者什么也不想。就抬头看看天井里飘来飘去的雪花,听听门外北

89

风经过村庄的欢呼声,享受辛勤一年后获得的人间资粮,以及身体慢慢充盈的喜悦,一种满足感,幸福感便在心底漫延开来。

下雪的冬天,是一定要到田野里走走的,哪怕手脚与鼻子冻得通红,也要去问候一下田野里被温存着的麦子、油菜,看看他们是不是长得更高更壮实了。

喝两口烧酒,穿上棉靴,戴上毛手套,踩在柔软的雪地上,发出咯吱咯吱的声响。头顶是雪,胸前是雪,地上是雪,远近是雪,满山遍野,满心满眼都是雪。绵绵不绝,洋洋洒洒,纷纷扰扰地散落在草垛上、沟渠里,没入水塘边,淹没了乡间小道。掬一把含在嘴里,咀嚼着,品味着,茹冰饮雪的苏武、杨子荣等脍炙人口的英雄人物便袭上心头,脚下的步子也变得威武雄壮起来。

最美最美是雪夜。灯光从远近村落纸糊的窗户里、门缝里溜出来,长长的影子离乱在无边的苍白里。天地相拥,纯净的白,摄人心魄的白,一个个如安徒生童话般潜入孩童们甜美的梦境。

然而这一切影像似乎早已远离我的故乡,远离我熟悉的村庄。我对故乡的记忆也日渐模糊起来。在工业文明与物质文明轰轰烈烈地一路向北的今天,曾在初冬飘过南回归线、飘过广州城的雪,一度被迫北移,一路退却,渐渐地淡出了我们的视线。在南方遇见一场雪,等候一场雪成了瑰丽无比的梦。

雪花飞处是故乡,我期待着回家过年,期待着贴满春联、挂满大红灯笼的春节,能与久违的雪相遇。

2017年2月16日于广州

第一章　回不去的故乡

冬月豆饼香

前几天,老家三姐寄来一袋豆饼,说是要过冬至了,让我尝尝家乡的味道。我抓出一把晒得干干的豆饼,放在水锅里,盖上盖子,从锅沿钻出来的香气一下子弥漫了整个屋子,满满的都是乡愁的味道。湖北江汉平原一带有自制豆饼的习俗。冬月下旬,各家各户开始筹备起来。豆饼是用黄豆、大米等一起泡进桶里,等泡软后用石磨碾出豆浆,再用盆子装了,配上佐料调和好,接着用大贝壳捞起,待铁锅烧得发红发烫,便迅速贴入锅底,糊成圆形,若是水汽一干便要迅速启锅,放在圆圆的托盘上,晾在长长的竹垫里。偌大的竹席上或明或暗的光影,圆圆的豆饼像一轮轮金黄的月亮。

整个制作过程,需要男男女女十来个人。有推石磨碾豆浆的,有负责往磨洞里给原料的,有负责往来供给豆浆的,有负责灶前柴火的……

制作两百斤以上的豆饼,耗时差不多一天一夜,往往鸡叫三遍还没有做完。末了,得答谢参与劳作的邻居与亲友们,东家把豆饼切成细细的面条状,配上葱蒜、肉类,炒上一锅,那个扑鼻的香,让你打着饱嗝,怀想经年。

豆饼是故乡早餐最佳的食品,在整个冬季或者正月,都是急救味蕾、接待亲友最好的主食。只是谁叫一声"吃豆饼啦",拜年或探亲的亲友必丢下纸牌或麻将,蜂拥而至。

一方晴空下,冬日温暖的阳光包裹着村庄,偌大的打谷场铺了一层金黄金黄的丝绸。这个时候,就是晒豆饼的时候。家家户户搬出高低板凳,用长篙与竹棍、棉秆横竖摆弄好,搭成1米高10米长的平台,再抱出卷席。于是黄的、白的、灰的豆饼呼啦啦全部展现出来,整个打谷场成了

91

豆饼的博览会。无论走到哪个村，路过哪个乡，经过哪个寨，都能闻到豆饼的五谷香。

晒豆饼的时候，必有人守望。手执着细长的竹棍，棍头系上红布或者塑料膜，便成了驱赶家禽与鸟类的最佳工具。而鸡与鸟类则远远地在伏伺着，瞅着没人便会冷不丁地飞上去偷食。于是豆饼撒了一地。接着传来的便是长辈们的责备声。

阳光下的豆饼，得了天地之精华，是天作之合的杰作，那混合着阳光与五谷的豆饼香，让人难以抵挡。不管是走过或路过，不管你是有意或无意，只要你深深地吸上一口气，总能嗅出农家幸福与温暖的味道，嗅出日益走近的年味儿。

豆饼是村里人外出打工必备的干粮，若是寻亲或揽工不怎么顺意，也能充充饥，凑合着对付干瘪的肚皮。若是学子远足，也必背上一袋，到了学校，在同学们的目视下，往床铺上一放，那可是来自家乡的土特产。

而今，故乡因专业制作豆饼的作坊或工厂的出现，农村制作豆饼的人家越来越少了。那带着乡村的水土味，带着亲友的指汗味，带着冬季甘醇的阳光味，被亲人的爱心包裹着的豆饼，渐渐淡出餐桌，淡出视线。而承载了太多亲情与年味的豆饼香，总是在返乡的刹那，在走进家门的瞬间，被舌尖的记忆甜蜜地唤醒。

2017年11月5日于广州，刊于2017年12月19日《福建日报·武夷山下》/2018年1月19日《南方都市·城市笔记》

第一章　回不去的故乡

腊月的酒

一

一旦跨过腊月的门槛,辛苦劳作了一年的村邻们脸上的笑容就开始显山露水,日益灿烂起来,年味自然也在空气里一天比一天浓烈了。在村道上行走,逢人都会问句——"年货买了没?"

年货的定义是广泛且丰富的,可酒是年货的主角。黄酒、啤酒、梅子酒、地瓜烧、老白干不一而足。每户人家白酒的储存量一般都不少于百斤。掌权的户主知道,正月一个月不会开集,客人登门无酒招待那是要被人笑话。若是碰到儿女嫁娶、孙子满月等连档喜事,酒的存量显然要迅速攀升。

于是整个村庄都成了大酒缸。你只要用鼻子稍稍吸一口气,醉绵的酒香便会攀上舌尖,在味蕾里扎根,让人难以抵挡。

当唢呐声在冬日的旷野里,在收割完庄稼后的田埂上,在弯弯曲曲的黄土路上呜拉呜拉地响起时,伴随着噼里啪啦的鞭炮声越走越近的是挑着彩礼的迎亲队。队伍长龙式地排列着,路过一个个村口。而村里看热闹的人们便沸腾起来——抱着孩子的,背着弟弟的,牵着老人的,从厨房里跑出来穿着围裙的……伸长了脖子张望,唢呐声也就更加卖力地响起来。

那绷紧了腮帮子摇头晃脑的乐手、敲着锣打着鼓的业余乐师、放鞭炮的后生、挑着担子的夫家人,脸上无一例外地红扑扑的,脚步无一例外地打着转转,眼睛无一例外地眯成一条缝。

而作为主角的新郎被亲友架着,一步一叩首,怕是早就醉倒在新娘

93

家殷勤的酒杯里……而迎亲队伍里散发出来的无一例外都是喜悦是激情是浓浓的醉意。那浓烈的酒香胜过了新娘伴娘们身体里散发出来的脂粉味、女人香，那味儿和着乐声在村庄阴冷干燥的空气里回荡。

若是西天有轮夕阳，又该是怎样的一副剪影。

腊月的酒，是杯合欢酒，醉倒了一对对新人，醉倒了为之欢喜着的人们。

二

有人说腊月的主要标签是因为腊八节，是因为杀年猪，是因为腊月的肉。

那些不过是一种形态，一种仪式，一种具象。真正让氛围浓烈起来，让村庄温暖起来、鼓噪起来的仍旧是一壶浓浓的酒。

多年不曾登门的远亲，趁着赶集，趁着办年货遇上，一起下一次小酒馆。若是谁家离乡镇近，便会拉着扯着回到家，让妇人做上几个小菜，三两酒下肚，几句热肠子暖胃的话，因距离与时间隔膜太久的情感就会被激活起来，一口一声"哥呀妹呀"消解了几多尴尬。没准两户人家又开始热络络地走动起来。

若是，遇到谁家子女开着车子，拎着票子，带着妻子衣锦还乡，那可是要热热闹闹地摆上一大桌了。这时候回乡路过的人常常被好客的主人请进屋，那是要沾点喜气、巴结上点好运气的。

喝上两杯酒，话题从村里说到镇上；再喝两杯，从镇上聊到县里；再喝两杯，从县里侃到省里，若是一直喝下去，怕是要聊到宇宙星空里去的，满满的都是爱国的正能量。于是一些客气的话，赞美的话，便从酒杯里跳出，跳到嘴唇上、眉尖上、额头上，与夕阳一起坠落在山坳里。

腊月酒，是壶洗尘酒，醉倒了一个个寻亲访友的有情人，醉倒了一个个千里归乡的游子。

第一章　回不去的故乡

三

在腊月,大多数的时候是孤独的。庄稼都已上岸,田野到处都是郁郁葱葱的麦子、油菜。闲下来的时光,村民们便扯着日历扳着指头打着电话,计算着家人归来的日子。

这个时候,不少的村民便会搬着梯子从木梁上取下一刀腊肉,煮上一锅白菜豆腐,剥上两盘花生,邀上一两位村邻,温上一壶烧酒。生冷的屋子便开始冒着热气,冰凉的身子也开始热腾起来。拉拉家常,怀怀旧,聊聊小时候的糗事,聊着各自的亲友,各家的难处,各自未来的发展。而屋外北风在呼呼地吹。

酒后扛着铁锹,烧上一锅烟,在田野里转悠,看看那些拔着节抽着穗育着蕾打着尖的麦子。看着笑着乐着哼着曲走着。走着走着,一脚踩空,醉倒在麦地里,醉倒在垄头陌上的沟沟壑壑里。而远处夕阳正浓。

腊月酒是盏怀旧的酒,醉倒了一个个留守村落的庄稼汉。

四

在腊月的乡村,有一类生活在最底层的人,村民们喜欢管他们叫"赶酒的"。腊月是喜事连轴转的年月,因为闲,因为积攒了点钱,因为亲人们都要回家过年,所以嫁女、娶媳、生子、做寿的特别多。这样的喜庆旺季,"赶酒的"是不会错过的。他们早早打听到了东家办喜事的时间,早早地安排了拜访时间。

"赶酒的"其实就是"艺丐"。只是按其家庭子女、个人财产与生存状况略有不同,分为两大类。

有一类赶酒对象,一般四五十岁左右,有儿有女,自己基本没种几亩薄田,主要收入就是"讨喜"的钱。

这类"赶酒的"一般有着一定的唱功。一人怀抱"鱼火筒"(那是种直

95

径有碗口粗,长约一米左右的圆柱体,底端用鱼皮包裹着,顶端是出气孔。用手掌拍一下就能发出"唪唪唪"的声响),另一人则手执快板。两人颇像今天的男女组合小乐队。到了东家,先行拜会礼,等开了酒席,便唱起民间小调来陪酒助兴。还未开唱便把讨喜的木碗请做东的汉子置入酒桌的中央。做东的汉子就笑呵呵地动员——"各位大客官,随便给点喜钱,打点赏呀……"

这时"赶酒的"的鱼火筒子、快板伴着唱腔,以及半荤半素的台词,将桌上的"做东的"以及有头有脸的逐个夸上一遍。一曲唱毕,被夸到的宾客自然要带头打赏的,否则其他宾客便会起哄。"赶酒的"便不依不饶地继续夸。结果当然会成功。

赏钱一般为一些零票子——五角、一元、十元都不嫌少。如席口开得多,一天也能讨到百来元的喜钱。

另一类"赶酒的"就不同了。这类人一到东家,先立在门口炸上一挂一尺来长的小鞭炮,以示祝贺。其实是提醒忙碌着照顾宾客的东家——"赶酒的"来了。接下来"赶酒的"便会念着自编的"三句半"顺口溜,夸赞东家的孝道仁义德行,夸赞东家的门庭风水福泽智慧。每句都会带着"喜呀""喜呀"的结束语。这类"赶酒的"没有田地,没有子女。生活大多无依无靠,是"职业乞丐"。

"职业乞丐"基本年过六十,衣衫褴褛,是不能进东家门的。即便东家赏食赏酒,也只能坐在门外禾场上。东家会取出一个大脸盆倒扣着,然后将席上剩下的半碗粉蒸肉等两荤一素以及半瓶烧酒摆上。"职业乞丐"则坐在小矮凳上,在宾客的或同情或鄙夷的目光覆盖下,默默地享用午餐或晚餐。吃完把筷子横夹在平举的一对拇指与食指上,双手一拱以示谢意。饭罢,拿出半个巴掌大的红色小纸片,名曰"小照",张贴在红对联的门楣上。"小照"上写着"某某已来恭贺,后来道友莫怪"之类的。贴完再作个揖,便晃晃悠悠地朝着村道扬长而去。

腊月的酒对"赶酒的"而言,是一碗销魂的酒。生命的长短对他们而言并无多大区别。醉着总比醒着快乐得多,若是醉死在路上也是有的。即便是离去,他们满布皱纹的脸上总是微笑着的。

五

腊月的酒,没有城里攀比的坏习气,没有带着功利背景的奢华的开场白。即便唇上不粘一滴,你也会醉倒在乡村年味日浓的时光里。

2017年12月5日于沈阳,刊于2018年2期《深圳航空》杂志

告到朋友圈

去年春节前,回农村老家,亲友聚会时,在年轻的表弟表妹们提议下建了个"老家亲友群"。于是平常不怎么联系的亲友们一下子热络起来,群友也越来越多,为了能让长辈们享受到现代科技的成果,让小辈们享受四世同堂的乐趣,年近60岁的三舅妈,二伯父,刚满8岁的堂姐的妞妞都参与进来,朋友圈瞬间完成了"时代的邀请"——老、中、青、幼四个不同时代的人同声相应,同气相求。长辈与孩子们从看客渐渐地成为"KOL(意见领袖)"。

谁发的红包多谁当群主。一到傍晚,在外做完工或者上完班,吃过晚饭后,游戏开始——呼啦啦,呼啦啦,红包满天飞,一如一场红包雨,发红包的随意,抢红包的人也随缘。抢到的不是几毛钱,就是几分钱。这样着实热闹了一段时间,慢慢地该说的话仿佛已说尽了,除了发红包这个主题活动以外,似乎不再有什么新鲜且对大家胃口的段子可唠了,于是乎,朋友圈沉寂下去了。

可没过多久,朋友圈又被激活了。

老家有位年届九十的老奶奶与两岁的重孙子两人发生了一点肢体上的摩擦,老奶奶被小重孙扬起的小木凳砸到腿,摔倒了……身体并不好的老奶奶卧床了。

由于奶奶归属另外一位子女抚养,并不负责带这位重孙子。于是乎,问题来了——这到底是谁的责任?受伤的是老奶奶,肇事者是两岁不到的小重孙,尚不具备责任能力,那重孙的父母该不该负责?重孙父母的父母该不该负责?

本就没多大的事,可越是亲人有时越是容易忽视事件本身,忽视责

第一章 回不去的故乡

任担当,反过来把事情弄复杂。

抚养老奶奶的子孙们便将此事发到朋友圈,请亲朋好友们评评理,结果朋友圈炸开了锅。劝和的有,劝斗的有,正反方评论光速发酵,亲戚转发亲戚,亲戚转发朋友,朋友转发朋友……事件从开始的当事双方家属,演变成了第三方,再演变成了社会性问题。于是双方重回到微信群论战,连在千里之外打工的不太相关的旁系亲属都放下工作投入了"战斗"。内容从评理到争吵到升级为攻击性较强的辱骂,事件从原生态演变成揪过往、揭伤疤,一大堆陈芝麻烂谷子的往事浮出水面,成为杀伤性武器;战事从线下到线上再到线下,规模从两人升级为数十人群P。语言版、文字版、图片版、视频版,没完没了!后来报了警,再后来,群主只好关闭了微群。

谁也没有想到,一起发生在家庭亲友间意外的磕磕碰碰的小事件到最后会将血脉相连的亲人变成老死不相往来的仇人。朋友圈这个新时代的自媒体其威力不能不让人侧目。

这事发生不久,我们家第二套新房装修。我们与一家知名品牌装修公司签订了委托装修协议。刚开始进展还算顺利,可渐渐就不是那回事了。厨房集成柜台偷工减料不说,水电做完了,墙面砖贴好了,集成吊顶吊好了,最后发现早期安装的中央空调居然出状况了,工作人员竟然忘了内置电源线。再一验收,原来墙砌歪了、大门撞坏了……不仅如此,几扇门工期也一拖再拖,定制的门套不是颜色错,就是尺寸错,来回折腾了四五次。

一百多平方米的房子,说好工期三个多月,确保在春节前完工,结果从前年八月开工到一直延迟到次年的三月,半年多的时间,最后还有一间书房推拉门尚未到货。我为协调此事先后从外地回家两次,妻也多次与工程经理以及经理的上级领导沟通,结果装修公司不是把责任推给合作伙伴,就是推给回家过年未到岗的农民工,山也还是那座山。

前不久,同小区几位装修完工的邻居上门参观。看到晚装修的邻居们一脸的喜气与得意,妻的脸上挂不住了,在家越想越气。于是心生一计,把一篇装修日记晒到了朋友圈。

当天,妻接到的道歉电话不断,从设计师、业务员、项目经理到总监、副总……两天后,书房门与门套等全部到货并安装到位,后续工程高质量高效率地施工完毕。

竣工的那晚,妻悄悄告诉我说,其实她发在朋友圈的文字仅仅只有俩人能看到——一位是负责工程施工的经理,另一位是经理的领导,而其他朋友都被屏蔽了。

2017年4月10日于广州

第一章　回不去的故乡

父亲的年夜饭

【题记】

在我们家,父亲是364天说了算的"当家人",记忆中家里五个孩子对父亲都是充满敬畏的。但除夕这天,父亲不是主角。年夜饭什么时候开始备菜、下锅,什么时辰将大盘子菜端上大方桌开饭,鞭炮什么时候燃放,是母亲与姐姐们说了算。

一

除夕那天,在我记忆中常常是晴朗的天,当一轮淡淡的酒红色的冬阳伴着炊烟在小村庄里远远近近地升起,象征着最紧张而隆重的一天开始了。

在哥哥的帮助下,家里的大桌椅一股脑儿全搬到屋前的禾场空地上摆放齐全,接下来就是我的事了。如果偶尔碰到雨雪天气,那么清洗工作就得在屋内的天井里进行,而这种记忆几乎没有。

我家大方桌是八仙桌,母亲20世纪40年代的陪嫁品,工艺制作十分讲究,从桌沿到裙边都有雕花刻龙的图案,非常精致。清洗那些密集的图案与凹槽绝非易事。我往往要用新收割的稻草扎成一束束,沾上冰冷的水进行初洗。先除去一年积累的灰尘与污垢,再用大大小小的抹布进行揉搓清洗,来回好几遍,确保老去的油漆味与大红喜庆的底色在每年的年夜饭这天再次活过来。如同挂在泥巴墙上,套着红袋子的唢呐,总能在某个隆重的时刻,被十里八乡的乡亲或悲或喜地唤醒。

当我的手在冷水的浸泡下冻得通红,几近失去知觉的时候,抬起头总能发现父亲端着一盘温水立在我的身后。而姐姐们这个时候，一般会到池塘边洗做菜用的蒸笼、甑子，或莲藕、鱼类，或到村外的田野里自家种的菜地采摘新鲜的蔬菜，如包着芯的大白菜，冒着嫩茎的油菜芯。在故乡年夜饭的菜谱上必须要凑够"十大碗"，这些蔬菜是做蒸菜的必备材料。

十大碗菜谱中，除了非常好吃的蒸菜，还有粉蒸肉、卤肉、鸡蛋糕、蒸莲藕、红烧花鲢、海带糯米卷（做法如日本寿司，却是蒸的热食）、蒸鸡块等。在那缺衣少食的年代，每道菜都是难得一见的美味佳肴。

父亲在除夕这天的差事不过是个客串的司仪。他负责的主要有两项工作：一是检测自己采购来的鞭炮是否受潮，能不能在年夜饭庆典仪式上炸得"响"；二是年夜饭的水酒准备是否妥当。

可就是父亲负责的这两项工作，常常出状况。

二

1981年那年除夕，大姐出嫁的那一年，也是分田到户的第一年，那年我还在念小学三年级，由于家里一年的积蓄均给大姐购置了陪嫁物品，据说是超了支。那是我记忆中过春节唯一的一次没有买连环画，没有年夜饭的鞭炮，于是温酒成了父亲唯一的功课。

父亲首先是来到灰塘边，查看余温未尽的炭火，然后将装有烧酒的壶置入，接着将星星点点的碳星子整理好，围成一圈，最后把酒壶严严实实地焐好。

我每次见父亲专注地做这件事时，便立刻想起《三国演义》里"关公温酒斩华雄"的故事，于是对父亲的敬畏便又多了一成。

酒于父亲而言似乎是他最大的爱好。我从大舅及年长的村邻们那里听到过关于父亲年轻时不顾母亲拖儿带女劳作的辛苦，卖掉家里养的猪换酒喝的事，据说父亲每次走人户均醉倒，可以说是逢酒必醉，可吃年

第一章　回不去的故乡

夜饭这天父亲从没有醉过。

那年除夕的年夜饭是下午四点半左右做好的。母亲让我通知父亲，说年夜饭可以开席了。按照故乡习俗，年夜饭前必须放鞭炮以示庆祝。

我把"年夜饭好了"的消息告知父亲时，父亲没有吱声，他拿出小孩子们过年玩小火枪时常用的版炮，那是一种约小指头大小的颗粒，整齐排列在一张茶色的厚纸上，故乡的小孩管它叫"米炮"。

父亲将"米炮"摆到天井的石板上，一手按着，一手拎起铁锤瞄准、悬空，却无动作，当左邻右舍的鞭炮声相继响起来，父亲再迅速地依次锤响。我想好面子的父亲是有意为之，不想让邻里笑话我们家没有钱买鞭炮。

我记得当时一板"米炮"约值五分钱，而一挂鞭炮大约是两元至五元钱。母亲后来说父亲之所以没有买鞭炮是为了省钱换几斤待客的烧酒。

年夜饭摆上桌，十大碗凑齐后，一家人才围着八仙桌落座。临堂屋正北墙上挂着祖先的画像，左右两侧挂着的是家人的黑白照。正北方席位似乎是父亲的专座，据说是主人席。南面是母亲的席位，西面是姐姐们的席位，大哥与我坐东侧。民间的规定是——南北是长者席，东西是少者席。父亲刚坐下来，正要拎酒壶斟酒举行祭祖缅怀仪式，忽然父亲一声惊呼——"该死的，谁把我的酒踢倒了……"我们猫下腰，发现八仙桌下有只脚正好放在踢倒了的酒壶边，那是三姐的脚。

据长辈说，年夜饭有几个忌讳，一是吃饭时不能爆粗口；二是买来的鞭炮炸不响或者响声不连贯；三是酒壶不能倒，撒出酒来，瓷碗不可打碎……不然不吉祥。

怎么不吉祥，是来年家庭不和，人丁不兴，六畜不旺，庄稼不丰……我不知道。

父亲的脸铁青着，瞪了三姐半响，然后厉声呵斥。三姐委屈地想分辩被母亲阻止了，于是三姐赌气下了桌，把自己关进房里，房门摔得山响。

接下来的年夜饭是在没有笑声,没有碰杯声,甚至没有任何声响的状态下吃完的。如果说真有声响,便是三姐低低的抽泣声,以及父亲喝闷酒时一饮而尽的声音……

三

三姐碰倒父亲酒壶的事件无独有偶,在后来一年的年夜饭端菜上桌时再次发生,接下来,家里捂在"炒米"中的鞭炮自燃……

接下来的几年,家里确有不顺的事发生,三姐辍学、大哥从牛背上摔下来、我的手臂骨折、父亲生重病……但母亲一直认为这与三姐无关,自然也与年夜饭无关。但三姐却成了父亲克星这件事,在父亲嘴里翻滚了好些年。

父亲是个特别要强的人。每年年夜饭后拜完祖先,父亲便一个人把自己关在屋里,拿起笔与纸在房里谋划。谋划着子女们上学的钱还没着落,开年该用板车拖些米去卖了;谋划着新一年该给二姐、三姐物色一户好人家了;谋划着新的一年家里该添置些什么;谋划着家里的几亩地收入不够,再向村里申请开几亩荒地……

四

在父亲每年的谋划中,家里经济情况好转起来。我们家是村里第一个买"长江牌"收音机,第一个买"武汉牌"手表,第一个买"永光牌"自行车的农户。

1987年年夜饭后,父亲的计划里列了盖新房的宏伟目标。父亲在计划里写道,趁着女儿还未出嫁,趁着家里还有点劳力与余钱,趁着自己还有点力气,该为渐渐长大的儿子们盖幢新房了。

第一章　回不去的故乡

1988年春天,我们家告别老旧的土坯屋,提前住进了高大敞亮、红砖碧瓦的新居。许多仍住着老屋的亲友们拎着印刷体春联来道贺,父亲总是笑呵呵的,一脸得意。而住惯了老屋的父母亲却不肯搬,而每逢亲友来访,父亲必带到新居参观。

1989年,首尔奥运年落幕那年的年夜饭,让我永生难忘。

那年,全家人只有父亲没有入席。许是建房过于操劳,新居落成后不到一年,父亲便病倒了,为了省钱,为了不给儿女留下过重的债务,父亲拒绝到省城继续接受治疗,执意要留在家吃偏方。

那年的年夜饭,我们按照父亲的嘱咐,买了《狸猫换太子》《红楼梦》《秦香莲》等戏剧连环画,贴在新居的墙上,父亲说自己看病花了不少钱,家里也没什么好招待的,亲友们来拜年有个看头。

三姐用糨糊贴这些画时,眼泪在眼眶里打转。贴春联时,三姐一定要把我写的那副"天增岁月人增寿"贴到父亲卧房的门楣上。那年年夜饭,三姐用自己卖金针菇的私房钱买了挂长长的大个头鞭炮,她用长竹篙卷了六七米长,央求我与她搬到老屋大门外燃放(乡俗一般关起门来在天井边燃放),连绵不绝的脆响声在空中久久回荡。

那年的年夜饭,面对满桌的菜,我们都没有动筷。三姐从"十大碗"中挑了父亲最爱吃的"莲藕蒸菜"端到房里喂给父亲吃,躺在病榻上的父亲扭过头去不答话。其实父亲那时已经吃不下任何东西,但父亲的心结似乎远比病痛更加强烈。

父亲一直不愿原谅三姐。三姐以为父亲之所以怪罪,是因为父亲发病前,三姐不小心让板车的"车把手"撞了父亲,而且正撞在父亲的胸口。三姐后来明白,那次的意外与父亲病因无关。三姐最终明白,父亲的生气其实压根儿与那次意外无关。

五

面对饱受病痛折磨一步一步挪向天国的父亲,像父亲一样倔强的三姐"扑通"一声跪了下来,在父亲的床前号啕大哭,请求父亲的原谅。

那年的年夜饭,依然是下午四点半开的席,席上只有三个人——大哥、三姐与我,母亲留在房里守护父亲;席上,三姐没有碰倒父亲的酒壶。

那年的年夜饭,我不知道三姐对父亲说了什么,父亲与三姐和解了。

那年的年夜饭后,父亲照例要写的新年计划是三姐代笔的。

五天后,1989年正月初五,年仅56岁的父亲去世。

两年后,三姐出嫁,我找到了父亲留下来的那本新年计划本。但见三姐在那年的计划中写道:1988年大年三十,我跪在即将离世的幺幺(故乡对兄弟中排行最小的父亲的别称)病床前发了誓:我让幺幺放心,新的一年,我一定照顾好母亲;我一定不让弟弟们辍学,我一定要让小弟继续念书,直到考取大学;否则,我决不出嫁……

2016年1月26日于广州

第一章　回不去的故乡

过腊又逢春

　　入冬前,家兄用微信发来一组视频与图片。我急急忙忙地一个个打开,一张张放大,心里立即被乡愁结结实实地填满,然后胃里便一阵痉挛,接着心里瘆得慌。

　　那是一组故乡老屋的影像资料,去年清明回乡走马观花地转了一圈,相隔不过半年之久,可那场景还是把我给震撼住了——泥土与砖石错位的前廊,几欲倾覆的屋檐,周遭坍塌的厨房,瓦砾囤积的猪房,杂树丛生侵入邻舍的后院,泥土与鸟粪掩埋的臭水沟——荒芜!荒凉!!荒废的家园!!!

　　30年前,父亲坐在洒满阳光的新房子里,一手扶在木板钉成的饭桌上,一手夹着一根纸烟。有群扑闪着翅膀嬉戏的鸡仔,挺过一个冬季的寒冷与禁锢,在禾场里撒着欢;一堆春节残留的鞭炮碎片,不肯退出年轮更换的那场庆典与欢喜,被时光的扫把无情地驱赶至谷场边沿,红的绿的在风里飘动、翻滚;门前几棵新植的杨柳强忍着生理期发育的冲动与羞赧,在东来的风里低着眉弯着腰,小心翼翼地隆起嫩嫩的芽苞,一副待嫁春风的模样;屋檐上新挂的腊肉被日子捂温身子,冒出一滴油悬在空中……父亲看着想着,嘿嘿地笑了。

　　那是1988年的立春。新建的住房还没有安装窗户,阳光从屋顶的亮瓦与四周窗的空格子里肆意地潜入,像老友一般抚摸着父亲浓密的胡须,蜡黄的面庞,消瘦的手指与单薄的裤管。母亲从老屋里端来一碗饭菜,父亲接过,嘴角溢满着笑容。

　　"终于有一幢五间大的新房子了,敞亮舒爽呢。坐在屋里翻看日历再也不用掌灯了。"父亲对自己说。

新厨房的土灶台是父亲请小舅打的,可他没有见到新厨房里冒出的第一缕炊烟。母亲每天照例天未亮便起床,开门迎日,放鸡喂食,生火做饭,接着便喊儿女们起床,吃早餐,上学;孩子们上学后,她便扛起锄下地。母亲在田间劳作往往会忘记时间,时常是被牛拉着回家的。

房子是父母亲一砖一瓦挣回来的,为了建房,他们奋斗了30年。父亲没有住过新房子,一天也没住过。他是在对新生活的憧憬与满足中离去的;母亲则是在对新生活的不舍与叹息中离去的。

30年的奔劳,那幢房子便是见证,便是离世的父母亲留给儿女的骄傲。可30年后,新房子变成了老房子,老房子几乎变成了废墟。

邻居们都说,现在村里人都搬到镇上去了,就不必在老屋上花钱了,反正以后都变成农庄了。

家兄也满是疑惑地问我,"小弟,这房子咱还修么?"

"修,一定得修!不修,咱对不起爸妈,对不住祖宗!"

说完这话,我就给家兄寄了一万元钱。决定修房子的几天夜里,老是梦见父母亲。

母亲说:"孩子,这房子你幺幺(旧时农村对父亲的一种称呼)当初建得牢固着呢,倒不了,再说又没人住,就少花点钱吧?"

父亲则说:"村里人都走光了,老大也在镇上买了房,你又去了大城市,都不要这房了,还花这冤枉钱干啥?"

我了解父母,一辈子的辛苦,只为了儿女不再像他们一样辛苦!还是大舅说的一番话耐人寻味——"老屋要是倒了,你们父母亲还有祖宗们的灵魂住哪?他们走得再远,魂灵还不是牵挂着你们。"

腊月初五,家兄说,房子一期维修工程顺利完工,问我何时回家看看。接着,我接到二姐的电话,她说从省城回去看了老房子。屋里屋外焕然一新,院子建了围墙,厅里倒了地平,前后整了水沟,砌了廊沿……要是庭院里能生火做饭就更好了……末了,二姐叮嘱我说,大堂嫂生病

第一章　回不去的故乡

了,病得很重,记得打个电话回去。

晚上,我拨通了大堂哥电话,接电话的却是大堂嫂。可怜她已卧床数月,声音沙哑,羸弱不堪。我与大堂嫂有一句没一句地聊着:关于村子,关于农田,关于逝去的亲人,关于她的儿子、孙子……聊得最多的是老屋!她说,你家老屋修得好着呢,放心吧。

我的脑中迅速呈现这样一番景象:一条满布尘埃的柏油路的尽头,连着一条弯弯曲曲的黄土路;黄土路的尽头是一望无垠的田野;田野的尽头围着一方空地;空地上立着三间瓦房;瓦房里灯火昏黄;昏黄的灯下一张硬板床上躺着一位70岁的老人;老人在垫着稻草梗的木板床上,握着一部常常处于沉默状态的老人机;老人机里装着日渐疏远的亲情;为了续上这份亲情,老人强忍着病痛,不好意思呻吟。

大堂嫂是一位非常勤劳的人。我每次回乡,大堂嫂都会留我们用餐。她亲自用土灶为我们一家煮一桌家乡菜,让大堂哥陪我们喝点小酒。她自己则为我们端茶倒水,忙前忙后。直到去年回家,病中的她再也没有力气抬起那双布满老茧的手。

我忽然想起我的母亲,想起一辈子与泥土为亲,泥里水里活了一辈子最终变成泥土的母亲;想起她离去时的样子;想起大堂嫂为母亲做的最后一顿晚饭;想到她们终将在天国相遇。

所不同的是,母亲临别时,家里依旧一贫如洗,她的孩子们依旧为着生计而挣扎。而大堂嫂或许是幸福的。她的孩子们有的在镇上买了房,有的在外地建了家。她看见了生活在镇上的孙子、重孙们,看到重孙们终于摘掉了"农民"的帽子。

大堂嫂与我的母亲一样,在那方黄土地活了几十年,劳作了几十年。春来的时候,赶牛下水,翻泥播种;夏来的时候,除草施肥,灌溉清渠;秋来的时候,收割打谷,扬灰归仓;入了冬,翻地耙田,种麦种菜……到了腊月,又忙着给一个个儿女准备嫁妆,忙着准备年货。而一旦立了春,又开始忙着迎接姹紫嫣红的春天……

几十年的斗转星移,改天换地;几十年的冬去春来,麦黄麦青,稻熟稻落。她们绕着时光转着圈,个体生存的意义与价值便是为了成就另一群新生的个体。她们何尝停止过脚步,看一眼身上的衣衫,脚下的尘土,路边的花草,杯里的茶水……她们出生的时候不识自己的名字,不识园里的繁花,离开的时候仍旧不识这个与泥土为敌的世界。

家兄说,大堂嫂这次可能挨不到春,问我春节能否回家?我一下子不知如何作答。

"今朝忙到夜,过腊又逢春……"从母亲到大堂嫂再到我们这一代;从跨越旧社会到改革开放,从农村包围城市再到城市虚拟化、农村空心化……在生命这张地图上,生死便是主干道,每个人都围绕着主干道,有的画着方,有的画着圆。每个人都在方与圆的空间里行走、奔跑、创造、离去;都曾听着长辈唱着"数九"的民谣长大,长大并趟过生命的秋冬——"一九二九不出手,三九四九冰上走,五九六九沿河看柳,七九河开,八九燕来,九九加一九,耕牛遍地走"……一遍复一遍。生命不息,希望不止。

2018年2月3日于沈阳

第一章 回不去的故乡

无处安放的乡愁

【题记】

2017年是孔子诞辰2568周年,几经周折,历经历届政府的努力与文化抢救,陆续在世界130个国家与地区建立了500多所孔子学院。历经两千多年,孔子纪念馆存在珍贵纪念价值的物品已然不多,但人们仍不遗余力地想要还原孔子,想弘扬孔子的精神与思想。于是在山东曲阜孔子的故乡建立了"孔府、孔庙、孔林"。

我忽然想,正在历经中国城镇化历史巨变的我们这代人,正在失去村庄、土地、老屋、乡邻、祖宗墓园的年轻人,当"故乡故土故人"都不在了,游子们的乡愁将如何安放?灵魂与信仰将寄居何处?我们的后人在建立现代化农庄的时候,村落的一颗颗百年的老树,千年的寺庙,古老又淳朴的乡俗文化,谁来抢救,谁来传承?或许到那时,我们都早就忘了自己来自何处?而我们的出处或许要到文字史料中去寻找了,一如像今天我们抢救孔子文化一样!

最后一头牛

我回乡的时候是清明前后。我总想再看一眼故乡油菜花盛开的春天,我怕日后家乡的巨变,故乡的春天已不复从前的模样。

在我的记忆中,故乡是一望无际碧绿的田野,正如20世纪村里高音喇叭里传唱的"我们的家乡,在希望的田野上",村邻在高高低低的梯田里劳动,他们一个个戴着草帽,弯着腰,赶着水牛,扬着竹鞭,握着犁铧,哼着小曲,抽着旱烟,翻新着一块块稻子收割后的泥土。而一片片、一丘丘的油菜花正在田野里怒放,整个村庄被包裹在春天的香气中。

当我抵达村庄时,水泥路代替了黄土路。平整洁净的村道上路断人稀,为不惊扰乡邻,我早早下车步行。我奔向我儿时玩耍的乡间小路,奔向我少年时代摸过鱼的水塘,奔向我青年时代挥洒过汗水的庄稼地,奔向我与同伴采过草蘑菇的田埂……

我想用脚亲近每一片黄土地,亲近每一块泥土,每一丛野草,亲近我魂牵梦绕的地方。

南来的季风带着温润的潮气,像姑娘的手抚摸过每一缕炊烟,像姑娘的唇亲吻过每一片庄稼地。葱嫩的水草正从池塘边冒出头来,想一嗅春风的味道,薰衣草拼命吸取芳华拔节长高,想一探春娘的腰肢。我深深地呼吸,竭力将每一缕故乡春来的气息纳入心田,将他们置入我最柔软的地方,填满我的经年的相思。

然而,我极力寻找着的绿油油的菜畦、漫山遍野的油菜花没有出现在我的眼帘,田野一片荒芜,空旷得让人心慌。

在村东转角的一隅,我发现了一头牛。这头牛在草垛边低头嚼着稻草,十分地悠闲、懒散。它的头顶是灰蒙蒙的苍穹。牛看上去有些颓唐,那是一头老牛。或许因长期的赋闲,长长的毛发几乎要触到地面,尾巴有气无力地摆动着,眼神也有些呆滞,不似从前的明亮,体态也有些羸弱不堪,这头牛是大堂哥养的。

据大堂哥说,因为机械化农具在村里的普及,大多数耕牛已无须下地劳作了。5年前全村大约有300多头牛,可这几年卖的卖,杀的杀,现在整个自然村就剩下它了。

"这头牛呀,买来时还是头小牛犊,养到能下地犁地,打耙子,打谷,套板车拉粮……那可是一步一步调教过来的,能长成壮劳力很不容易。它跟随我十多年了,在过去的年月,泥里水里,是它陪着我一起趟过来的。它是有功的,它曾养活过一大家子人。到现在,它还能动,犁犁边边角角的小菜地,它还是能胜任的。以后,即便它不能干活了,我还会继续养着它,就当是个伴吧,养到它老去,养到它死去,只要我还活着。"

大堂哥讲这番话时十分的动情,眼里含着湿润的泪。可我的胃忽然有种特别难受的感觉。像是刺痛又像是痉挛。我仿佛又看到一轮红日下,芳草萋萋,牛羊满坡,远远近近传到耳际的都是赶牛的号子,都是人与牛趟过泥水的声音。

最后一口井

老家有位老邻居叫忠叔,今年六七十岁了。忠叔替我家看老房子已经二十多年了,我一直都没有当面道谢。在忠叔陪同下,我走进他的家。

厅堂白墙、白天花板,中央挂着一个日光灯。厅里摆满了收获的粮食,一麻袋一麻袋地码成"一"字形。厅堂的另一侧摆放着一些农具、木椅。厅堂后有台液化器灶,灶上摆放着小铁锅,锅里还有未盛完的青菜,旁边有罐汽坛子。看来忠叔生火做饭已经不再使用传统的土锅土灶了。

过了厅堂的后门便是后院。后院的牛房、猪房还在,只是空落落的,不见栏里的牲口,一条条的木栅栏立在门外。对面的厨房歪歪扭扭,倒了大半边,一条条赤裸的木椽子有些弯曲地倾斜下来,残余的瓦片摇摇欲坠。

后院的院中有一口水井,是20世纪90年代初打的,与我们家打的深度差不多,因为房子建在原来的水田里,大约在15米就能见到地下水。井水储量充足,即使是人口兴盛时期,也足够一家人使用。

忠叔说,现在子女们嫁的嫁,工作的工作,儿子媳妇们早在10年前就搬到镇上去住了。这水井的水渐渐变得富裕了,久了不吃便会变味发臭,特别是在温度偏高的春夏季。因此装了一台抽水泵,把多余的水抽出来,抽到院后的田沟里去。

我记得在自然村里,最早打水井的是我们家。想当年,村邻们都担

113

着水桶过来挑水,排着队,说说笑笑的,拉着家常,开着媳妇与小叔子之类的玩笑。小孩子们有时跟着,等清澈的水打上来,从水桶里掬一捧入口,感受那清甜甘爽的味道,那刻村庄是温暖的,是充满朝气的。

如今,老屋二十多年无人居住了,水井便废弃了。而其他人家的水井由于人丁的凋零,基本处于休眠状态,闲久了取水的铁杆便会生锈,换过几次,便懒得再换,结果就弃置不用了。

忠叔说,他家的那口水井恐怕要成村子里最后一口了。可还能坚持多久呢?

最后一道坡

由于大多数青壮的劳动力北上或南下到大城市里打工,村里的土地大多失耕了。失耕的土地流转到留守村民的手中,村里便动员村民们建机耕水泥道,开路挖渠,稻田改鱼塘,创养鳖经济区,旱田也都改作养鸵鸟、孔雀,以及养蛙养虫了……之前的野花飘香,青草满坡,儿童成群,牛羊相顾的自然景观渐渐消失了。

我走到童年常常溜过的村南河坡,发现坡上的桑树、苦李树、槠树、外国槐、木籽树都被砍伐殆尽,曾结满月亮花的河坡被开成了大水渠。屋后的小河,河面虽不过两三米宽,却是集体劳动时期开凿的跨县市的重要灌溉渠,绵延近百里。河面水草丰美,河坡绿草肥嫩,蜂蝶起舞。枯水季节时,是小孩上学、大人上街的必经之路。小河两侧的河坡下是一片片碧绿的菜园,儿时常帮着妈妈、姐姐们挑着农家肥,种黄瓜、西红柿、辣椒、长豆、扁豆、茄子、胡萝卜、红薯之类。后来也有迁来的人家会种些玉米、向日葵之类的。无论是晴天还是雨天,无论春秋冬夏,远远望去,在菜地里浇水施肥的姑娘们穿着花布衫,戴着小草帽,盘着辫子,弯着腰,低着头,哼着歌,那场景总让人想起电影里诸多乡村爱情故事。而每每路过,那争奇斗艳的菜花,那挂满枝丫的果实,迷离着你的眼,刺激着你的味蕾,若是猛地吸上一口,会让你不自觉地流出口水来。

忠叔说,那菜地早没人种了,这个时节,河道长满了杂树、杂草,河坡也没什么看头了。

最后一间土屋

村里,有着四个小自然村,我们管它叫"湾"。30年前一律的土屋,一户的屋檐接着一户,一处雨水百家流。村落是一户户,一排排,一律朝东立在空旷的田野里,每户都能接春纳福,都能迎接朝起的太阳。

二十多年前,土屋少了一大半。十年前,土屋不到五户。如今听说还剩下一幢土屋。

我路过村后的一条黄土路,这是我从前去后湾堂哥家常走的路。因久无人行走,满地的杂草高高低低地覆盖了路面,仅露出两道深深的车辙。

后湾所剩的人也不多了,后建的瓦房拆走了几户,中间落下一大片空地。后湾的背后还坚守着一户人家,户主叫赵叔。他是最后一幢土屋的拥有者。他的儿女们都是有志向的人,赵叔也是一位精明的老汉,自己曾是村里的种田能手,风光过好长一段时间。赵叔的勤劳、智慧在村里那是出了名的。可他对老旧的土屋有着一种特别的情愫。

我在村里生活时,常去赵叔家串门,他家的幺女清儿是位十分文气的善良姑娘,是我的发小。在那个刚刚长开的年龄,我们一干半大的同龄人常聚在一起谈天说地、煮酒弹琴。我爱吃赵姨做的家常菜,喜欢清儿家的那幢冬暖夏凉的土房子。清儿的哥哥是村里的文化人,我们管他叫牛书生,牛哥写得一手好硬笔字,家里有很多的藏书,我是他家的老主顾。

我去拜访的时候,赵叔不在家,门上加了一把铜锁。大门两侧的屋檐有条晾衣服的长竹篙,竹篙两端用绳子悬吊在梁上。一侧竹篙上晾着几件洗过的棉衣,另一侧挂着一排玉米与一把铁锄。屋前堆着生火用的木柴与一叠竹篮。一条灰狗见我走近,汪汪地叫着。

这幢土屋应该有五六十年了,大门有些歪倾,露出极不规则的门缝。

主人不在家,我也不便打扰。况且我若是见了赵叔也不知道说些什么,也不知道双方是否还能认出彼此。二十多年的变化,赵叔还是不是当年手执长鞭、赶着驴板车走村串乡,一声吆喝回音悠长的庄稼汉?

赵叔曾两次提议要买我们家的砖瓦房,都没有如愿。他继续住着那幢土屋。如果哪天他倒下或者土屋没了,那承载着太多童年的记忆也将不复存在。

最后一位老人

我所在的自然村里原来有五六十户人家,二三百人。如今只剩下十来户,人口不到30人。且基本上都是六七十岁以上的老人。

忠叔说,以前村道上,人来人往,常常见到村邻们为了争河水灌溉庄稼,或者为了菜地受损的瓜果发生争吵,现在连找个吵架的人都难了。

我们村最老的老人是84岁的德叔。两个儿子及孙子们陆续搬到镇上、县城里,分别做着豆腐、蔬菜生意,在村里建的两幢瓦房,如今靠德叔看守。一个人照顾两幢房,是有困难的,何况他的眼睛看不清3米外的东西,身体机能与生活自理能力均明显下降,每顿饭吃得很少,饿了自己便去田里摘些大白菜或者萝卜回来,用白开水加点油煮着将就着吃。

我回到打谷场时,自然村的人都聚集过来,偌大的场地,站着稀稀拉拉的五口人。历经坎坷的青姐说:"你瞧瞧,现在自然村就剩下这几口人了。"她瞥了一眼坐在屋门口的廊檐下晒太阳的德叔,"你都瞧见了,德叔目前这状态,不知能否熬过今年的冬天?"

谈到我想修整老屋的计划时,忠叔说:"还整个啥,把钱花在这里不值得。你看村里几家的房子开裂的开裂,损毁的损毁,就是盖了几层小

第一章　回不去的故乡

洋楼的户主都没人住了,保不齐再过几年,镇上就派人来拆房子了。听说现在其他村在试行土地流转新政策,将大部分的地集中化,把小地块推平扩建农庄,村里没盖正经房子的户主都被迁到新农村去住了,我们村的老房子被推掉的日子不远了……"

青姐接话道:"现在村里最年轻的一对夫妇已近60岁。她们的儿女还有一个任务没完成,尚在城里念着大学。等儿女们念完大学有了工作,怕是也要接他们走的。到那时就剩下两三口人了!"

村里的泥瓦工师傅贵哥点燃一支烟,用力吸了一口。"你是个有心人呀,还知道回来看看乡亲,看看老房子。现在想回来的人不多了,有的在城里找了对象,结了婚就更不想回村了,说是嫌家里没地方洗澡,上厕所不方便。"

贵哥说这话时,我看见打谷场边,接近水田处,有块细长的菜地,菜地里几株野生的油菜花在春风中绽放,粉红的花朵,引来几只好事的小蜜蜂;菜花丛里,有几只小鸡仔正低头觅食……这满是春意的场景与一排排早已人去房空且了无生气的老屋显得格格不入。大家的话题不约而同地集中到一件事上——谁将是村里留守到最后的老人呢?是青姐,还是贵哥?

他们到底能守多久?能守到村子变庄园的那天吗?

乡土,乡土,没了房子没了土地没了亲人,那还算是乡吗?情感的归属,生命的念想,心心念念的将是我不再熟悉的乡,不再熟悉的土。远方的游子,你日后的乡愁,又将于何处安放?

2018年1月8日于广州

回不去的故乡

【题记】

雨过荷塘新,霞映红蜻蜓。日高水车转,月栖村小静。
云飞原野阔,谷香牛车勤。梦归亲人远,风过庭院深。

前几日,大学毕业的侄子青从故乡来我所在城市找工作,一个小行李箱,一个黑色旅行包,坐了一夜的火车,一身风尘中散发着故乡泥土的气息。他是个十分上进的孩子,话不多,一张稚气的脸,一对清亮的眸,一副不谙世事的表情,一如我当年的模样。

青捎来一个小包裹,里面有我年少时写的日记、诗集与家书,以及从前拍摄的一些关于故乡的图片。青转述他父亲的意思,说这些东西是他父亲在老屋阁楼上的木箱子里找到的,当年我离家前留下的物品大多佚失,能找到的就剩这些了,让我日后别再惦记了。

青到时已很晚了,我安顿好他,便迫不及待地打开台灯,小心翼翼地拆开包裹,蹲在地上,一件件除尘、分类、整理。我的目光一遍遍地抚摸过那些被岁月漂染揉搓得发黄发霉变软的文字与图片,有的已经残缺不全,难以辨认。

20多年前,我毅然决然地锁上空寂的老屋,孤独地背上行囊,逃离故乡,逃到千里之外的别人的故乡,别人的都市,别人的住所,别人的灯下……而今天,我却怀着别样的心情抢救着一段几近失忆的岁月,一段曾被我埋藏的青春。

那刻的我如同一个局外人,偷窥者,如同在审视与偷窥别人的过往。一边在心里笑着骂着恨着怨着悔着爱着痛着追忆着,一边泪流满面。

第一章　回不去的故乡

雨过荷塘新

20世纪80年代的农村，洋油灯刚刚换上电灯泡，责任田刚刚分到户，家家都奋斗在温饱线上。但关于家境的优劣，在我的故乡仍有着一套评论的标准：住得最好的是"连三层"，就是有两个天井，两个"三屋头"大，共12间房；其次是"四井口"，8间房；第三是"三屋头"，6间房；最差的是"一层门"，只有一个厅堂，共3间房。

我们那个小小的自然村里，一字排开有6户人家，原来有四家住着"四井口"，其中两户因兄弟分家，拆走前面两间房，变成了"三屋头"，我家住的就是"三屋头"。

自然村被四周高高低低的乔木、灌木包裹着，门户一律朝东。这些老屋都有清一色的带木栓的木大门，有的门闩上下两侧装有凹齿凹槽，具备防盗功能。村舍大门前是二三十米宽，一百多米长的禾场。

住在老屋里的除了"东家"，还有三类特别的"租户"。

一类是"燕子"。它们一到春天，就会回门寄居，由于没有标记，弄不清是原配，还是再婚，一户人家几乎都住着一对儿。到了住地，便在屋梁上争争吵吵，呢喃不休，许是商量着如何过日子。它们从野地里衔些新泥与断枝来筑巢或是修葺巢穴，接着便住下且赖着不走，一住便是春夏两季。它们在大梁柱上从从容容地繁衍与哺育后代。房东们最不喜欢的就是它们不讲卫生。

第二类便是"蜜蜂"。它们几乎都是独居，在开满金黄金黄油菜花的田野里转悠累了困了，便在正门两侧迎着阳光的墙壁上精心雕琢出几个深浅不一的小洞穴，那就是它们的栖息地。

还有一类特别不守规矩的"租户"——就是"麻雀"。它们喜欢选择在中堂门框两头的壁缝洞里筑巢避寒，一住便是整个秋冬季。还不时蹿出来与其他鸟类一起偷吃晒在禾场上的谷物或干鱼、豆饼等食物。

对于这些同居免租的小主们,乡民们一般不会驱赶。据说是能为主人家增人气,有吉祥的意味。

所有这些居民们都依赖着村舍前的一口池塘(俗称"堰")。

这池塘呈不规则的椭圆形,是一个四五亩大小的装满水的大洼地,深度不过两三米。池塘与禾场毗邻,水源除了在干旱时节灌溉庄稼,其主要功能就是为村民们提供生活用水。那时村民们大都没有打水井,吃水要到两三里路远的坝上去挑。因此这口池塘便成了村民们备用的饮用水源。乡下,像这样的池塘一般有个类似的称呼,叫"门口堰"。

"门口堰"临禾场一侧有一排老树:正中间是一株空了心能钻进去两三个人,且只长叶不开花的百年古槐树;两侧有高大的两年发一次青的木籽树,有能骑在粗壮的枝丫上跳水的老皂荚树,有伸展着十米的长臂只长枝叶不结籽的老桑树。

它们是小村落里的四位"长者",不仅为耕牛、人类等提供着大片的阴凉,还是村落兴衰的见证者。他们百年来守护着这个村落,这口池塘。

在老槐树下,有条用长长的青石柱做成的"埠头",半截淹在水里。妇女们或半蹲或立在池水里,一边在石板上捣衣、淘米、洗菜,一边与聚在塘边等候的村邻聊着家长里短,交换着村外的见闻。

水源主要依靠春夏的雨水,以及村后的一条时常干涸的小河。为了净化水源,增加生计,池塘种满了莲藕。

清明过后,荷叶尖尖的嫩芽儿在池水中探出了头,开始只是零星的一点,接下来,嫩叶儿卷曲着身子,一片片,一处处,一群群慢慢浮出水面,绿油油的。微风拂过,荷的周遭漾起层层涟漪,然后一圈圈地散佚开去。

风起的时候,乡径的落叶被清扫得干干净净,苦楝树细碎的小花镶嵌在青绿之间,白中透着红,红里透着淡淡的紫,馨香弥漫;火红的石榴花飘满枝头,颤巍巍地含笑点头;雪白的槐花,低垂着胖墩墩的脸蛋儿,一串串随风摇曳,花香四溢。整个村落都被包裹在香薰的气息中。

春天是个躁动的季节。大人们最担心的就是忍耐了整个寒冬害青的水牛见到嫩荷把持不住,塘的四周都立有提示的小竹牌,村民们懂得这份关切,那是绝对不能让牛下到池塘去的。至于包括那些新迁来的"租户"们在内的鸟类,它们除了饮上一口甘甜的水便会扇动着翅膀知趣地离去,断然不会侵犯。它们有着更广阔的田野,更好的去处。

只有塘里饥馋的鱼虾,随着天气的转暖活络起来,伺机而动,不时来侵扰。村民们则用编制成喇叭状的竹篓,内置些小河蚌当诱饵,沉在水里,一股脑儿将它们诱捕。即使如此,仍有一些嫩荷叶儿被狡猾的鱼虾啃去一条边角儿,但只要不伤到茎,还是会重新生长出来。

再过些日子,荷叶便噌噌拔节长高,一节节高过了水面。这时候,期待着一场雨,期待春夏之交的一场雨。

春夏的风噙着香,春夏的雨淌着蜜。

而雨季来的时候,浓密的树叶成团成团地拥抱着,滴着清露,欢实地疯长。

池塘里汇集了屋檐上、农田里、禾场上的雨水,开始满涨起来。不安分的鱼虾耐不住寂寞,开始逆流而上,穿过注入池塘的上游沟渠,蹿到水田里,跳到岸边上。

布谷鸟催耕的号角伴着农人喊春的号子在远近村落次第响起,春忙时节到了,村里的小学这时放了农忙假,长辈们撸起袖子下地劳作了,我们这些孩子也忙起来,忙着捕捉游到沟渠、水田里的鱼虾,忙着为家人准备盘中美餐,忙着给长辈们送饭。

荷叶趁着这个空隙开始向上疯长,换上少女般曼妙的新舞裙,亭亭玉立的。立在池中央的荷叶像怀春的少女挤挤地渐渐靠拢,不断伸展肢体。荷茎也日益结实挺拔了,长了软软的刺儿,立在长长的青石埠头,伸长了手几乎能抚摸到荷叶柔软嫩绿的裙摆了。

雨落荷塘的时候,荷叶迎着微风,翩翩起舞,那情景非常美。"风飐(zhǎn)池荷雨盖翻。明珠千万颗,碎仍圆。龟鱼浮戏皱清涟。翠光映,垂柳幂瑶烟。"(出自南宋曹冠之《小重山·风飐池荷雨盖翻》)

雨季过后,露珠在荷心打着滚儿,在朝阳的爱抚中晶莹碧透,像少女的明眸,像周邦彦的《苏幕遮》所描述的名句——"叶上初阳乾宿雨,水面清圆,一一风荷举"。荷塘沉静下来的时候,池水逐渐清澈透亮,变得像块碧绿的梳妆镜。池鱼噘着小嘴儿,歪着脑袋,慢悠悠地绕着荷叶游来游去,嬉戏成欢。

这个时候,邻家的小妹常常央求着我坐着木桶下池塘采摘些荷叶给她,那是种故乡磨豆浆时用的又深又圆的大木桶。我把大木桶搬到池塘边,盘坐在里面,等摇晃平复后,便可以像船一样划到塘中央采荷了。青荷叶戴在她头上,样子非常美,像童话里的公主。采荷这种事当然只能偶或为之,还得避着大人们偷偷地行事。

红莲、白莲满池飘香的时候,端午节便到了,我们便可以堂而皇之地采些成熟的荷叶回来包鱼、苞米做食物。那时候,我与大哥最兴奋的事,就是用大图针扎成鱼钩,串上蚯蚓、苍蝇(牛身上吸食血液的一种小蝇),用细竹系上尼龙绳甩到池塘边,总能钓到一两桶长嘴"秋刀鱼"。我们用荷叶包裹着带回家交给母亲。母亲总是笑吟吟的,说先把它们晒干,等到过中秋时吃。

我有很多次,梦到故乡,梦到老屋前的那口池塘,在池塘边与邻家小妹采莲,听雨,看荷;梦到与哥哥在池塘边的古树荫里钓鱼;梦到中秋朗朗的月色映在宁静的荷塘中。

后来,我问青,青说老屋门前的那口池塘好些年没有种莲了,村邻们都打了水井,池塘里长满了芦苇。而邻家小妹好多年前就嫁到县城里,嫁给了一位并不爱她的小商贩,生了个小男娃。青说,现在已经没有村邻在池塘里取水了。

青还给我看他拍的一张图片:一头老了口的水牛低着头伸长了脖子在池塘里饮水,池水几近干涸,看得见冒出水面的芦苇,以及折断了的芦苇秆;池塘周围蓑草成片,牛的身后是那棵老槐树,断了半截,已然了无生机。

霞映红蜻蜓

故乡的夏日,在我童年的记忆中,除了在门前池塘边青石板上光着屁股洗澡,看满池满池的荷香,在老树下钓鱼……最为有趣的便是那些有着或浓或艳或长或短,长着两条短胡须的蜻蜓了。

栀子花开过后,受南来的潮湿气流影响,高温多雨的亚热带季风气候便控制了我的故乡,村落里到处都有知鸟的欢叫声。大人们照例高卷起裤管下田耕作,挥汗如雨。我们这些脱管的孩童,便有了自己的营生。

院墙是清一色的泥巴墙,墙上爬满蔷薇。墙后侧是一丛丛细小的灌木、蔓藤与大片的竹林,由于背着阳光,连接着稻田,蚊虫汇聚,百家争鸣,那可是蜻蜓藏身歇脚与觅食的理想处所。

我们三五一群的玩伴们,光着脚,猫着腰,噤着声,便开始冷不丁地出手。捕捉蜻蜓时,要慢慢靠近,并且狠、准、快。

蜻蜓有六条腿,但没见它们在地上行走。最惊人的是它独特的眼睛。它的眼睛听老人们讲是"复式眼",又大又鼓,占据着头的绝大部分,而且每只眼睛又有数不清的"小眼"构成,这些"小眼"都与感光细胞和神经连着,可以辨别物体的形状大小。

蜻蜓的视力极好,眼睛灵活地旋转,能向上、向下、向前、向后看而不必转头,它的眼睛还能测速,非常神奇。它还有一对像"天线"一样的胡须,叫触角,细而短。据说是感觉器官,能嗅到近距离的猎物。

我在故乡发现的蜻蜓有翅膀像蝴蝶的,尾巴像勺子的,扇子的;躯干有长有短,有喜欢在水田、小河边、池塘转悠的,有喜欢在蔓青藤上、荷叶、莲花上活动的,也有藏在竹林里的,还有很多根本叫不上名字。

"大团扇春蜓"在故乡俗称"勺子蜻蜓"(身体像个勺子)。腹长五六厘米,胸部黄色,有黑色细条斑,背面及侧面具有黄色斑,末端有一对扇片状的突起,故得名"大团扇"。

"大团扇春蜓"是故乡蜻蜓中的"王者",它们常常单独飞行觅食,喜在水塘等处巡航。炎炎烈日下,非常壮观,其他蜻蜓纷纷规避。

最早发现后院竹林里藏着"竹蜻蜓"的是长我一岁的表哥,我们在同一个村小念同一班级。一放暑假表哥便成了我家的常客,而捉蜻蜓是我们共同的爱好。

"竹蜻蜓"有着一条暗灰色的长尾巴,一节一节,一圈一圈的花纹。由于它有着与竹子相似的色彩,具备着一定的隐身功能,藏在竹枝间觅食很难发现。但只要发现,一般跑不掉。

捕捉"竹蜻蜓"要用手指。遇见它时一定要等它趴在竹枝上,耷拉着脑袋,翅膀呈下垂状才可以靠近。那时蜻蜓正在使劲吸取汁液,或是正打着盹。偷袭的时候,我们都要低头弯腰,轻手轻脚地避开蜻蜓的警戒区。同时,张开食指与拇指,从它尾巴自下而上移动,要在蜻蜓发现的一瞬间倏地擒住。

对于其他种类的蜻蜓,即便是趴着睡觉,用手大抵也是捕捉不到的。教我用蛛网捕捉蜻蜓的是我哥。将竹子用刀剖开,削成薄薄的长片,围成圆圆的一个圈,绑在竹棍上,做好捕捉的工具,还需要早早起床,寻找挂在屋檐与屋檐连接处的蛛网。织得越密的蛛网黏性越高,用捕蜻蜓的竹竿工具将蛛网绞在一起便大功告成。如果绞蛛网过晚便会被好事者捅破,即便完好无损,经过强烈光照,蛛网的黏性也会骤减。

捕捉区域一般都比较潮湿。我们除了要忍受蚊虫叮咬,还不时地被丢弃在林子里的碎瓶瓶罐罐划伤脚。加上暴露在烈日下的时间长了,头上长毒疮是常有的事,因此也没少挨父母的责罚。

最难捕捉的是"红蜻蜓"。红蜻蜓一般晨时、午时都不会出场。它出场时间如果是阴天大都是午后,如果是晴天一般会在傍晚。等到横行了一天的骄阳将屋檐影子渐次拉长,红蜻蜓便粉墨登场了。

红蜻蜓有着并不肥硕的身躯,主干部分头部的颜色呈暗红色,灵动突显的眼睛,精干敏锐的触须。红蜻蜓是飞行高手,无论是停歇在池塘的断木枝上,还是徜徉在乡村小路上,它们的姿态都非常稳健优美。夕阳西下,霞光万道。红蜻蜓漫步霞光中,伴飞的还有"蝴蝶蜻蜓",以及其他归鸟,整个画面美不胜收。

"蜻蜓蛱蝶浅深舞,燕子莺儿长短歌。"

红蜻蜓们产卵,卵一般会直接产入水中,或产于水草上,叫"蜻蜓点水",至于幼虫蜕变成长环节很少见到。

捕来的蜻蜓时常会放在蚊帐中,捕食钻入帐中的蚊子。但即便是帐中安排了足够的蜻蜓,也往往并不奏效。等上了高小,功课越来越多,农事越来越重,儿时的玩伴都成了家里半大的劳力,自然也无暇再去干捉蜻蜓这类的营生了。但有一首歌依然在我们嘴里哼着,唱着,曾陪伴着我们度过了整个童年。

"……阳光下蜻蜓飞过来,一片片绿油油的稻田,彩蜡笔和万花筒,画不出天边那一道彩虹,什么时候才能像高年级的同学有张成熟与长大的脸。盼望着假期,盼望着明天,盼望着长大的童年……"

后来,村邻在老屋后又建了一排南北朝向的砖瓦房,与原来的一排东西朝向的老土屋相接。于是老屋的后院被占用、整改,蛛网也日益减少,用竹网捕捉蜻蜓的技能便在村里失传了。

日高水车转

20世纪80代末,我考入镇上的中学,后期便开始住读,童年时代便一去不复返了,只有寒暑假才有较长的时间待在家里务农。

故乡是鱼米之乡,盛行着种植"早""中""晚"三季水稻。3月、5月雨水较多,割油菜种早稻,割麦子插中稻都不成问题。最难的便是收割早稻插晚稻,故乡俗称"插双晚"。

这个时令,常常会干旱。会看天象的前辈们有着这么一句农事谚语——"晚上发霞,干死青蛙"。而"不插八月秧"则是故乡农事古训。说的是到了8月,天气转凉了,就错过了谷物种植的最佳时令了。因此,不管干不干旱,一定要赶在流火的7月把晚秧苗插下去。

为了给坡上、岭上的责任田注水,智慧的村邻们垒了高高的土机台,安装好柴油机、抽水泵,便可将小河里、池塘里的水抽提上去。而坡上再高点的地引水就难办了。这个时候,在中国南方农村传承了几千年的水车便派上用场了。

我家的水车据说是学木工的大舅出师之作。长六七米,用上好的木料打造,十分地笨重,要两个人才能搬动。水车是箱式的,里面装着几十个中间有方孔的方形小木板,用带扣的楔子串联着,盘在木箱里,村邻们叫它"水橡子"。驱动它的工具有一米多长,是一头有柄一头套着铁环的木制品。

车水是一件力气活。夏秋之交的天气,即使是坐在树荫下纳凉也会酷热难挡。那时母亲已经年迈,父亲已经去世,姐姐们也已先后出嫁,腿脚有疾的哥哥在镇上做着不咸不淡的小生意,能帮她的便只有我了。

于是,母亲便会在日出之前起床,早早唤醒我。我非常不情愿地戴上草帽随着母亲出发,把水车抬着扛着挪进高坡上的责任田。

车1亩地的水,在水源充足的情况下,往往需要大半天的功夫。水车

第一章　回不去的故乡

启动时,"水橡子"摩擦干燥的木箱,运转十分吃力。等"水橡子"一头扎进水沟将水卷进箱内再转动两三圈后,一股股清凉的水柱便流淌出来,这时车水便轻松些。

东边朝霞满天,西边残月未落,满山遍野都是金黄金黄的稻田。此刻,除了坡下柴油机带动水泵抽水的轰鸣声,与之相呼应的是坡上不远处农人们手舞镰刀撂倒谷子的声音,以及这部水车咯吱咯吱的声响。那情景总让我想起唐伯虎与祝枝山的对联——"水车车水,水随车,车停水止;风扇扇风,风出扇,扇动风生"。我真希望那刻有一把大蒲扇,哪怕有一丝清凉的风也好,吹干攒在背心的汗水。

我不时地交换着左右手,以及站立的姿态,犹感吃力,而母亲却不然,她能娴熟地驱动着水车,不紧不慢,似乎并不费力。她的身影有些弯曲,目光木然地凝视前方,皱纹横生的脸庞偶或露出一丝笑意,尔后如水波般缓缓散去。

我不知道那刻母亲心里在想什么?是在想她年轻时与大舅车水时的情景,还是出嫁后与父亲一起劳作的日子;抑或想着从前姐姐们车水时哼着小曲的那番和美,担心着嫁到村外的姐姐们的生活是否顺心;又或是念着患有腿疾的哥哥在镇上做生意是否顺利,再或是庆幸陪在身边的幺儿终于能帮自己分担体力活的欢喜。

"万世轮回只画圆,沧桑岁月记流年。清歌一曲抒人意,朵朵红花似我颜。"(出自清代叶礼之七绝《水车》)

我一直没有问过母亲,也未曾与不识字的母亲有过心灵的交流。事实上每次的车水劳动,要到烈日当空我们才能完工回家。而我的手脚因此都会红肿酸痛好多天。

那时我心里时常埋怨着母亲,埋怨泥里水里勤扒苦做劳作了一辈子的孤单的母亲,埋怨她听信大舅的名言——"七十二行好买卖,唯有种田打土块";埋怨年迈的母亲在家里失去劳动力后总不肯转掉一些责任田给村邻。

遇到秋季干旱,我不在家,母亲便一个人用板车拖了水车上坡,一个人在田里车水。直到她病重再也承担不了这份体力工作。

青说现在那部水车仍旧躺在老屋的阁楼上,弃用好多年了,车身已经毁坏,满布尘土。而关于水车,关于母亲车水时露出的笑容时常在我梦里呈现,凄苦而又甜蜜。

月栖村小静

对于从农村走出来的人而言,无论是上过大学,留过洋;家在大山还是平原;现在是当了大官,当了老板,还是仍旧落魄着……在他们的心灵深处,儿时乡村的启蒙教育往往是他们最难忘却的最真最美的记忆。

在一群群村落包围着的小山坡上,有一处占地七八亩的院落,南北坐落着三四间土坯屋与三四间红砖青瓦房,东西是人头高的土墙,有一段没一段的。墙上刷着"再苦不能苦孩子,再穷不能穷教育"的大石灰字。

院落的敞开处是两个两米多高的石墩,分列左右,暴露在阳光下。石墩上竖排着两行褪了色的红漆字"百年大计,教育为本"。连着石墩的是一道进出的小铁门,铁门上插着一杆饱经风霜的五星红旗。那就是我故乡的乡村小学,以及村部的所在地。

我家离村小只有三四里的路程,我的读书生涯便是从那里开始的。

我们那代人大多数没念过学前班,满了七八岁到了秋季都能入学。而入学前,我们大都曾温习过哥哥姐姐们用过的启蒙班课本。大人们下田后,几个孩童便坐在门前青石板上,晒着暖洋洋的太阳,小脑袋朝着天,眯着眼,胡乱地唱读着。

依稀记得,是高考落榜的二姐带我去村小报的名。入学那天,我背着母亲缝制的布袋书包兴奋地冲向屋后那条弯弯的村路。一边奔跑一

第一章 回不去的故乡

边回头望,身后是搬着高高木凳子的二姐。那种乡下娃对上学读书识字的好奇与渴望,许是那个年代共同的记忆。

那时候,启蒙班每学期只要二块五毛钱的学费,交了学费便可以领到新课本。可是我时常交不上,等父亲路过村小时,我便被老师请出教室,在父亲身后追赶、央求,抓住父亲的衣襟不撒手。

校园里有一偌大的操场,操场长满绿草,操场临教室的一侧立着一些简单的体育器材。另一侧是水泥砖做的乒乓球台、单扛、双扛,还有一个吊着铁链的秋千架,那便是乡下孩子们的乐园了。为了争到乒乓球台或是荡上秋千,往往学生们争来抢去,打得头破血流。自然免不了被老师处罚,家长教训。

启蒙班的教室靠校门处,前面是一排排高大粗壮的白杨树。教室的木大门朝向操场的一侧,前后两扇,均开着裂缝,落地那端还破了拳头大小的洞。教室南北开着四扇无门的小窗,春夏,风从空隙里溜进来,吸上一口十分地惬意。到了冬季,窗户便得用盖秧苗的塑料膜封上,破了洞的门用木板堵上。即使如此,学生们仍冻得瑟瑟发抖,冻得小指头握不住课本。

教室的头顶有三四个亮瓦为室内补充光源。室内只有条形木板做成的简易课桌,凳子是学生自带的,每读完一学期便搬回家,开学后再搬回来。地板常常坑坑洼洼的,以至于须在木凳的某个脚上钉上木块才能坐稳。

教室的四面墙上贴着识字的图片,正前方则是毛主席画像,以及一行"好好天上,天天向上"的标语。标语是用毛笔写的,写在倒立着的红方格纸上。黑板则是由长着两条长木腿且向上斜斜地支着的长木板制成。老师的脚下没有讲台,只摆了一张搁放粉笔盒与教具的断腿的木桌。老师站立的地方便是整个教室最神圣的领地。

老师们大多是来自于本村的村民,除了一两位念过县里的中学,大

129

部分只念过高小。但这并不影响老师在我们这群孩子心中的威严。

村支书的妻子是我们的班主任,扫盲班结业,年届五十。她一脸肃气,不苟言笑,常常拿着一枝细长的竹条,在见周公的学生桌前甩得山响。只有一位刚中学毕业补充进来的女声乐老师会给我们带来些生气。她一手拿着教科书,一手背在背后踱步,边走边识谱,边教我们唱歌。唱错时就把脸埋进教科书里,露出一双晶亮的眸子偷偷地笑。有时忍不住笑出声,全班学生就跟着傻呵呵地大笑。

相对读书识字而言,村小吸引我们的地方便是那间小卖部。

小卖部货架上的玻璃罐里装着小白兔糖果、棒棒糖、方块饼干以及一些瓜子类的小零嘴。时常在课间十分钟或者放学后,吸引着一大堆学生。有的兜里揣着零钱,伸长了脖子向货柜张望,犹豫着;有的手掌心里捧着几个硬币数来数去,盘算着?更多的是围成一团的低年级学生,一双双拿着零票的手高高举过头顶,火急火燎地朝售货阿姨嚷着——小白兔,我先,我先……

我的初小是在懵懵懂懂中度过的,记忆中总是下着雨,总是穿着雨鞋,总是在秋天,而成绩总是刚好及格。上毕业班那年,班上来了一位老先生。据说他受过文革批斗,一条腿落下了残疾。他是唯一一位住校且自己生火做饭的老师,尽管他的卧室十分地小。他的书法在十里八乡颇有些名气,卧室的土墙上贴着他写的字。有一帧草书——"奋",一幅楷书——"慎始敬终",以及一幅行书对联——上联是"发誓识遍天下字",下联是"立志读尽人间书"。

他很重视学生写汉字,私下开了书法课。有次看了我写的作文,有些吃惊地对我说:"娃子,你的作文写得不赖,字写得更好。一定要好好习字,你将来会是一位小书法家呢。"

在老先生的鼓励下,我勤练书法十多年,虽颇有些心得,可一直未能登堂入室,成名成家,不能不说是一种遗憾。倒是在临帖习字的过程中对写作着了迷,成了一名自由撰稿人。

许是老先生对我特别地眷顾与培育,他后来还教我朗诵技能,将学校参加县里庆国庆诗歌朗诵比赛的名额也给了我。可直到他八十高龄,我都没有去看过他。

我对村小的怀念不仅在于它曾哺育过我,是我人生第一课堂,还在于我曾在那里任过教。

高中毕业那年,我曾与几位村里的同窗回到村里,在村小做过一段时间的代课老师。

那时,学校教学条件有了改善,学校重建了清一色的大砖瓦房,学生们有了统一的标准课桌,老师们也有了一间像样的集体办公室和一间图书室。

做老师,除了备课,教授功课,最神气的就是打铃。铃铛悬在梁上,一条麻绳吊着,一只手牵着,上下课时扬起的手一甩动——"dang……dang……dang……"清脆的铃声便在村落里传出很远很远。

校园最美是月夜。秋天皓月当空,整个校园包裹在月色中。老白杨沐浴在雪月的光里,将落未落的枝叶露出斑驳的青影;操场上带露的小草在月光的抚摸中打着盹儿;小花坛上的雏菊吸取着月色的精华,红的、白的,静静地绽放。

月光越过屋檐,穿过走廊,透过敞开的窗,斜斜地洒在课桌上、讲台上,调皮地偷窥着老师的黑板,像极了童话里的精灵。

周遭非常宁静,树影环抱的村庄,远远近近,如一团团魅影,安眠在无边的月色中。我常常在校园里批改作业,备完课,一个人独自走上回家的路。一路欣赏月色,一路想着未来,想着母亲给我说的那门亲事该如何应对。到家时,母亲已早早睡下了。

我离乡后,学校盖了教学楼,没几年全国乡村小学撤点并校,学生们全部迁到村外的镇上就读。教室里没了朗朗的读书声、歌声、铃声、奔跑嬉闹声……曾兴旺了半个多世纪的村小终于沉寂下来。

有一年秋天哥哥回乡路过村小,但见人去楼空,操场上野草丛生,体育器械锈迹斑斑,秋千、花坛早已不见。有几位上了年纪的老伯在校园里转悠,教室的黑板上依稀可见未擦掉的粉笔字——"爱我中华""家庭作业"等。

后来听说村小改成了幼儿园,再后来又改成了养鸡场……"村村有小学,户户有学童"成了一段历史。

我的耳边,似乎又响起朗朗的读书声——"弯弯的月儿小小的船,小小的船儿两头尖,我在小小的船里坐,只看见闪闪的星星蓝蓝的天……"以及那首熟悉的儿歌——"晚霞中的红蜻蜓呀,请你告诉我,童年时代遇见你,那是哪一天;提起小篮来到山上,桑树绿如荫,采到山果放进小篮,难道是梦影"……

云飞原野阔

秋日的故乡,是金色的海洋,是鸽子的家园,是云的故乡,是农人的天堂。

秋日,故乡的天空洁净、明朗、高远、辽阔。走在乡间的田埂上,头顶是瓦蓝瓦蓝的天,是悠闲漫步的白云;脚下是黄绿相接的一川秋草,是一丛丛一簇簇扎着堆的小野菊,在田埂边,在小山坡上,在秋阳下兀自怒放;近处是金黄金黄的稻浪,云锦般,一层层一片片一处处,随风轻舞。远望云天相接,美不胜收,正如唐代焦郁《白云向空尽》里的诗句:"白云升远岫,摇曳入晴空。乘化随舒卷,无心任始终。欲销仍带日,将断更因风。势薄飞难定,天高色易穷……"

那年的秋天,村里小学来了位师范毕业的女教师,家在省城,来村助学,学生们叫她"潼"。她与我带着一个班级。潼有一张白净清瘦的脸,笑起来露出洁白的八颗牙齿和两个小酒窝。潼的腰肢很细,喜欢穿高跟

第一章　回不去的故乡

鞋,喜欢穿粉红的短裙,走起路来,裙裾轻摆,十分性感妩媚。

潼喜欢绘画,对乡村的一切都感觉新鲜。放秋假的时候,她没有返城,带着画板来了我家,说是体验乡村生活,拉着我陪她去田野里写生。于是,我便成了她的画童。

潼能画"荷"。在荷塘边上支起画板,一画就是一上午,一个晌午,一个傍晚。

画板上脉脉含情的青荷,浮在水面的,躺着小蝌蚪的,咬着小鱼嘴的,缺了边角的;还有浴在风中的,交着脖颈的,穿着舞裙迎风飘举的……潼画的荷色泽明丽,光影交融,错落有致,素雅相宜。

潼也画"莲"。打着花苞的,含苞待放的,凋落花瓣的,结着莲籽的;还有沐着雨的,晒着阳光的……但她只画白莲,她说喜欢那色彩。潼画的荷与莲,相映成趣,十分好看。

潼画"稻浪"时,立在稻田里,细致地描摹,将带着草帽的村民、稻草人都画在一张画布上。

潼最喜欢画的是"云"。用的是五彩的油画颜料。画云时,她让我走到远处,背着她不许看。她画的"云"充满浪漫主义色彩,有朝霞,有晚霞,有彩虹;有午后的雪云,有雨天的乌云,也有火烧云;有流动着的,有慢慢行走的,也有闪着雷电的……

我不懂绘画,但觉得最好看的是一幅《秋日归云图》。

画面虚实结合,似乎既有浪漫主义手法,又有现实主义风格,但见"辽阔的天空中有一抹长着翅膀飞翔的彩云,云天之下是广袤无垠原野,有稻浪,有牵着细牛绳的放牛娃,有飞过稻浪的鸽子,有南归的雁,也有西天将落未落的夕阳……"

潼很少单纯画人物,只画过一次在地里劳作的母亲,但从未画过我。

潼在我家,就住在老屋的厢房里。潼怕黑,晚上总点着煤油灯。睡着前让我陪她聊故乡的乡俗,聊儿时的趣事,聊姓氏的来源,自然也聊乡

133

村的爱情,聊彼此的未来的打算,聊得最多的是村里的学生娃。

我们下地劳动的时候,她也常跟着来,卷着裤管,跟着母亲学除草。不忙的时候,她便到镇上买些水果或糖,到村里去看望班级的学生。

潼对我家的小狗充满爱心,总喜欢带它独自到野地里溜达,去地里找鸽子蛋。回来时鞋子、裤管弄得满是泥。那段时间,我们回家,那条狗总是先冲向她摇尾巴,绕膝撒欢,比跟我还要亲密。

潼对牛充满了好奇。我放牛时,她必跟着,任性地骑上牛背。有次从牛背上摔下来,幸好摔到水塘里,没伤到骨。

潼穿低胸的白T恤时,胸部半个圆球露出来,村里的青年总盯着看,弄得她一脸的无辜。

潼闲时也会跟着母亲一起学筛米,可当潼拿着竹筛时总是手足无措,不知是该向左转还是向右转。晚上,母亲在灯前缝补衣服她也凑过去,帮母亲穿针来讨好母亲,让母亲教她。而她不是被扎着手,就是把衣服里外都缝在了一起。我则在一旁偷偷地笑。潼生理期来时嚷着肚子痛、头疼,母亲就给她熬红糖水喝,拿了洗净的头巾围在她的头上,活像个坐月子的小媳妇。

潼不擅长掩饰自己的情绪,喜怒总挂在嘴上。遇见村邻打趣,说她是我媳妇时,她却抿嘴一笑,扭头不答。母亲说:"潼呀,是城里的大小姐,是公主命呀。"

我与潼做的最浪漫的事,就是躺在村外的山坡上,枕着草帽,看云飞,看炊烟在一户户人家的屋顶上升起,像云般悠悠地飘荡。那段日子像梦,又像童话里的故事。

潼那年秋天将尽的时候,就回了城。之后,曾给我写过几封信,再后来杳无音讯。没有潼的日子,整个村落,整个原野变得十分的空旷,我心里也空落落的。

第一章　回不去的故乡

谷香牛车勤

　　故乡的秋收一般在10月,那是村落除插双晚秧外最忙碌的时节,当然也是最喜悦的日子。这时候,牛与板车成了重要的交通工具。

　　牛的老实与卖力程度,往往决定秋收是否顺利。那会儿,拖拉机等机械化工具还不普及,乡民们犁地、打谷、拉车主要靠牛。一家往往只养一头牛,甚至几家共养一头牛。记忆中我家里的地比较多,最多的时候养过两头牛。一头母牛,一头小牛。

　　饲养雄性的牯牛非常麻烦,尽管它的力气比较大,劳动效率较高,可是非常不安分,总喜发狠使气,惹是生非,一旦发起牛脾气来,与邻村的同性斗得天昏地暗,用火去烧往往也不奏效。不仅如此,还有诸多不服管教的习性让人难以驾驭。比如,有时会在喝水时挣脱缰绳,满田野跑,而牛主人往往追得上气不接下气,追出十几里地,最后靠村民们围堵才能将其制服。

　　我家饲养的这两头牛也并不省心,春夏秋三季,必须每天放牛。就是把牛从牛圈里牵出来,牵到青草肥美的田埂上、草坡上、丛林里,或者长满水草的草塘子里觅食。

　　在故乡,每个农村的孩子几乎都放过牛。冬季青草枯萎,天然的草场枯竭,就用含有养分的软软的干稻草来喂养。

　　我与哥哥放牛时都曾发生过意外,哥哥被牛摔折过腿,我被牛踩伤过脚。母亲因此更换过两次牛。

　　故乡的秋收有了牛,还要有便捷的机耕路。我们村落的前后就有几条,据说是过去集体劳动时修建的。路的中央是两条车辙辘印,两旁长满深深浅浅的杂草,下雨天非常泥泞。

　　秋收选日子很重要,通常我会与母亲预先听广播,了解未来几天的天气是否晴朗。秋收除了选日子,还要看田里稻子的生长状态。稻穗初

135

黄稻秆笔直,就要先打通水路,让稻田脱水,等到稻田干燥,稻穗金黄,稻粒饱满,稻秆被压得弯弯的时候,便可以开镰了。

秋收时,首先将稻子割倒后整齐地铺在地里晾晒一天,次日翻过来再晒一天,第三日稻子晒干就可以收上岸了。收时先把稻子拦腰打个结、捆牢,捆成一个重五十多斤的草堆子,俗称"草头"。再用两头尖尖的木制工具瞄准草头腰部猛地一扎,憋足劲,沉下腰,大声吆喝一声将草头一口气托举到肩膀上,再趁势将另外一支"草头"扎好揽上肩,挑到停在机耕路上的板车里摆放整齐,就可以套上牛车往回拉了。

秋收的时候,如果遇到谁家的牛生了病或是老了口,那么就只能用人力拉车,或者靠一对肩膀挑回家了。

家里如果没有男劳动力,做这种农活是十分吃力的。乡下头胎盼着生儿子,便有这个说法"早生儿子早得力",这是那个生产水平低下的落后年代真实的写照。

秋收期间千万不能落雨,否则到手的谷物就会腐烂。抢晴天,抢时间,因此开镰收割的时间基本一致,于是窄窄的乡路上牛车来来往往,你让我我让你,到处都是水牛欢叫的声音,十分地热闹。

故乡的秋收常连着中秋。哥哥从镇上带上几条鱼,称上几斤肉;姐姐们也回门了,带些自己做的糕点;姐夫们拎上一瓶酒,或者捎上自己捕捉的一两斤鳝鱼;母亲在姐姐们的帮助下张罗好一桌菜;一场庆秋收的中秋家宴便开动了。

如今故乡已经很少见到牛了,不少人家都购置了插秧机、犁地的拖拉机以及联合收割机,板车也弃用了。自然也不用再使牛了,牛作为农村几千年来重要的生产资料淡出了人们的生活。有的人家将牛卖给了屠宰场,有的不忍心,继续饲养着。失去土地的牛孤立树下,在一个个接踵而来的冬季里慢慢地老去。

第一章 回不去的故乡

梦归亲人远

对故乡的怀念,有很大一部分是缘于父母亲友。

父亲在我17岁那年就去世了。父亲在旧时银行当过差,当过一段"公家人";在乡村的戏园子跑过龙套;在村里的酒场酿过酒;在队上的猪房里当过猪倌。村里人都说父亲是个有思想、有谋略的聪明人,是个能干成事的好人。

可父亲或许不是一个好丈夫,他比母亲小3岁。记忆里他长年在外工作十多年,对辛苦劳作、生儿育女的母亲并没有尽到应尽的责任。直到分田到户一两年后才很不情愿地回家主事。回到家,父亲十分不适应,时常与母亲争吵,呵斥母亲。即使父亲到了晚年,仍然不时埋怨母亲。在当"工人"、当"公家人"成为香饽饽的年代,父亲每每三杯酒下肚,总是感叹在他人生最关键的时刻,在他最有可能摆脱农门吃上"公家饭"、端上铁饭碗的年月,是母亲拖累了他。

父亲或许也不是一个好父亲。对于姐姐们而言,他并没有尽父亲应尽的责任。在父亲的根深蒂固的观念中,男尊女卑的思想十分严重。三位姐姐,大姐是抱养的。据父亲说大姐小时不听话,不想念书,也念不进去书,是脑子问题。结果大姐只上过一两年学堂,近乎文盲,一生留在乡下劳作,晚年贫病交加。

二姐是家里最有头脑最有出息的,父亲供她念完了高中。高考落榜时,我一直不能明白,那时父母亲还年轻,还有一身的力气,为什么不让她继续复读,兴许她能考上大学。而让我感到不解的是,即便是二姐高考落榜,仍有不少可以走出去的机会。可是,父亲却为了照顾较为年幼的哥哥与我,硬是自作主张将她留在了村里。

所幸聪明的二姐干了几年农活后,便自费到省城美容美发学校学了门技能,结业后就在镇上开了间理发店,生活慢慢开始有了转机。后来二姐一家还做起了电讯产业,日子越来越好。

父亲或许不是一位好丈夫,好父亲,但他绝对是一位好儿子。父亲与大伯是两兄弟,开始轮流赡养奶奶。由于那年月口粮吃紧,多一个人多一份饥饿。父亲考虑大伯家不仅儿女多,孙子更是一大堆,于是分别对大伯与母亲说,老人家眼睛不好,不认识路,以后不用再过去了,就留在自家吧。

此后奶奶卧病几年,父亲一次次请医生为奶奶诊治,一次次将摔到床下的奶奶抱到床上。父亲离家时再三嘱咐母亲要照顾好奶奶。奶奶去世前,父亲用热水瓶给奶奶暖脚,用自己的手给奶奶日渐失去知觉的腿脚按摩。看着被病痛折磨的奶奶,跪在病床前的父亲留下儿子愧疚的泪水。

那年我没考上县里的高中,想再复读一年,父亲觍着脸四处托人找关系,硬是给报了名。报到那天,父亲拿出了家里一年的收成——六百块钱,60张10元的票子,父亲来来回回数了五遍,那可是全家人一年的血汗钱,父亲毫不犹豫地把它拿给我交了学费。

父亲病重时,我原谅了父亲。去世的前夜,我像父亲当年跪在奶奶病床前一样,想着父亲的遗憾,想着父亲离世后我即将辍学,我与母亲将面临悲苦的日子,流下了伤感的泪水。

我很多次梦到父亲,梦见父亲穿着那件薄薄的青布衫,静静地立在村口,远远地望着他辍学的儿子,望着扛着犁铧走向田野的儿子,望着犁铧高过了儿子的头。他眼里噙着泪,久久地,就那样望着,不忍离去。

父亲去世后,母亲将老屋开了个后门,填了一条小路,将老屋与父亲去世前建造的砖瓦屋连了起来,两头照料着。母亲坚持住在老屋里,直到老屋成为危房她也不肯搬离。母亲说那是她与父亲创下的基业,将来要留给我们兄弟俩。

父亲去世第二年,三姐出嫁。此后几年里,母亲与我成了家里的主

第一章 回不去的故乡

要劳动力。我在外工作时,六十多岁的母亲不顾自己羸弱的躯体,忍着病痛偷偷地一个人下地使牛,常常被牛拖倒在水田里,水沟里,满身是泥,满脸是伤。我回家问起,她却一声不吭。每使一次牛,母亲总会卧床躺上好些天。

许是失去父亲的悲痛;许是不听话的三姐嫁到"一层门"后日子过得并不顺,三天两头地闹着离婚;许是我这个不听话的儿子不仅未能担起复兴家业的责任,反而给她惹上一个又一个的麻烦;母亲似乎没有耐心再等下去,母亲的身体已经难以为继。

想到母亲辛苦劳作一辈子,到了晚年仍饱受着在泥水里求生的那种凄凉,想到母亲直到合上双眼都没能见到她期待的儿媳妇,都没有看到家庭复兴的希望,我就无法原谅自己。

母亲离世的次年冬天,她住的那间老土屋抵挡不住连日的阴雨,倒了。哥哥把老屋里的农具等搬到了老屋后的砖瓦房里,坚守了几年,最后带着大嫂在镇上安了家。

此后几年,看着我们长大的村邻一个个去世,同龄人一个个搬离村落,搬到镇上、县城、省城里,故乡的亲友越来越少了,不少肥沃的稻田改成了鱼塘,窄窄的黄土路变成了宽阔的水泥路。

春节时,哥在微信里说,我们家那间砖瓦房也不行了,正屋后的厨房已经倒塌,问我要不要维修。说是即便维修好了,怕是也保不了几年。哥说,故乡要搞新农村建设,打算未来几年将村子改造成农庄,村里人计划全迁到镇上去。

这个消息不管是否属实,对于年轻一代的人来说不失为一件兴奋的事,而且国家政策会越来越好。而对于我而言,对于那些少小离家的人而言,对于那些远在千里的游子而言,对故乡的念想似乎正在被一点点地掏空,关于故乡的记忆似乎正在失去最后的支撑。

风过庭院深

　　清明将近,我时常怀念故乡的老屋,怀念远方的那方庭院,怀念屋前古槐、老桑树、老皂荚树、木籽树、苦楝树,怀念院庭中开着串串白花的洋槐树,怀念高大的白杨,怀念风吹树叶沙沙的响声;怀念庭院里爬满蔷薇的泥巴墙;怀念那藏着蜻蜓的茂密的竹林,怀念庭院后那方蜻蜓飞舞的稻田;怀念坐在庭中、天井边听屋檐上跌落下来的滴答的雨声;怀念村小传来的"dang……dang……dang"的放学铃声;怀念庭前池塘里的雨荷,怀念在庭前古树下看硕大浑圆的红日从阡陌里一点一点地升起……

　　雨过荷塘新,霞映红蜻蜓。日高水车转,月栖村小静。云飞原野阔,谷香牛车勤。梦归亲人远,风过庭院深。

　　这是我思念的故乡,而今故乡变了。

　　怕回故乡,怕回到故乡,怕遇见故乡的人,怕故乡人把我当作异乡人,怕遇见故乡的一草一木顷刻间颠覆我梦里日日思念的模样。

　　这个世上,有个地方,无论我们如何奔跑与穿越,终将无法抵达。而且行多远,前路就有多远;离多久,迷茫就有多久。这个地方叫——远方。

　　同样,这个世上,有个地方,不论我们怨恨她,还是深爱她,一旦我们的脚步离开她,终将无法回归。而且走多远,思念就有多远;隔多久,就悔多久。这个地方叫——故乡!

　　回不去的故乡。

【后记】

　　我的故乡,在江汉平原,在沟壑纵横、阡陌密布、麦苗青青、桃李满园、五谷飘香的村落。村子里有排朝东的土屋,住着六七户人家。村子里有一排老树:正中间是空了心能钻进去两三个人,且只长叶不开花的百年古槐树;两侧有高大的两年发一次青的木籽树,有能骑在粗

第一章　回不去的故乡

壮的枝丫上跳水的老皂荚树,有伸展着10米长的手臂只长枝叶不结籽的老桑树。它们是小村落里的四位"长者"。小村落有一个非常有文化的乳名——叫"幸福先生"。

那是我20多年前的故乡,20多年乡愁的终点。

2016年3月2日于广州,部分章节刊于2016年12月28日《荆门晚报·荆楚文学》《莆田晚报》

第二章　怕儿子长大

第二章　怕儿子长大

儿子的春天

儿子出生在阳春三月,是在妻故乡的一家医院里出生的。那刻,我在离他千里之外的南方,为着生计打拼。躺在病房里的妻忍着产后的剧痛,坚持要在第一时间告诉我这一喜讯。我握着听筒,心里酸酸的。

妻说,她是披着冬装挪进产房的,而儿子是一路吮吸着春风闯进家门的。山村里的春天到得晚,行动快,仿佛数夜之间,门前的那株老梨树,枝枝丫丫间便钻出雪白雪白的朵儿,屋后的桃林姹紫嫣红,分外妖娆。远远望去,一坡一坡的油菜花漫山遍野地绽放,整个村庄陶醉在春来的消息中。

妻告诉我,在月子里,她和儿子每天都能瞅着暖暖的春阳一寸寸地爬上窗台,每天都能听到窗外菜畦里的蜜蜂嗡嗡的欢叫声,听到手扶犁铧的农人喊春的号子声,每天都能呼吸到泥土和青草的芬芳。妻说,那是她遇见的最美的春天。

妻充满诗意的描绘激起离乡多年、久居闹市且终日被人潮裹挟着奔跑的我对春天美好的向往。

第一次见到儿子,正逢花落的时节。几千里的行程,数日的舟车劳顿,到家已是午夜时分。急切地想见儿子的我敲开门,来不及抖落一身的风尘,便轻手轻脚地走进屋,轻轻撩开被子的一角,我看到了上苍派到这个世上延续我生命让我朝思暮想的人。他光着小屁股,攥着两只小手,蜷缩在他母亲的怀里,美美地睡着,嘴角还散发着一丝丝乳香。妻说,儿子闹了好一阵子,许是盼着你回来呢,而今刚喂完奶躺下一会儿。我匆匆地洗漱完,倚着儿子躺下,却彻夜无眠。还没有习惯晨昏规律的儿子,后半夜不停地闹床,弄得尚未学会当母亲的妻子束手无策。

妻说，儿子天生是个不安分的主儿，喜欢新鲜的事物。晴朗的天就是不爱待在房间里，你让他待久了，他咧嘴就哭，而且是没完没了。于是，我对儿子说："别闹别闹，老爸带你去看春天。"抱着儿子，穿过庭院，绕过碧绿的菜地，怒放的桃林在向我们招手。树下，花香四溢，彩蝶漫舞。我背着唐诗给儿子听，儿子太小，他自然听不懂这中国几千年古文化的精髓，却乐哈哈地冲着我笑，小手指不停地做舒展的动作。那高兴的劲儿，让我有种深深的自责。或许是这生命萌动的时节冥冥中的触动，抑或是一种生命间的契合与感应，冷不防，儿子的手指绊住了挂在桃树枝丫的一根细绳，一瞬那，花落如雨，撒满我和儿子的衣襟。

那次回家，陪了儿子三天。一个人坐在回城的车上，流下了做父亲后第一次难舍的泪水。

再次见到儿子是在2005年的春节。被冬装包裹的儿子坐在学步车上，已经会独自绕着院子满地跑了。只是脸上结了冻疮，鞋子不知何时弄丢了一只，还招惹了一身的灰土。我放下行李，弯下腰想亲近他，他扭过身驱动着学步车，一溜烟就往家门外跑，边跑边哭，我想一定是我的陌生模样吓坏了他。

妻说，儿子特别喜欢春天，我不在家的日子，他一个人躺在葡萄树下的摇篮里，眼巴巴地望着青涩的葡萄，有时一动不动，一瞅就是一两个钟头，像个小馋猫似的，简直傻得可爱。

那年除夕，一家人饭毕，围着火炉守岁，妻让儿子叫"爸爸"，向我讨压岁钱，才十个月大的儿子居然一口气连声叫出了好几个单音词"banaba（爸爸把）""banaba（爸爸把）"……我立即从怀里摸出几张"老人头"向儿子示意。儿子做着鬼脸，一把抓着，却看也不看，便将钞票往她母亲手上塞，弄得满堂大笑。妻打趣地说，瞧，你儿子可是天才的"债主"呢。我可不这么认为，我想乖巧、孝顺的儿子一定希望我这个父亲能给他一件更美的礼物——一个玲珑的世界，一个最美丽的春天。

第二章　怕儿子长大

春节忙着走亲访友，游戏应酬，真正陪伴儿子的时间还不到两天。某晚，哄着儿子睡下后，就是否带儿子返城的事宜，妻和我有了一场争执。妻以为，孩子正是牙牙学语的时候，长期待在外公外婆的身边不是办法；我却理性地认为，来自农村的我们还没有攒足在城里买房的资金，如果选择两人继续工作，根本顾不上儿子。妻一夜无语。

我和妻一同南下，决定硬着心肠把儿子托付给岳父岳母继续照料。离家的前晚，妻给儿子喂了最后一顿奶，让我给儿子拍照，说是留个纪念，以后给儿子看。这张照片一直躺在我给儿子准备的相册里，被一双思念的手触摸了无数回。照片上，母亲倚在农家的木靠背椅上，儿子倾斜着身子津津有味地享受着他的晚餐，一只小手抱着脚丫子翘得老高。我不知道等他能看懂这张照片的时候，是否会体会到一位年轻的母亲和父亲那刻的心情，是否会知道拍下这张照片后的次日凌晨，有过怎样的一场告别。我至今也不明白，当妻将儿子从暖烘烘的被窝里抱起来，转交给孩子的外婆时，自出生后就一刻也没离开过母亲的儿子居然表现得十分的平静，不吵不闹，也没有眼泪，倒是他的母亲，还未转身，眼泪就掉了下来。儿子不知道，她的母亲为适应这场别离，从此忍受了许多日的断奶之苦。

后来，从岳父岳母的电话里，我陆续得知许多儿子成长的趣事。儿子学会了给老人家拎酒瓶倒酒，拿筷子，擦皮鞋，给客人搬小凳子，还学会了哼乡下的儿歌……儿子的变化实在让我感到吃惊。唯一让我感到遗憾的是，儿子在电话里始终不肯再叫我"爸"，无论我怎样地循循善诱，也无论岳父岳母怎样地央求。我想，幼小的儿子一定是忘了我这个爸爸。

儿子今年（2006年）春天满两周岁了。前两日，妻在电话里提起老家的桃林，岳母说，开花了，开得很旺呢，桃树才出朵的时候，儿子就爱往桃林里钻，常常弄得满身是泥。那天电话里，从未喊过"妈妈"的儿子破天荒地开了口,还一个劲地叫我"爸",我的心里一阵悸动。作为父亲,我没有听到儿子的第一声啼哭,没有给儿子洗过一次澡,换过一双干净的鞋,陪他度过一个完整的春天。儿子出生后,父子仅见过三次面,在一起累计还不到15天……

假如儿子有记忆,假如儿子最终都能明白,我想,那一定是春天的缘故。

2006年3月3日于福州

第二章　怕儿子长大

教儿子识字的烦恼

儿子打乡下来,在老家爷爷奶奶身边长到近三周岁的儿子明显比在城里的小孩落后一大截,作为受过高等教育的父母,我与妻决定对他进行恶补。

首先进行的是形象思维的培训。我和妻带着儿子参观动物园、进少年宫、逛大超市……于是大象、河马、犀牛、足球、电脑、按摩器等一大堆对儿子来说新鲜的名词钻进了他的大脑。再拿出卡片上的图案时,儿子不再怯生生地指鹿为马、目光游离。

接下来,我们给儿子量身定做了提素计划。中文系毕业的妻承担起语言教学与文学启蒙任务。儿子的普通话表达能力也进展神速,在他母亲悉心教导下,儿子遗传的文学基因开始发挥作用,不到四个月,儿子从满口土单词,最长说不足三个字,语音、语义不分,迅速提升到能熟练、准确地表达复杂的单句;记忆力也相当惊人,能熟背唐诗中的三十首五言、七言绝句,并开始向七言律诗挺进。此外,还能唱五首儿歌,吹响葫芦丝的短笛。这一战绩着实让我的妻高兴了很久。

儿子的数字化教学的重任自然落到了我这个文理兼修的父亲头上。这可是抽象化思维培育的大工程,我和儿子进行得相当艰苦。为让全无数字概念的儿子识别0—9十个阿拉伯数字,我把业余时间全耗在了做数字卡片、买象形实物等准备工作上。一天,我把卡片贴在玻璃门上,指着卡片上打头的最小的数字"0"教儿子识数,为了让儿子记住数字的模样,我启发儿子,"它长得像什么?""爸爸,它像鸟蛋。""还像什么?""足球、太阳、月亮、苹果""还像妈妈电脑里会亮灯,又长了脚的QQ……"儿子展开丰富的想象和联想,一口气说出一大串从各种渠道获知的形象化实物名

149

称来,我和妻一愣一愣地。经过两个月的培训,儿子最后记住了"鸟蛋(0)""柱子(1)""象鼻(2)""耳朵(3)""红旗(4)""哨子(5)""蜗牛(6)""企鹅(7)"……妻子直夸我,说儿子想象力太惊人了。

家住4楼,每天上楼,我指着每一楼层的标码问儿子:"墙上那个数是什么?"儿子摸摸脑袋,回答道:"爸爸,它是柱子、象鼻、耳朵……"我很生气,儿子居然连一个数字都不识。回到家,我给儿子一一进行纠正。"鸟蛋"就是"0""柱子"就是"1""耳朵"就是"3""蜗牛"就是"6"……儿子愣了好半天,最后似懂非懂地点点头。

妻子带儿子出去玩,儿子看到广场上高高飘扬的红旗,大声道:"妈妈,瞧,那是4。"一下子,令路上的行人驻足侧目;晚上月光如水,妻在窗前教儿子温习唐诗,"床前明月光"立马变成了"床前鸟蛋光";妻子怒道:"你是不是犯糊涂了,你爸是怎么教你的?""你的耳朵是怎么听话的?"儿子似乎感到一肚子的委屈,立马纠正他母亲的话"妈妈,这不是耳朵,是3!"妻当场晕倒。

四个月后,儿子经过反反复复的教育训练终于达标了,他认全了0—9十个阿拉伯数字,但是我惊讶地发现,儿子的世界里不再有"鸟蛋""企鹅""蜗牛",想象力一落千丈。

我忽然感到十分的失落和困惑,我到底是在帮儿子,还是在害儿子?

我想起美国一位女孩的母亲状告幼儿园提前教会孩子识字母而使孩子失去想象力,最终赢得官司的事件。这位母亲在法庭上讲的一个故事感动了法官。她说,曾在公园见到两只天鹅,一只被剪去左边的飞羽,放在较大的水塘里,另一只完好无损,被放在很小的水塘里。管理人员这样做是为了防止它们逃跑,失去了一半飞羽的天鹅自然失去了飞行的能力,而小水塘里的天鹅,由于没有起飞所需要的足够的滑翔水面,只能选择待在小水塘里。这位母亲说,她的女儿就像同时遭受厄运的那两只天鹅一样,被幼儿园剪掉了想象的飞羽,或者过早地被投进了难以飞翔

第二章　怕儿子长大

的小水塘。

　　作为父母,我们常常处心积虑地帮助子女,孩子没出生就开始胎教;孩子刚满月,就开始听英语单词;长到一周岁,就给孩子测志向,预定未来;不满两周岁,我们早早地让孩子学电脑,进幼儿园兴趣培训班……

　　总之我们所做的一切就是想给孩子一个尽可能大的水塘,就是希望为孩子早日插上腾飞的翅膀,成龙成凤,成天鹅。然而结果就像那位美国母亲讲的一样,往往让人始料未及。因为恰恰正是在尘网中历练数十年的我们,运用成人思维和行为方式,斩断了孩子的飞天梦。

2008年9月25日于福州,刊于2016年7月6日《南方都市报·城市笔记》

幸福人生绕不过聚散

我是在迫不得已的情况下送儿子踏上回乡之路的。

一

儿子和我们在城里生活的时间总共不到9个月。这也是我和将满四周岁的儿子待在一起最久的时间。

儿子进城时三周岁,老家寒冷的冬天在他的两个小脸蛋上留下了深深的印记,冻伤后结下的疤痕在三千里外的南方都市,历经春夏仍不肯消散。也许是对冬天的恐惧犹有余悸,儿子赖着不肯洗脸,不肯洗澡,最后连脱衣服和鞋都哭着闹着不肯就范。我跑下楼给他买了一粒棒棒糖,他笑纳后,缠绵良久,才开始宽衣。

后来,带儿子出去见人,相继问及儿子脸上的冻伤。我的脸总是一阵发烫。因为,这大抵都是我的过错。我也因此被孩子的母亲埋怨了很久。

"儿子,爸爸答应你,以后再冷的冬天,爸爸一定陪你度过!但是儿子,你终要明白,在这个世间,有许多我们不熟悉的地方,除了温暖,还有令人难以抵御的寒冷,但要活下去,只有让我们年轻的容颜经受风霜。"

二

我做父亲前,从未想过打儿子。记忆中也从未挨过父亲的打。可是偏偏我打了儿子。

儿子进城后的第五天,岳母和我们一起吃着午饭,桌上摆了几个菜,

第二章 怕儿子长大

儿子手握筷子,坐在小凳子上摇摇晃晃,就是不下箸。忽然,他兀自将自己喜欢的菜往自己怀里揽,我告诉他不可以这样,好东西要一起分享。他自认有外婆撑腰,有恃无恐,不断充耳不闻,还将吃过的菜从嘴里吐出来,再用筷子夹回菜碗里,由于身体摇晃的幅度过大,筷子尚未收回,身子已然向后倒去,儿子左手抱着的两个菜碗尽数泼洒在了地板上。

一双筷头下意识地扬起,敲在了刚从菜堆里爬起来的儿子的小脑袋上。

儿子歪着脖子,怔怔地瞅着我,半天不言语。我的耳畔响起岳母的责备声。我注意到,儿子无邪的眼神里贮满了困惑与执拗。这或许是儿子第一次挨打吧,我想一定会留在他童年的记忆中。

儿子挨打不止一次,可他常常只记住结果,却很难记起挨打的原因。但无论如何,儿子终会知道,"在这个尘世上,有礼仪、有道德、有法律,有太多太多的规矩,无论我们多么高高在上,终将无法越过……"

三

为了让儿子接受城里良好的教育,我们用省吃俭用积攒多年的钱买了一套小户型的商品房,又咬着牙把他送进了省里最好的幼儿园。

送儿子上幼儿园是一件非常幸福的事。作为父亲平添了一个人间最美好的称谓——"朱迅爸爸"。"朱迅爸爸"这个称谓在我每一次入园接送儿子时被老师、阿姨甜蜜地唤醒,常常让我情不自禁地把趋向幼儿园的车开得快一些,再快一些,也毫不客气地为儿子在幼儿园里的一切费用和对错"埋单"。

儿子在幼儿园时闯了不少祸,却也学会了许多东西。儿子从不会说普通话到能讲简单的英语单词,能背唐诗,能唱好多首儿歌。每次上学往往是儿子坐在车座中间,他的母亲坐在后座,我们一边走,一边听儿子背着唱着到了学校。过去儿子每天赖床,后来自己学会了穿鞋袜、起床,

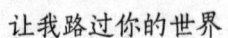

背书包去上学;过去,儿子我行我素,后来居然懂得参与竞争,懂得如何去争取获得一颗颗象征优秀的"五角星"了。

儿子认识的第一个数字是"0",熟悉的第一个动物是动物园里的"老虎",并从此自比"小老虎"。而最喜爱的处所就是超市。他一屁股坐在购物车上,可以几个小时不下来。他睡不着觉时,开始懂得央求他的父亲给他讲"宝葫芦"的故事……

感谢幼儿园老师,让儿子学会了作为人降生到这个尘世必须遵循的一些行为准则。

四

儿子到这个城市,患了一场自他出生以来最严重的一场病——高热惊厥!而且病发时正适北京奥运会开幕式撩动万民心的欢愉时刻,我永远难以忘却一颗心如何从期待中的亢奋突然冷却至冰点,又如何从冰点坠入情绪的深谷。

当晚,天气十分闷热,由于是临时住在公寓内,我们没有买空调。全家人吃完晚饭,守在电视前吹着电风扇,儿子忽然很没有精神,嚷着想吃西瓜。我答应儿子下楼买给他吃,然而,当我买完西瓜进门的那一刻,我忽然发现儿子弯曲着身子不停地呕吐、抽搐,他的母亲可能是吓坏了,抱着他手足无措,不停地呼喊着他的名字,满眼泪花。我也被这场景吓呆了,抱起儿子就往楼下冲,千万个念头在一个当父亲的大脑中闪过,"儿子,儿子,你怎么啦……"这是一个父亲在遭遇危机时刻唯一能重复的语言。

这一次病痛让儿子在病床上躺了五天。我和他的母亲也在医院里衣不解带地陪了他五天。他的母亲还因此丢了一份不错的工作。

而作为父亲,看着被高烧烧红了脸蛋的儿子躺在小小的病床上,不停地与病痛挣扎,我却无能为力。我能做的就是不时在深夜里去唤医生

第二章 怕儿子长大

和护士,一次次近乎神经质地给他量体温,一次次捉着他挣扎着的手臂,让护士给他打针。那一针针扎进儿子细嫩的皮肤,注入儿子细小的血管里,儿子感受的是疼痛,我感受的除了疼痛,还有期待与愧疚。

几天里,害怕打针的儿子从抗拒医生和护士,把手臂缩进袖子里,到最后条件反射似的把手臂主动伸出去。我知道,这中间儿子经受住了人间痛苦的洗礼。

儿子,如果你再回城,爸爸答应你,一定给咱家装上一台空调。爸爸答应你!可是儿子,长大前你要明白也终将会明白,有些痛苦,我们无法躲过。

五

决定送儿子回乡,我与孩子的母亲经受了痛苦的折磨。在送与不送间,我们权衡了很久。不送回去吧,儿子上幼儿园每月要花掉五六百元不说,一旦有个病痛,我和孩子的母亲就得请假,请假就得扣工钱。后来,我们发现彼此根本没有精力照顾好儿子。送儿子回乡吧,儿子离我们几千里,见个面都难不说,儿子没有父母陪伴,他的童年将会有多少缺失呢?况且儿子进城前已经在岳母家生活了3年。

然而我又想,儿子进城后,我又给了他什么呢?

由于床窄,儿子经常选择睡在地板上。后来,由于我所在的企业在那场严重的经济危机中衰败下去,公司出租房被收回,我们被迫把行李搬了出来。在这座城市奋斗了整整10年啊,到头来,我居然连一张床都给不起儿子。

送儿子回乡也许是最理性的选择,可是作为父亲却难以忍住别离的泪水。

返城的前夜,儿子一直闹着不肯上床睡觉,我陪他在沙发上耗着,等待夜色一分一秒地苍老。由于寒冷,我想给儿子加件棉袄,可是儿子却一反常态,拒绝穿,就连洗澡也是一反常态地不老实,甚至到凌晨时分,儿子仍拒绝入睡。我支撑不住,半截身子趴在床上小睡,儿子悄悄地跟随在我身后,趴在我的后背上睡着了……或许儿子冥冥中已然感知到了天亮后的那场别离吧。

儿子的母亲背上行李先行出了门,儿子拉着我的手向着他母亲离去的方向追赶,等他母亲上了车没了影,他就立在菜园旁的小径上兀自张望。望着,望着,儿子走了神,等他回头发现他的父亲已然松开他的手,不知去向……那刻,我不知道儿子在想什么?他一定感到十分茫然与无助。

儿子踉踉跄跄地哭着喊着——"爸爸,爸爸,你在哪里呀,我找不到你呀?"而他的父亲却藏在邻家小窗内,不敢应声,眼睁睁地看着少不更事的儿子路过身旁,奔向屋里,四处寻找。而他的父亲却背转身,弃他而去……

后来,岳母在电话里不经意地提起,一向活泼胆大的儿子性情改变了许多:不愿出门;不喜欢与邻家小朋友玩耍;见到陌生人来就躲在屋里不敢见人;喜欢独自坐在屋前的庭院里,看灰白灰白的天……

儿子,我们一起度过了2008年中的9个月。记住,地震来临那天,我和你的母亲在你身边,爸爸带你一起去捐款,捐了10元钱;记住,北京奥运会,我们一起喊过"奥运加油、中国加油",唱过"北京欢迎你";记住,"神七"飞天时,我们曾在电视机旁一起为它欢呼;记住,我们流过泪、笑弯过腰,记住那悲喜交加、泪笑交织的9个月;记住,在2009年春天走来的时刻,在这个世间,有许多人和我们一样,人隔千里,骨肉分离;记住,幸福的人生绕不过聚散!

2009年1月8日于福州,刊于2009年《新大陆》杂志

第二章　怕儿子长大

补丁里有只猴

那天清晨，我打算出门拜访一位广州企业家，于是穿上一条久违的西裤，却发现裤脚边脱线、卷边了。于是我便去找缝纫店，在附近找了几条大街也没找着；接着我带上裤子去了干洗店，干洗店老板讲不做这项服务；最后决定去大超市，没想到超市服务员讲，很久前就停止这项服务了。

我就纳闷了，广州这么大，买了新裤子不可能不需要剪裤脚，怎么可能没地方修理裤脚呢。由于时间关系，我没有再去理这条西裤，而是换了条休闲裤去了企业家的公司。

过了几天，我刚好回福州休假，便将这条西裤带回去给太太。太太虽然是个准80后，针线活还是能做一些。碰巧太太正要给上小学六年级的儿子补衣服，便一并收了下来。原来儿子顽皮，上体育课时左右两边的运动裤膝盖部位被沙子磨破了洞，儿子特喜欢这条裤子，说什么也不让太太扔，因为班上的同学们现在正流行穿打补丁的衣服。

"什么？喜欢穿打补丁的衣服？儿子的脑子没毛病吧？"

接下来，我把在广州找缝纫师的故事讲给太太听，太太抬起头，瞥了我一眼，抿着嘴笑了。

太太讲，现在衣服材质大都是用棉、毛、麻、皮、涤、丝、尼龙、聚酯纤维等化学与天然纤维机制而成，柔软平滑，耐磨耐洗，一般穿不坏。即使是穿坏了，破了洞，也就扔了，谁会拿去找缝纫师傅缝补呢？至于修理裤脚，大超市自从电商兴起，网购走进百姓家，超市人气已不如前，店面的拐角一般都改为小柜台出租了，自然没了缝纫师们的容身之地。况且，修剪个裤脚单价就五六元钱，师傅一天也接不了多少活，谁又能租得起

157

店面呢？定是在小巷弄里，或是在自家门前搭个棚，摆台缝纫机，为街坊邻居提供一下方便，你在大街上找店面自然是找不到的。

太太边说边网游，说是要给儿子在网上淘个补丁图案。

补丁还有专门的图案设计？我一脸疑惑地望着太太。

"你看，这里有西瓜、草莓、向日葵等植物图案；有小汽车、小飞机；有米老鼠、唐老鸭、跳跳虎、龙猫、麦兜、流氓兔、黑猫警长、蜡笔小新、樱桃小丸子、阿童木、皮卡丘、小妖王胡巴等各类卡通游戏里的cosplay（角色扮演）造型；还有小蜜蜂、小猴王等动物图案……儿子的裤子舍不得扔，就是好这一口呢。不过一个好看的图案要四五十块。"

我一下子也没反应过来。现在整形美容技术如此发达，听说只要身体任何部位不满意都能整，整出个周迅的眼、蔡琳的鼻、范冰冰的脸、刘亦菲的唇、莫文蔚的腿、杰西卡的胸……整出个千人一面也不是什么难事。若是某个部位不好看也能绣，绣眉文眼线漂乳晕，可谓绣里藏刀，岁月静好。若是哪儿落下了疤痕，也能用艺术纹绣的神奇针法绣个图腾给遮盖住。这衣服……也流行起艺术纹绣？我寻思着，一个补丁要四五十块也够狠的，加点钱够买件衣服的了！

太太将网上各种衣服部位的补丁效果图展示给我看，有成人的，也有儿童的，肘部、裙摆、臀部，特别是女性私密敏感部位的补丁，真是越看越性感越看越心慌……看来埋首书本太多年，真落后了。

我忽然想起上初中时班上的男同学剪裤洞的事来。

20世纪80年代，那是个青春激扬的年代。班上有几个来自镇政府大院、粮管所、供销社、农机站等单位的干部子弟，为了追求自由、个性，耍横扮酷，学着电影里的古惑仔、西部牛仔，将新买的牛仔裤的膝盖、裤管故意剪出个拳头大的洞，将一截皮肤裸露在寒冷的冬季里，凉飕飕的。遇到雨天雪天，身子便越发冻得瑟瑟发抖，直起鸡皮疙瘩。可为展示那几个破洞的吸睛魅力，男生们硬是死撑着，不肯加衣。当然做这些事情

第二章 怕儿子长大

一定要背着家长,有时还需要背着校长,背着班主任老师,因为一旦被发现是要被惩戒的。

我一直没有弄明白,不知当时班上那些矜持着的漂亮女生们对此做何感想。后来到了高中,发现镇上商场里出现了专门卖男女式破洞衣服的柜台,破衣竟然一度成为服饰时尚,流行了好多年。直到今天,仍能在街头巷陌的一隅目睹这一错过经年的风景。

而我大抵是没有这种胆子的,也属不擅长追星赶时髦的一族。这或许与我生在落后的农村,从小吃着红薯稀饭,穿着补丁衣服的经历有着关,所以我从未这般任性过,哪怕一次。

20世纪90年代初,农村不少家庭已告别温饱开始奔小康,谁家孩子的衣服破了洞还穿在身上,那可是一件受人嘲笑且丢人的事,丢的是自己的脸、父母的脸、家族的脸。而穿着打补丁的衣服就是一种欲说还休的最鲜明的"标签"。

我们家孩子多,父亲在外,是半个自带米袋的"公家人",常年不落户。家里少了强壮的男劳力,靠着母亲与未上过几天学堂的大姐、辍学的二姐努力劳作,家境才摆脱不了贫困。可在穿衣这件事上,也常常是姐姐穿母亲的,我们穿姐姐的,改来改去;因此,穿着打补丁的衣服上学是最让我难堪的事。而过春节,我更是不敢出门,不敢去亲戚家拜年,不敢去看舞龙灯、闹花灯……怕见着穿着漂亮新衣的小伙伴,见着老师同学,见着亲戚们异样的眼光。于是,穿上一件没有补丁烙印的新衣服成了儿时瑰丽无比的梦想。

我不知道,当年母亲在煤油灯下给我们缝补衣服时做何感想。那个用长板凳搁上破木门当床的年月,找块完整布料都难,可那一针一线,一圈一圈,一夜一夜,纳出平平整整的或圆或方的补丁,那补丁里又隐藏了一份怎样的感情。现在想来,母亲的内心也曾骂过顽劣的孩子吧。

我忽然想起了我的长辈。想起了穿了大半辈子补丁衣服的父母亲人。在他们的中青年时代,穿着打补丁的衣服,曾经是多么自豪的事。那是典型的贫下中农的身份象征,是又红又专的被讴歌与赞颂的劳动者,是当家做主行使专政权利的革命者的"通行证"。那时候的衣服,老人家管它叫"千层底",衣服破了,补到不能补了,就用糨糊糊在木门板上,在太阳底下晾晒干,尔后剪成鞋样做鞋帮子,或者纳鞋底。

我想,在那个畸形的年代,那个锦衣只能夜行的年代,那些穿着干净漂亮的新衣害怕被专政的人,在夜里或许发生过悄悄捅破衣服,再故意打上补丁的故事吧。

一件衣服,一处破洞,一个补丁,历经上上下下几代人,穿越风风雨雨几十年,从代表着"光荣与自豪"到隐藏着"贫穷与耻辱",再到"时尚与快乐"。承载的不仅仅是一部社会发展变迁史,一部行走的文化史,更是一本观念更替人心嬗变的教科书。然而无论时间与观念如何变,有一点永远都没有变,那就是抱着那件衣服,盯着那个破洞,捻着一根细针,在灯下低着头穿针引线的人,那密密麻麻、满心满眼的是"慈母手中线,游子身上衣"的无私而厚重的爱。

正想着,忽然太太喃喃道:儿子的膝盖左边大,右边小,我想左边补上一只"咖啡猫",右边缝上一只"孙悟空(美猴王)"。左边提醒儿子爱洁净,右边提醒他不要太顽皮。末了,太太一脸幸福的模样,问我意下如何……

2016年12月12日于福州,刊于2017年5月20日《莆田晚报》

第二章　怕儿子长大

别人家的孩子

6月23日,妻从福州启程时,特地发来一组微信图片。那是体重超标的儿子嘴里咬着车票,背着书包,拖着两个大大的行李箱一路闯闸机钻地道追高铁的画面。

当时正适暑期,来来往往,人潮汹涌。图片下面有一段文字——"爸爸,我很牛吧?"这组简单的画面,我看了很久,很让我这个当父亲的感动了一把。

儿子今年秋季就要念六年级了。这些年我一直在广州等地谋生,有时一两个月才攒足四五天假回家一次,一年与儿子相聚的时间加起来不到一个月。我与妻都是朝九晚五的上班族,儿子一放假自然无人照料,过去每到暑期,儿子便被打包回乡下,进入放养状态。儿子颇得外公外婆的宠爱,少爷般被伺候着,养成了整天看动画片、看视频、打游戏、玩手机、听音乐、吃甜食等坏习惯。可能是常宅在家不出门的缘故,体重严重超标,学习更是一落千丈,返城时连班主任老师姓什么都忘了。念一年级时,儿子便对我说:"爸爸,听说三年级很难,我能不能念到三年级就毕业";念到四年级时说,爸爸你们都上过大学,大学还要读那么多年,我还是去摆地摊卖宠物吧……

许是念书有餐补、交通补,有零花钱,从五年级开始儿子不再提退学的事了。可是想到厌学的儿子,妻就深感后怕。

这样下去,儿子还有未来吗?

今年正碰上我生病,儿子期末考成绩不理想,三门功课都未拿优。妻子决定带儿子过来陪我,让我们父子俩培养培养感情。我知道,妻还有一层意思,就是希望我这个失职的父亲,这个"作家"爸爸能在养病期

161

间给儿子补习一下功课,同时一起锻炼身体。

这就意味着我与儿子有着长达69天的相处机会,这比父子俩两年加在一起相聚的时间还多。孩子是家庭幸福的纽带,也是为人父母的社会责任。为了不辜负妻的美意,也为了把握这次难得的暑期机会,我决定好好与儿子相处。

儿子未到前,我给他张罗着找英语培训机构给他报名,我还给他安排了接风宴,为了让他上网查资料,在广州确保安全,还给他配了一部苹果5S手机。

暑期第一周,我与妻商量着,让他做份暑期计划。儿子一听二话没说亮出一份计划表——早上7:00起床,背英语单词;7:30跟爸爸一起到暨大晨跑;8:00早餐;8:15陪爸爸一起上班练书法,温习一至五年级语言生字及完成老师布置的其他作业;11:30下班午餐,餐后扫地、洗碗、收拾屋子;14:00上班做300道数学速算题……18:30晚餐;19:30斗地主,下围棋;22:00上床睡觉。每周陪妈妈买一次菜,晒一次被子,写一篇作文……

这份计划似乎没什么问题,可是执行了两三天发现漏洞百出。学习时间没有量的保障,一天学习往往不到一小时,且是马虎应付,企图蒙混过关。做家务更是偷奸耍滑。说是给我当保卫,总是背着iPad兀自向前冲,全然不顾后面还有位生病的父亲;说是上班学习,可一有空便往麦当劳跑,因为那里做促销,据说下载天气APP的客户只要日气温超过35摄氏度即可获赠一瓶饮料。

为让儿子感受到父母的诚意,感动儿子,我每到医院治疗,妻都让儿子陪着,培育其恻隐之心,再选周末一家人去电影院看《夏洛特烦恼》等文艺教育片。不仅如此,我身体好转后,妻还带儿子到红砖厂看创意园、龙眼洞森林公园等景点游玩散心。

妻用心良苦,儿子却玩得不亦乐乎,上班看动漫,追综艺节目的时间

第二章　怕儿子长大

越来越多,看小视频,笑得前仰后合,自己与自己下棋或玩扑克牌,能玩几个小时,似乎根本没有受感召萌生发奋之意。不仅如此,还常常乱发脾气。妻一提到"别人家的孩子"生活条件如此苦,孩子如何用功,暑期期末考了多少分,班上谁上了暑假补习班,谁家的家长在微信群里讲述孩子出国游学经历,谁的母亲在朋友圈里晒孩子阅读、弹钢琴的靓照……儿子听到头一个字就会跳起来,弯着脖子,叉着腰,挺着圆肚子,跺着脚抗议,一副不听不看不想不接受的叛逆姿态。

我以前常听到妻子投诉,还同情儿子,经过这个共同生活的暑假我才知道妻子所言不虚。儿子一大堆学习问题不断被发现,生活上的坏习惯坏毛病也全部暴露出来。儿子不喜欢早晚刷牙,即便刷还没开始便已结束;不喜欢洗脸洗澡,一身臭汗味儿;不喜欢穿系鞋带的鞋子,嫌脱穿麻烦;喝过的水杯总放在桌子的边沿;出门不带伞;鞋子袜子满地扔;出门不坐公交车;吃完饭便一屁股窝进沙发里……总之,发展到后来,只要一提到他的问题,立马横眉冷对。

不少教育家称现在孩子苦死了,一天到晚被有"家长欲"的父母逼着学钢琴、学古筝、学英文……说孩子长大会恨你们,说他们没有童年,一天到晚在上课……我们家没有所谓的"家长欲",对待孩子从来不逼迫,儿子10岁前没上过任何的培训班,10岁后当他应该有爱好的时候,我们建议他去学了围棋与吉他。

儿子这个夏天最喜欢喝蜂蜜柚子饮料,最喜欢吃鸡蛋炒瘦肉。妻思虑良久,遂拿出她做人资管理的招式,通过与儿子签订协议来激励儿子。只要儿子一天不发脾气,好好说话,就奖励一瓶蜂蜜柚子饮料、一小碗鸡蛋瘦肉晚餐;陪我晨练一天不落,奖励5元;陪同我上下班,担任保卫,不迟到早退每周发5元工资。反之就扣除。妻想从儿子精神状态与自制力方面入手,改变其学习与生活态度。

这一招似乎有些效果。儿子从一大早在床上磨蹭、缠绵到自觉爬起床整装待发；从懒洋洋被动运动到主动慢跑。每天早上进电梯就对自己说"今天我不发脾气，就能得到一瓶蜂蜜柚子"，或是"我昨天没发脾气，爸爸，今天你不要逼我呀"……

我也不想逼儿子。自从激励政策实施后，儿子着实坚持了一段时间，可慢慢就松懈下来。暑假过了一大半，作业只完成了一小部分，还被罚了三次站，写了两份深刻检查。每次都要上纲上线，做三分钟事花两小时教育。跟他讲其他的事项都好办，只要一提到学习，儿子仿佛中了邪，做错题更是一副苦大仇深的模样——"又错了？早知道错这么多，就不做了。"一边撕作业本一边垂泪……

这样下去，儿子还能健康成长吗？

孩子渐渐长大了，12，13，狗也嫌。妻十分怀念儿子3岁的光景，曾是个多么懂事聪明的孩子，怎么扔到老家一两年就全变了呢？这真是外公外婆的错吗？

妻子曾经就是村里长辈眼中"别人家的孩子"，整个小学阶段根本没让父母操过半点心，放学是乖乖女，上学是榜样生；每年开、闭学典礼，都是上台领奖学金的那个孩子，每门功课都是95分以上，初考是全区第一名……

妻子每次茶余饭后对儿子循循善诱，儿子听得都会背了，却不见改过自新的动静。

儿子马上要上六年级了。妻算了笔账，六年级上学期不算台风停课、秋游、参观革命历史博物馆等放养时间，仅去掉节假日，真正到校上课的时间才93天。93天能做什么呢？如果再过一个93天，那就是初考升学考试？妻吓唬怕挤公交的儿子，如果成绩考不好，可能会到火车站去上中学，要坐1个多小时的公交车呢？

儿子沉默不语。

我忽然想起，一位女老总讲起她上大学的女儿。她女儿在军队大院长大的,有着较好的生活背景。女老总用大院姐妹的孩子来激励女儿——"瞧,王政委家的女儿,奥数拿了全国第一名;李部长家的女儿,钢琴考到了八级……张团长家的大女儿考上了南航空姐……你让我的脸往哪儿搁呀!"

据说,女老总的女儿还算争气,今年考上了华师,住校的女儿回家想让女老总再买架钢琴,女老总不肯,女儿张嘴吐出一句——"不就万把块钱的破钢琴吗?我可是为你读了这么多年书!"女老总差点晕过去……

虽说现在上大学似乎坐在家里就有学校打电话了,大有越来越普及的趋势,出国留学也越来越容易了,可是那得坚持学习,一步步念下去呀。

儿子明年要初考了,这样下去怎么办?

妻子喃喃自语——哎,别人家的孩子……

2016年10月10日于广州,刊于2016年12月3日《莆田晚报》

怕儿子长大

儿子8岁了,作为父亲,我与他在一起的日子加起来不足两年。

我与妻是"农村包围城市"的浪潮中的知识民工,我们在沿海那座商业气息浓郁的都市里相遇相爱生子,在单位出租屋里度过了6年。

因为无力照顾妻与即将出生的孩子,我选择送怀孕7个月的妻千里奔袭,回湖北乡下的老家待产。一路的颠簸与折腾,强烈的妊娠前反应,差点断送了即将出世的儿子。妻强忍痛楚,一脸菜色,一路无言。而我却只能搂着挤在列车上半张座位上的妻,听飞驰的车轮声,手足无措。

那一年,妻因不敢劳烦为生计辗转在农田、菜地与建筑工地的父母,独自在她出生的地方承担起育儿的重任。

那一年,我常常在半夜接到妻的电话,电话那端的妻哽咽着泪流满面。

那一年,我与妻就儿子满周岁后是继续留在岳父母家,还是带回城里的问题纠结了一年。那一年,我在工作上毫无建树。

儿子将满三周岁,同事的孩子都在城里上了幼儿园。我咬着牙取出与妻恋爱时开始积攒的全部积蓄在城里买了一套五十多平方米的房子,总算把儿子从乡下接到了城里。因为亏欠儿子,因为不能输在起跑线,我送儿子进了城里最好的省立幼儿园。我们挤在出租屋里度过了半年多物质贫乏却幸福甜蜜的时光。

我骑着一辆代步的电动车送儿子上学,儿子半立在前座上,妻子缩在后座,教儿子半句半句地背诵启蒙的古诗,一路迎着朝阳,一路沐着噙香的春风,一路撒满童真的诗行。

遇到下雨,城里的孩子早早地钻进来接的小汽车里,而懂事的儿子则守在校门口的屋檐下,等待父亲下班。远远地瞥见暮色里披着雨衣的父亲,儿子便飞快地躲藏在父亲为他准备的雨袋里,在回家路上,立在电动车上的儿子冻得瑟瑟发抖。

一家人围着自制的简陋饭桌,儿子不吃饭,半天方才央求道:"爸爸,明天可不可以早一点点儿来接我?"

而作为父亲,却不敢应承。

妻与儿子天天盼着搬离嘈杂拥挤的出租屋,搬进新居过上城里人正常的日子。可是新房还来不及装修,2008年的一场经济危机让我们赖以生存的企业濒临破产,儿子接踵而至的一场病,又让我们不得不再次将儿子送上返乡的路。

儿子回乡不久,为了生计,为了偿还新房的装修款,我告别面临失业的妻子,只身北上,再一次与儿子分离。分分合合,一别又是5年。

儿子长期不在父母身边,缺爱后遗症在儿子返城时开始显现。儿子不爱说话,语言表达能力差,理解能力差,智力严重落后于城里的同龄孩子。她的母亲放下工作为她补课,儿子很努力地学习,语文、数学考过80分,在班上仍是倒数第一。而"朱迅爸爸",在儿子班上任老师的家长名册里常常只是一个代号。

7岁的儿子在满是错别字的日记里写道:"爸爸,是一种相(想)念,是给(隔)上数月回家住的客人;是半夜回家开门所(锁)的声音,是背着行郎(囊)趁机溜走的背影;是接不通的电话,是QQ常黑着灯,短信、微信里偶尔冒出来只会说'是''好''知道了'的熟悉的陌生人……"

前不久,妻坐了两天两夜的火车来成都,我们相约去逛超市。路上,妻给我看手机拍摄的儿子的视频与照片:有"六一"儿童节的;有生日的;有在校园与小区玩耍的;有趴着身子歪着脖子做作业的;有做错事挨打的;有在小门诊打点滴的……我或悲或喜地看着一张张、一段段,心里酸酸的。

妻说,儿子又长高了一个头,下半年要念三年级了。现在知道出了小区后门独自去上学;进卫生间洗澡要关门;周末穿着短裤衩遇见班上的女同学会害羞了。

傍晚,我给在外婆家度暑假的儿子挂电话,接电话的岳母说,儿子在看动画片,磨蹭半天方才出来——我告诉儿子,我给他买了一个书包,是那种城里学生才用得起的带轮子的书包。儿子窘了半晌,方才蹦出一句——"知道了!"

儿子出生,过第一个生日,学会说第一个单词,学会唱一支完整的儿歌,生病躺在医院,作为父亲的我都不在身边;儿子看3D动漫搞不懂剧情,不懂得玩电子游戏,不明白如何与女生男生相处,不知道如何向老师认错,不敢向学校门卫要回她母亲寄放的雨伞,作为朋友的我仍不在身边;儿子逞能被同学撞倒满是伤痕回家,受了委屈不敢声张,没有零花钱第一次当小偷偷同学的橡皮与陀螺仪,上体育课跑到全班第一名,拿到第一朵小红花,期末考过90分拿着成绩单兴冲冲回家……作为家长,我依旧不在身边……

儿子8岁,父亲缺席6年。错过了一幕幕一场场一次次快乐的不快乐的作为正常孩子本该拥有父亲的童年生活的片断。

背叛泥土,就等于开始了无根的生活。告别孩子,就如同背负了难以补拾的亲子之债!

怕儿子长大,怕儿子高过父亲的头,怕儿子长大到放下了书包,告别了童年、少年……远离到作为他最亲爱的父亲即便伸长了双手恐难以企及的距离。

2013年8月27日于广州,刊于2017年3月18日《莆田晚报》/2017年12月《中国文化与产业》杂志

第二章　怕儿子长大

童年的尾巴

迅仔在爸妈的陪伴下度过了小学最后一个"六一"儿童节。接下来，念六年级的他要照毕业照，写毕业留言，整理同学通讯录，制作1—6年级生活与学习的PPT。对于即将到来的小升初考试，迅仔仿佛十分地淡定。

迅仔学习成绩在那所市重点小学排不上号，同学的家长忙着报考私立学校，托关系找熟人进重点初中或者上外国语中学，迅仔一副不以为然的姿态，既不为考试着急，也不为学业前途担忧。他的小脑袋里或许下意识地认为他根本没资格去想，只要主考科目拿到B，就不算太难看。此外，迅仔心中还在盘算着另外一件事。

小学6年，总算在一片"狼来了"的呐喊声中挨到了毕业。他想等参加完毕业典礼，就应该算正式走出小学校门了吧。既然毕了业，班级老师自然都卸了任，那就没有责任与意愿再管他们了，自然就不会留作业了吧。

迅仔想着去年暑假12篇作文、6篇调查报告……想着暑期大半时间被牢牢地盯在作业本上就后怕。他期盼着这个即将到来的唯一一次没有暑假作业的假期，长达70多天呢。他期待着去旅游，盼望着享受只有动画片、零食、跳跳棋与水弹枪的日子，那可是童年剩下的最后时光了呢。

总算等到成绩放了榜，迅仔果然语数英三科都拿了"B"。接下来毕业纪念活动在欢歌笑语中结束了，班主任老师在给同学们上最后一课时流下了不舍的泪水。

正如迅仔所料，老师留的作业并不多，除了"网络安全教育"与"课外阅读"外，只有每天一张的"书法临摹"。迅仔欢天喜地回到家，一屁股坐在网络电视前找出一直想看的动画片,一边还哼着班歌——"我们毕业了!"

迅仔在一大堆动画片中开心地度过了暑期的第一天。

第二天早上8:30还在睡懒觉的他便被妈妈叫醒。原来学校家长群里晒出了班主任老师的紧急通知——接上级教育部门指示,小学毕业生暑假活动增加"小学生反邪教知识竞赛""参观革命历史博物馆""参加文明礼貌培训知识讲座"……后面还有几项,迅仔认为轻车熟路,工作量不大,反正有父母帮助办妥,自己只要出两条腿两只耳朵,于是发了一小会儿脾气,继续蒙头补觉。

第五天早上8:30,迅仔在睡梦中再次被唤醒,他不耐烦地揉揉眼睛,小脑袋还沉浸在昨晚"机器人大战"场景中。

"你们学校来通知了!"

"不是通知过了吗?妈妈!"

"新学校呀,你们将要升上去念的四中呀!"

"是来录取通知书了么?"

"没有,是有关暑期作业的!"

"可我还没被这所学校录取呀?哪来的老师?哪来的作业呢?万一录取的不是这所学校呢?"

"对口招生学校错不了的。你瞧家长微信群都讨论开了,因为要迎接8月18日的分班考试,分出快慢班,所以学生们要积极复习备考。其中"六年级语数英模似试卷"每科6份;七年级语数英第一单元课目预习;中外名著小学生必读书目10本……写游记10篇……参加居委会主办的勤工俭学活动不少于3次……"

迅仔看着,脸上青一阵紫一阵。

迅仔妈算了一下时间,为了给迅仔留出分班前的功课复习时间,她决定提前启动十日游计划,条件是迅仔必须把功课做完一半。

第二章 怕儿子长大

很快,迅仔第一次登上了北京天安门城楼,第一次排着队走进电视里皇帝住的紫金城,第一次爬上长城,第一次游圆明园……太多的第一次,迅仔却兴奋不起来。

8月12日回到家,迅仔心烦意乱地面对来自两个学校的功课,剩下一半的作业不知从哪里下手。正烦恼着,迅妈妈从物业处取回了一封信件。其中一份是迅仔久盼的录取通知书。迅仔一看,开心得跳了起来,竟然是省重点中学——三中来的通知!迅仔突然想到妈妈曾帮他报名参加过三中招生摇号一事。

"太意外了,太意外了,全班级只有6名被摇中了……"

"迅仔,还有一份让你更意外的通知。"

"是什么?妈妈。"

"三中暑假作业内容通知。"

迅仔一把抢过,看着看着,眼泪扑嗒扑嗒掉了下来。原来,三中留的暑期作业与前面的学校不大一样,除了七年级功课预习一单元变成整本上册外,还有科学实验,社会劳动实践,15篇读后感……迅仔擦着眼泪,不敢往下看,望着窗外愣了老半天,嘴里嘟哝道:"妈妈,我的童年,就剩下一点尾巴了呀!"

刊于2018年6月21日《平潭时报·海坛风》

儿子的故乡

儿子上三年级的时候,语文老师布置的一项家庭作业是一篇作文——《我的故乡》。儿子回来后一副苦闷的模样,自个儿坐在书桌前苦思冥想。将达到熄灯睡觉时,他的作文本上居然一个字也没写。妻子问他,他一本正经地说——"我好像没有故乡呀!我生在妈妈的故乡,长在别人的故乡,而爸爸的故乡我就去过两三次。我哪来的故乡呢?"

湖北清江河畔有一个美丽的鄂西小县城,那里是土家族、苗族群居的地方,也是儿子的出生地。

儿子长到3岁时,便坐着长途列车到了福州。

对于这段生活经历,儿子表示,除了外公外婆一家人,桃片糕与扎耳根(鱼腥草)恐怕是他能想起来的最深刻的东西了。如果说,清江河畔是儿子的故乡,儿子歪着脑袋想了半天,表示不能同意。因为在那里他是寄养的,前后待了三四个春秋,三四岁记忆力本就不完整,需要人帮助复习与回味。因此记不全任何事也很正常。

一个啥都记不起来的地方,能是故乡吗?

妻子说:"儿子,故乡不是以你逗留时间的长短,以及你是否记得它来确定的,而是因为你出生在那里,你的户口本上写的籍贯是那里。"

儿子想了想,举出了一个例子:"我听说,有的母亲在飞机上生了孩子,难道飞机是那个孩子的故乡吗?"

他母亲说:"飞机经过的地方就是他的故乡呀!"

儿子傻了眼,摸着小脑袋想不通,半天脸憋得通红反问道:"如果,如果飞机下面是世界日期变更线附近的太平洋,是公共海洋,不属任何一国,那他的故乡就是太平洋?"

第二章 怕儿子长大

他的母亲无语,可关于儿子作文的主题还得讨论下去。

于是,他母亲说,按传统你是随你爸爸的,他的故乡就是你的故乡。而且你与你爸爸的祖先、亲人都在那里,你是朱家的子孙。我们也带你回去过好几次了,你也是在朱家祖宗面前磕过头的。

儿子也不同意,他反驳道:"我又没出生在那里,也没在那里长期待过。况且那里的人与事,我都没有印象。虽然祖宗们睡在那里,亲友们生活在那里,可你要我写我也写不出来呀,一个字都写不出来的地方能算自己的故乡吗?"

他母亲想想,也有道理。

我见他母亲拿他没办法了。于是,把儿子叫过来问他:"儿子,你说什么样的地方才能算是你的故乡呢?"

儿子想也没想飞快地回答:"我待过的最熟悉的地方,我能记住那里的许多事。"

我一拍脑袋,有了。"那么,按你这样讲,福州肯定就是你的故乡了!"

"是吗?为什么呀?"

"这不,你在福州待了五六年,居住时间是最长的了,而且你对我们家附近的学校、街道、老师、同学都十分熟悉。对这里的吃、喝、玩、乐场所也都熟悉。对吧?"

"对!"

"对,那不就是你的故乡了!开始写作文!"

儿子拿起笔,久久落不下去,扭过头来,表示坚决反对。

"可这里既不是爸爸的故乡,也不是妈妈的故乡,我也没出生在这里,学习卡上的籍贯写的也不是这里。我们不过是居住在这里呀,你与妈妈都是打工的,而且很可能不久我们还会搬家(之前搬过三次家,从一个工业区到另一个工业区,再到一个居民小区),我们不过暂住在别人的故乡。虽然说有事可写了,可我也不能欺骗老师呀!被班上同学们知道了要嘲笑的。"

最后妻子出来解围,说了一句话,儿子待在那里不再吱声,默默地流着泪开始写作文。

妻子讲的那句话是这样的——"儿子,有爸爸妈妈的地方就是家,就是故乡;我与你爸爸走到哪里,哪里就是你的家,就是你的故乡!……"

儿子写完作文,特深奥地说:"我懂了,我就是飞机上的孩子!不管飞到哪,我都没有故乡,可我知道我的故乡在哪了!"

我与他母亲很好奇儿子的作文题目,于是凑过去一看,儿子的作文题居然是——《父母的怀抱是我的故乡》!

看完,妻流下了酸涩的泪水。

刊于2018年7月4日《南方都市报·城市笔记》

第二章 怕儿子长大

再不陪我，就长大了

一

我曾与上三年级的儿子有过一段对话。那是我接他放学，替他背书包一同走进小区的大门时讲的。

同行的还有一对父女，女儿大约六七岁，应该是一年级的小朋友。儿子忽然扭过头扬起脸问："爸爸，你何时走？"

那一年，我在贵阳一家医院工作，正打算从那里离职前往广州谋生。

我告诉儿子："爸爸可能后天就得走了。"

儿子低下头，"爸爸，你能不走吗？在福州也能找到工作的吧？妈妈不是找到工作了！"

我想想，摸摸儿子的头说："爸爸再干一年就回家，我们得买个大点的房子，有两个卫生间的，你不是一直盼着这个吗？"

没想到，儿子说："我也可以攒零花钱的，攒个几年，买卫生间的钱应该就够了吧。你不必操太多的心。"

我笑了笑："好！两个卫生间就承包给你了。"

儿子十分得意地点了点头。

那是儿子唯一的一次央求我回家。我居然没问我不在他身边的日子，他在学校是否有人欺侮？学习是否对付得来？没爸爸陪着打球、游泳、跑步是不是很孤单？

我缓缓地落在了后面，我看见夕阳正斜斜地抚摸着儿子的后背，抚摸着背上衣服的折痕，抚摸着儿子漆黑的头发。我发现儿子壮实了许多。

那次回家，我不断地给儿子夹菜，陪儿子下跳跳棋，陪儿子斗地主，陪儿子跑步……可在辅导儿子做作业时，我发现他太多基础功课没掌握，学习严重跟不上，我没忍住打了儿子。打完后的当晚，我十分自责。我想过留在福州工作，可是福州工资没有西部高，一个打工仔要在城里扎根，老婆孩子花十块钱都要掂量掂量，我很难想象物质如此贫乏的家庭能挺多久。所谓"贫贱夫妻百事哀"，想着想着，我久久难以入眠。

二

儿子从此再也没有说过让我留在福州的话。

那些年，我先后在浙江嘉兴、重庆、湖州、成都、贵阳等地辗转谋生，生活十分不安定。后来去了广州，一待就是好几年。

以前都是两个月或者三个月回一次家。每次回家，儿子好像都不认识我似的；妻子觉得旁边多睡了一个人很不习惯。我仿佛成了多余的人。

而每次回家，假期就四五天时间，还是每月积攒起来的，逾期老板就得扣工资。四五天时间中飞机往返就得去掉两天，在家实际上只能待两天。带着妻子、儿子逛一下超市，买一下菜，做一两顿热乎乎的饭菜，时光就消耗殆尽了。

陪儿子聊天、游戏的时间少得可怜，儿子的学习基本上顾不上。回家的当晚，儿子总是把积攒了几个月的愿望要求我兑现，于是陪玩积木、折纸船、角色扮演等成了我回家第一课。有时候儿子玩着玩着倦了，就睡在我的腿上，直到妻子来喊醒他。

我不管在哪座城市，每次回家都会给儿子带一些玩具。比如能遥控的直升机、能用细鞭子抽的陀螺仪、能悬浮的磁铁，还有玩具枪、弹弓、高尔夫模拟球杆……他每次都一声不响地收起来，可不见他玩过，倒是常常在书柜的格子里发现它们被损坏的踪迹。

每次回家，我有个习惯，将满满的一箱东西当着儿子的面打开，分

第二章 怕儿子长大

门别类地给妻子与儿子。儿子从一开始还守在我旁边帮助清点,后来渐渐地不再关注。

以前,我去飞机场有妻子、儿子提醒,下飞机转乘大巴,儿子至少来电两三次问到哪了,多久能到达。我每次在小区都能见到守在门口的儿子。儿子不喊人,只是一声不响地从出租车上给我拎行李。途中,儿子常说的第一句话是"爸爸,妈妈在家里给你准备了你爱喝的稀饭";再长大些,这句话换成了——"爸爸,我在家里给你熬了你爱喝的稀饭……"

次日,儿子洗漱完毕吃过早餐,我们开始玩游戏,儿子玩着玩着便停下悬在半空的棋子或者游戏牌,冷不丁地问坐在地板上的我:"爸爸,你下次什么时候回家?"

三

儿子每次这么问的时候,我都不知道该如何作答。因为我回家的时间一般在月末月初。做医美的营销策划与经营管理,每天都得拼咨询量,拼上门量,拼成交量,拼业绩……也只有月末业绩完成,或者月初业绩尚有几天可以喘气的时间。这个时间便成了我回家的时间。可有时候碰到旺季,碰到院庆月、明星活动月,时间就不太固定了。有可能一连几个月都得加班加点,下面的员工不回家连着轴转,当领导的自然不能搞特殊,而且也不好意思向老板开口。

因此,儿子每次问,我就只能大概说个时间。而一连几次,我说的时间都超期,儿子便不再问了。

其实,在"暂住中国""大国空村"的历史大背景下,奔跑在沪杭线、京广线、广九线,奔跑在家与单位的人非常多。双城恋、双城记的爱情和婚姻几乎是一种新常态。

可每次瞥一眼儿子那天真无邪的眸子;每次看到接我的儿子个头长高;每次看到儿子背转身匆匆忙忙往家门口奔;每次看到儿子拿着小

枕头想要钻进我们的被窝,想要陪着我度过假日的最后一宿;每次抚摸着猫在妻子与我中间,睡得十分安稳与香甜的儿子的脸,我都特别难受。我回家的第一晚,儿子就光着脚丫子,拿着小枕头要与我们同睡,可总是被我无情地拒绝,看着他离去后的伤心样,妻子就跟过去安慰。因为长时间的离家,第一晚我想留给妻子。我真想多陪儿子一晚,也想多陪妻子一晚,可时间就那么多。若第一晚是夫妻的甜蜜日、家庭的幸福日,那么第二天便是妻子的发难日、家庭的冷战日。妻子每每因为儿子在家种种的表现,因为儿子的教育问题,因我这个做爸爸的缺位,儿子养就了诸多毛病与我发生争吵;或者因夫妻长期不在一起,生活细节的改变而争吵;或者因猜忌与不信任而争吵,或者因对各自老家发生的事情执不同意见而争吵……当然争吵一般到第四天离开的那晚结束。

因为有儿子的加盟,有儿子那不舍的泪水,有儿子的那句——"妈妈,我们安静地待一宿吧,爸爸明天就要走了。"

儿子一次上体育课,课前做预热——立定跳远。主课常摆尾被同学看不起的儿子想在体育课上表现出彩,想争回点颜面,于是他训练从楼道的台阶上往下跳。五级的台阶,儿子没能跳到地面,摔折了手臂。儿子不敢出声,体育课成了观望者,等老师与同学发现送校医务室时,已经过去两个多小时。卫生员初步诊断为粉碎性骨折,必须立即送往医院救治。从未受过大伤的儿子疼痛难忍十分无助,老师拨通了妻的电话,儿子在电话里喊出的第一句话居然是——"妈妈,救命!妈妈,救命……"

我听到妻在电话里讲述这起事故的经过时,流下了一位父亲内疚的泪水。

四

儿子上五年级了。有次考试,语数英都挂了科。妻在电话里抱怨,"每次打你电话,你不是在开会,就是准备组织开会,你怎么就那么忙呢?

第二章　怕儿子长大

你作为爸爸,什么时候关心过儿子?念初小时,你说不要紧,儿子不笨能跟上来的。眼见马上要初考了,你说这样的成绩能上初中吗?儿子听不懂老师讲的课回家找妈妈;受了伤受欺侮不敢说,胆小怕事没安全感,最后还是找妈妈;儿子没有任何爱好没有任何志向,培养儿子爱好还得找妈妈;儿子生理期马上要到了,引导与教育这事还要找妈妈吗?那儿子还要你这爸爸干吗?"

儿子也在电话里十分愤怒地冲我吼道:"爸爸,你别回家了,反正你爱赚钱,你就把赚的钱寄给我们就行了……"

听完,我开始反思。我在外打工赚钱养家,每个月按时把赚的钱绝大部分都寄给妻子。工作要求我必须对单位负责,对员工负责,对每一天的业绩进度负责。老板每月发我工资,要的是敬业奉献的员工。如果工作做不完,就得无条件加班熬夜。因为工作,我没法回家,没法守着老婆陪着孩子。老板买断了我的时间,我出卖了时间。为了回一趟家,我每周都不能休息,回一次家,我把时间的一半花在路上,每次一上车最幸福的事就是看书、睡觉。而每次回家,我得面对妻子的眼泪与抱怨,面对儿子的不解与沉默。我得下厨房做饭,我得做全屋的卫生,我得抽上一小会时间陪一下快不认识我的儿子;回到单位还得加班加点不休不眠地工作。我竭尽全力,心累,身体更累,我累来累去还不是为了这个家,为了这个家庭的未来,我难道有错吗?

妻在电话那端不语。

不久,妻子辞了职,专职辅导儿子的学习。而我似乎更忙了,忙着出差,忙着赶飞机,忙着应酬,忙着准备一场场的会议,忙着……

我就这样忙着,儿子再没给我讲他学校与班级发生的故事,包括难解的数学题、难懂的社会关系问题、难说的关于男人间的悄悄话。

我曾多次答应过妻子、儿子,再干一年,我们新房子的首付款就够了;再干一年,我们的房贷就快还清了;再干一年,我们就存够孩子念大学的费用了;再干一年,我们就攒足夫妻养老的生活费了……

就在一年一年的目标追赶中,我一次次地错过了儿子的童年,错过了儿子需要一位父亲陪伴的年龄;错过了儿子一次次的家长会;错过了回家的日子。因为加薪,因为调岗,因为升职,因为……因为太多无法回家的理由,我一次次失信于妻子,失信于孩子,失信于自己。我欠妻子一个正常的丈夫,欠儿子一个合格的父亲。

儿子过小学最后一个"六一"儿童节时,我请了假回家陪儿子。我想弥补12年的亏欠。我们一家三口看完电影《羞羞的铁拳》出来,儿子瞅着店里的冰淇淋流口水,我给儿子与妻子都买了一个。儿子吃完,对我说,能陪我打一次篮球吗?

我知道儿子用自己攒的零花钱(一周10元生活费,5元零花钱,据说是班上零花钱最少的学生)买了一个篮球,每天只是摸摸,却一次没有上球场打过。

我本想拒绝,因为我得赶紧回家用电脑给单位的同事发封邮件,他们等着我的决策。儿子一抹嘴上的奶油,抬起头望着我怯生生地说:"爸爸,再不陪我,我就长大了……"

2018年1月15日于沈阳

第三章　记住就是感恩

第三章　记住就是感恩

油菜花又开

　　一到3月，几乎所有网络与平面媒体关于"桃花节""油菜花节"等招揽游客的关键词便铺天盖地汹涌而来，晒出的大幅油菜花高清图片便一下子捕获了离人的心。仿佛温暖的阳光裹着催情的风将我们脚下的每一寸土地迫不及待地往春天的路上带。

怀　春

　　3月，淋浴了阳光雨露的春风变得更加温柔多情，爬上泥巴墙时，蔷薇花开了；吹上枝头时，桃树羞红了脸，连老槐树都一夜间隆起芽苞；春风吹上小路时，小草从大地的怀里伸出手臂一路欢呼；春风吹进田野时，草莓露出了红扑扑的脸蛋儿。油菜花是在大地的劝导下最后拥抱春天的。

　　前年3月，我在贵阳贵定的音寨见到过据说是世上最美的"油菜花"，去的时候稍稍误了花期。号称"金海雪山"的音寨有着千亩李树与万亩油菜花。这些李树种在高高的山冈上，密密麻麻，覆盖了一个个山头，远远望去像堆满积雪的雪山一样。而油菜花则簇拥在山谷里，迎着风一波接一波地腾起巨浪，像极了"金色的海"。

　　在音寨的金海中，两条新修的水泥路从入口到出口形成一个闭环，将油菜花与梨树林分成两个庞大的区域，中间夹着一条弯弯的小溪。水泥路上游人如织，蜜蜂成群。

　　游客大多是来自贵阳及附近的城市。有组团包车来的，有一家子开着小车来的，以老头老太太们居多。老太太们戴着路边买的花草帽，钻到油菜花地里或田埂上，摆着各种各样特萌的姿势，拍着特写。每个人脸上都洋溢着浓浓的笑意，天真烂漫得像怀春的少女。或许留给他们的春天本就不多，于是她们放下了太多的牵绊与束缚。

在油菜花海的中央，有一处手工艺品展区暴露在阳光下。展区除了一些大多数景点都能看到的玉石、贝壳、流行饰品与纺织品外，还有些山里产的木制品。我们一行三人低着头挑着，寻思着带一些纪念品给家人。忽然一抹馨香飘了过来，这香味有着油菜花一般的芬芳，只是更淡更迷人。香味来自一位女孩。十八九岁的样子，有着一张白里透红的脸，一个翘挺秀气的鼻子和一对可爱的苹果肌。她穿着一条花格子短裙，弯腰时脸蛋儿几乎贴着我的手臂。我们相中了同一件带着红穗的书签。我的手指抓住书签的同时她的手抓住我。她一子下羞红了脸。"大叔，能让给我吗？我喜欢。"她说这话时，饱满的前胸起起伏伏，脸上再度泛起一圈红晕。这无疑是一个怀春的少女才有的娇羞与腼腆。最后她拿走了书签，没走几步又折回来道谢。不远处，一对银发老人在向她挥手。

她的背影很美，像一樽加长的酒葫芦。在这花香迷漫、生机勃勃的金海雪山中，我想起了叶。

20年前，我就是在油菜花开的故乡与她重逢的。我们曾是六七年的笔友，那个时候网络与手机通信还没有在国内兴起，写信贴邮票，到邮局发信，再到收读信件成了那个年代年轻男女表达情感最幸福的事。

叶第一次给我写信时也是十八九岁的样子。她在信中写道："家乡的油菜花开了，一坡一坡的鹅黄与嫩绿，漫山遍野。我在报刊上看到了你写的诗——《我在春天等你》，很美，美得像个童话。"

执　念

叶有着油菜花一样的纯朴，骨子里却涌动着一种坚韧与执拗。

叶曾是一位乡村女教师。我收到她的第一张照片时又是一个春天。

照片中的她身着一件蓝白相间的裙子,立在开满油菜花的山道上,笑靥如花,一对灵动的眼闪着智慧的光芒。

叶能写一手娟秀的行楷,她的字清新细腻,常常让人产生一种强烈的爱怜。她居然会在信中写道:"今天学校放假,傍晚我去了田野,西天挂着满天的晚霞,很美。你在哪?你还好吗?我告诉你我可不好,我在油菜花地掐嫩茎儿,打算做菜吃,可香呢。可在摘菜时,不巧遇见了一大群蜜蜂。我被蜜蜂追着满山跑,跑丢了一只鞋……"

"沃田桑景晚,平野菜花春。"我想象着叶应该是在自家的菜地里,这菜地应该是在高高的山坡下,油菜花刚刚绽放。有的或者还打着苞儿,青翠欲滴。而蜜蜂许是正好结伴来采蜜。一袭粉红裙装的叶拎着篮子,半蹲在花丛中,如花的容颜散佚着芳香。蜜蜂许是把叶当成一朵盛开的油菜花了吧?

叶还在信中教我如何将油菜花、苹果、柠檬与少许蜂蜜制成果汁。说是能对高血压、贫血有一定疗效。她说她父亲做过赤脚医生,常在山上采些草药来做方子。尽管我有贫血的毛病,但一直没试过这药方。不是担心它不灵光,而是我一直盼着能见到叶,我想只要叶懂就行了。

叶与我的恋情,反对声最大的是她那位当赤脚医生的老父亲。她的母亲早逝,没有育下男丁。父亲一辈子靠山而生,他想把女儿留在身边,而不是离开大山,离乡千里,见一面都难。

在叶给我写第105封信的那年春天,我在叶的故乡与叶重逢,像一对等候了千年的恋人。

我们依偎在山道旁。山道边是一坡坡菜地,油菜花正在山冈上悄然怒放。山道的尽头是叶的父亲为叶新建的一家杂货铺。

叶躺在我的怀里喜极而泣。她说,她已办好了证件,打算跟我出远门。不管父亲同不同意,反正明天就走。可是一想到与我成家后,一双筷子、一只碗都得靠我们的双手一个个来挣,感觉好揪心,也好幸福。

那些年是我人生中处于低谷的几年。叶的工作也不太顺,叶所在的学校面临整合,师资富余,叶的工作可能保不住。叶的生活也不顺,家姐招了女婿,她的父亲想早些把她嫁出去,嫁给当地人。而她一直拒绝着,等了我五六年。

那刻,我除了把她紧紧地搂在怀里,做不了任何的事。我告诉自己一定不能负她。

那天,叶采摘了一些油菜花放在玻璃瓶中,装上水,送到我住的房间里来。那间房原本是她的闺房,尽管是间土坯房,但打扫得非常干净。一张老式书桌上摆放着一些书籍,书桌抽屉上着锁。书桌上方的墙上挂有她拍的以及我寄给她的照片。旧式木床上还挂着白色的蚊帐。床尾一端的墙上贴着我写给她的行书条幅——"人生何处不相逢,相逢何必曾相识"。

于是那夜,我躺在她新浆洗的被子里,把脸贴在她绣着花的枕头上,又闻到了满屋的淡淡的花香。我想象着牵着叶的手,徜徉在开满油菜花的春天里;想着我们坐上车,去了远方。

悲 喜

叶那日给我的承诺让我兴奋了一晚,可是第二天我们没能成行,她的父亲突然患病,住进了医院。我不敢说这是否天意,从医院出来,我们匆匆惜别。叶说等她父亲一有好转就联系我,让我先出去安心工作,在城里等着她。

一年,两年……我终究没能等到她,却等来了母亲去世的消息。

母亲是农村旧式妇女,有着勤劳、善良与坚韧不拔的品性。她非常喜欢油菜花。每年油菜苗疯长的二月,她会背着锄在田间转悠,给菜地除草,排水,施肥,一直守候着油菜花茎一天天粗壮,花苞一天天饱满,再一朵朵盛开。有时,她会采一两株,或者编个小花环,给姐姐们戴上。

第三章　记住就是感恩

"江乡正月尾，菜薹味胜肉。茎同牛奶腴，叶映翠纹绿。"母亲会做腊肉爆炒油菜芯，每年的春天炒油菜芯是我们家餐桌上最常见的一道菜。母亲还会将嫩菜叶切碎与淀粉一起，和五花肉一起蒸。做出的油菜蒸菜滑而不腻，浓香扑鼻。

母亲素喜种油菜。她种油菜的积极性远比其他农作物要高。而最朴素的目的就是"榨油"。为了能种更多的油菜榨更多的油，只要是她管理的菜地或发现无主的荒坡，不论地大小路远近，她都会用锄头一点点地挖，一点点地种。而且她自己一人能做的事从不找人帮忙。为了让荒地的油菜有较高的产出，她从田里移出多余的油菜苗再种到坡上，施上化肥与农家肥。

她的方法确实很有效。小时候，家里或许会缺钱，缺肉，但从未缺过蔬菜、缺过油，还常常会有余油。

母亲虽然没上过学堂，但会算简单的经济账，1亩地通常能产油菜籽三百多斤，能换油一百多斤，她知道家里几口人每年要吃多少斤菜油。即便是在她患重疾故去的那年冬天，仍强撑着病体种下了3亩地的油菜。她对劝慰她的村邻说："我活着一天，家里没缺过菜油。我不在了，可我的孩子们还要吃……我怕是等不了，地也等不了，可是我的孩子们可以等到油菜收获！"

"凌寒冒雪几经霜，一沐春风万顷黄。映带斜阳金满眼，英残骨碎籽犹香。"如果用这首诗来描述母亲的一生也不为过。

母亲是在油菜花长粗壮的嫩茎时去世的。去世前，据说她撑着羸弱不堪的躯体一步步挪到后村的二堂嫂家，想讨碗油菜与淀粉做的蒸菜吃。

那些天很少进食的母亲一口气吃下了一大碗。一身硬气的母亲从没有向谁讨过一碗水喝。我能想象，在她人生最后的节点，她挪着病体走向后村需要多大的勇气，而她在咽下那道菜时又是怎样的一种心情。

她甚至没去相对较近、厨艺更好的大堂嫂家,或许是因为大堂嫂家子孙多,恐怕没有时间来满足她最后的心愿,又或许是怕在大堂嫂家遇见仍然健朗的大伯娘,怕自己的心愿不好意思说出口。然而在她人生的最后一程,她没能把手伸向自己养育的子女,而是把希望伸向了离她最近的亲友。可见,让她低头的那碗看似稀松平常的油菜蒸菜,在她的心中有着怎样的一种执念,又是怎样的一种分量。

母亲是次日清晨微笑着合上双眼的。她是怀着对养育了她与她的子女们一辈子的黄土地的感恩,怀着对即将到来的又一个春天的憧憬而离去的。如果说有遗憾,她应该遗憾自己没能活着等到子孙们承欢膝下,没能活见到那年的油菜花开。我想,那碗她讨来的油菜蒸菜应该是她在这世上感觉最丰盛最满足的晚餐了。

10年后,我从千里之外的城里回乡。上坟时正逢又一年的春天。我立在母亲的坟前,周围的山坡麦苗青青,菜花正黄。我缓缓地跪了下去,为了那份不可补拾的痛。而在我身旁是她期待太久的儿媳,我新婚的妻子,她的手里正掬着一捧盛开的油菜花。我多么希望母亲能看到这一幕,看到油菜在她博大的怀抱里像从前一样一坡一坡地绽放。

复　活

20年后的今天,妻打电话来说,油菜花又开了,在城郊的马路边,开得很旺,开得比去年还要旺。问我何时回去,一起去看油菜花。

尽管妻知道,城郊的油菜花再旺也不会有故乡那番浓烈,也不会带着故乡泥土的那种芬芳。但每年妻都会陪我去看,在3月春来的某一日,在一个阳光灿烂的早晨。

我时常想,我生命中最重要的几个女性,都与春天,与油菜花有着解不开的情结,或悲或喜,或浓或淡。

女友对油菜花的爱,是一种对未来美好生活的期待;母亲对油菜花的爱是缘于一种感恩与奉献；而妻子对油菜花的爱则是因为对我所爱的人最纯朴的爱。

油菜花的花语是"奉献"与"加油"。它生长在垄头陌上，非常纯朴善良，它永远怀着一颗纯真坚韧的心，为着一年一次的盛开而守望期待；而等迈过盛年，它则化作一粒粒饱满的种子为着生命的延续而加油；即便是最后倒下燃为灰烬，仍旧要化为满山遍野的希望，在那块古老的黄土地上与春天一起复活。

而我深深知道，这一切都因"爱"的缘故。

2016年3月12日于广州，部分章节刊于2017年3月1日《南方都市报·城市笔记》《兰州晚报》

附：诗歌《我在春天等你》原文

往事经过的地方

油菜花漫山遍野地绽放

春草斜阳，晚照噙香

你娉婷的背影

倒映在春水中央

春风无言，垄头陌上

醉了不归的霞光

我盛年的女子，你浅浅笑容

倦卧花间的模样

在一坡坡的花开之后

潜入谁的梦乡

晨起无人

让我路过你的世界

无人的小屋
承载不起满庭的芬芳
新添的红瓦
新砌的泥墙
一如你掩藏不住的心事
伤不起的心房
在枝枝蔓蔓的荣枯之间
此消彼长

布谷声断,岁月几度扬花
我沧桑的容颜
抵挡不住花期的催促
然而纵使春归画卷
纵使化作春泥
我依旧期待,期待——你的出现
在遇见白云花海的路旁
在往事经过的地方

我在春天等你
你,又在何方?

第三章　记住就是感恩

栀子花香

　　几年没回故乡了，莲不久前来信说，院子里的栀子花又开了，七层的花瓣，雪白雪白的，很香。村里的小孩子常翻过院墙来采摘，问我何时得空回去。我握着噙香的信笺，读莲简短的文字，不能自已。

　　莲是那年夏天搬到我们村子与我家结邻的。我只知道她打南方来，有一位身子骨儿不大健朗的父亲和两个小妹。莲很清秀，两颊深深的笑靥常让村里的小伙子们蠢蠢欲动。莲一来就和她父亲承包了我家抛荒的十来亩地，莲一个人能下地使牛，一天能插五分地的秧苗，我难以相信她只有16岁。母亲常对莲父亲说，莲这娃模样儿俊，能干、贤淑，谁家娶了她做媳妇，福气呢。莲的父亲烧一只烟袋衔在嘴里嘿嘿地笑。

　　记得唯一的大哥就是在那年娶了城里的大嫂并宣布搬进城去住的，他走前替母亲和我做的一件伟大的事便是在后院里打了村里第一口水井。那水井很快成了左邻右舍公用的"大水缸"，冷清的家又热闹起来。莲也常来我家打水，见了我总羞涩地笑笑然后转身折到后院，少与我搭言。碰到母亲在后院菜地里忙活，也不时拎了大桶小桶帮母亲浇水、施肥。自然母亲当莲的面数落我的次数也渐次多了起来，我则捧了夏洛蒂-勃朗特三姐妹的小说躲在房间里，充耳不闻，自得其乐。

　　我和莲之间关系产生微妙的变化是母亲将院子里那株栀子花树一声不响地连根掘起给了莲后。那棵树是我考上中学后，哥哥为我种下的。后来母亲解释说院子里的菜地要扩充，以便多卖一些钱贴补家用，不能总靠着大哥。再说栀子花是女孩子的花，留着也没用。女孩子的花？我想起了莲，一时语塞，但我依旧很生母亲的气。莲那晚到我房里来向我道歉，莲穿了件花格子长裙，辫子上扎着两朵栀子花，黑白相间，像极了简·爱,我没理她。

第二天莲又剪了几束栀子花枝,用水瓶子插了送我。我让她帮我摆在窗台上,她浅笑着俯身嗅了嗅花,在她弧度优美的嘴角亲近花的刹那,我偷眼看她,心竟一阵莫名地颤动。那整个夏天,我感觉房间里总弥漫着栀子花的馨香,梦里也总有花格子长裙的身影不停地晃悠。

一年后,我考取了大学,莲也受政策的熏陶,学会了立体养殖技术,搞起了立体农业。我常收到莲寄的副食品和母亲托莲写的信,莲说母亲成了她的好帮手,而我深深知道,日见羸弱的母亲,实则是受了莲的照顾。

大三那年暑假,母亲病故。我知道母亲一直有一个愿望,希望我娶了莲做媳妇。我回去料理完丧事,为感谢莲,我帮莲跑市场、购饲料、买拖拉机,忙碌了一个夏天。走时,莲来送我,她穿了那件花格子长裙,莲不说话,趴在我的肩头哭。我埋首莲的发间,蓦地闻到一股栀子花的馨香。我看见两枝新绽的栀子花又插在莲的头上,随着莲的抽泣正轻轻地颤动。莲从我肩上抬起头来推开我说,你放心走吧,家里有我照看呢。后来我毕业去了南方,莲把我家的院墙开了个小门,同她家连了起来,还把那棵栀子花树移回了我家院子。

莲说她怀念那段日子,于是莲每年夏天都要来信告诉我故乡的栀子花开的消息,无论我飘落在何方!

2001年5月13日于福州,刊于2017年6月26日《南方都市报》

第三章　记住就是感恩

谁不是行色匆匆一个人走

一位快要奔四的同窗，前段时间在离我千里之外的城市登记结了婚，还摆了酒席，我却一无所知。事后我十分生气地骂他太不够兄弟，他说："你离得那么远，回来要请假，请假要扣工资，既然影响朋友工作，损害朋友利益，就不必了，再说不过是摆几桌酒没什么；老婆在外地工作，结了婚，还不是要分开过。"

那是一位给了我许多帮助的朋友，他把婚姻看得比较淡，而把友情看得很重，我觉得很对不住他。

同学在那座城市生活了14年，在那座城市有着一份很稳定的工作，自然也有着一大堆的朋友。婚前，他买的一套新房几年都没有装修，有几位同学于是主动要求借钱给他装修，最后都被他谢绝了。他说，每个人都有自己的家庭、工作和不愿外道的难处，借了同学的钱一时还不了，影响感情。

城市对他而言，婚姻对他而言，似乎只是一个人。

某日上班，打开电脑，一位在我看来十分知性的女同事尧在QQ签名栏居然留了四个字——"一个人走！"我当时吃了一惊。这位家在豫中的同事是单位的骨干，长得出色，工作也出色，可不能没打一声招呼就走了。我立马问她发生了什么事，她发了个微笑表情后说："没事呀，不过一时的感念。"

后来才依稀弄明白，原来她不过是每天急急忙忙走着同一条路或赶着同一趟公交去上班，再急急忙忙走着同一条路或赶着同一趟班车回住所。来去一个人，因此感到有些孤寂。

记得尧是位十分爱繁华和热闹的未婚女子，隔三岔五得空就会去趟临近的大都市访友购物,或者摁着大拇指孜孜不倦地给朋友发短信,常常是一脸幸福、满足。她收入不错,人缘不错,追求她的优秀男人自然也不少,印象中她在每座城市都似乎可以成为主人。主人自然不会太孤独的,可是尧却感到这座城市的孤独。

一个如此热爱繁华又不乏追求者的女子,繁华都市对她而言,居然只是一个人。

而我大抵也是一个人。

来现在生活的这座城市之前,我在南方一座城市蜗居了10年,单位的老板成了我的衣食父母;与我共事的一位同事成了我妻子;在那座城市的某个角落,也有了以我名字登记的简陋住所;在城市东边或是西边,还生活着我为数不多的几个朋友。对于故乡在千里之外乡下的我而言,他们组成了那座城市的标签,构成了我对那座城市最难舍的记忆。

我一直以为,我很富有,因为拥有他们。可是在金融危机的风潮袭击那座城市时,一家又一家企业停产,一家又一家小店铺歇业,我忽然感到一座城市的脆弱。而当看着身边失业的朋友、同事每天背着一大堆文凭、证书,奔跑在求职的路上;当我疲惫走在回家的楼梯或过道上,听到山响的关门声,我又感到了人性的脆弱。世界在那一刻仿佛无限缩小,在切割成块状的窄小空间里,人近乎是圈养着的动物,自个儿寻食觅巢,谁管外面的人是谁?谁又管你是谁?

我是一个人去江南的,忙着上班的妻子也没有送我。如今,一家三口分居三座城,孩子在老家县城、妻子在南方都市,我在江南小镇……朋友成了网上经常亮着灯却无暇搭理的符号;亲人渐渐成了手机上的电话号码;那城市也变成了储存在我电脑里的一张张印象画式的图片。

在大大小小的城市,谁又不是一个人呢?

川流不息的车,赶路的行人,开启而后关闭的路灯,窗台上兀自开谢的花枝,以及躺在担架上被推进手术室的病人……繁华似乎永远都被阻隔在外，面对今天的宁静，面对明天的不可卜知，面对生存的挑战，谁又能躲避一个人的孤独。

一座城市，一个人。我们与一座城不过是在谈一场恋爱，个人的知识技能、固定资产、适应能力、个体关系构成了与之相爱的筹码。而爱情不过是以"从前……"结束的童话。

2009 年 3 月 18 日于嘉兴，刊于 2016 年 3 月 24 日《南方都市报·城市笔记》

云中谁寄锦书来

当网购成了大多数市民的生活必需品,当电子邮件、短信、QQ、微信、微博、推特、APP、商务通、快商通、视频直播等成了社交主平台,当语音与视频成了行为模式,当1秒钟能让全球人类面对面,当拇指与快餐文化成为主流,当智能化进入百姓家,当搜索引擎包打天下,当微文化的洪流攻城略地,势不可挡地攻陷地球上每一个行业每一个角落;曾经到邮局排队取件、到街上的邮筒投递信件,提笔写封家书成了明日黄花,尘封于记忆的长河中。

可每当接到快递电话,听到快递员通知签收邮件,心头总是一热,总让我迅速想起过去骑着单车摇着铃铛走村串户的邮递员。那仰起脖子朝着大楼的一声吆喝——"谁谁谁,有你的信……"

我记得以前写封信,点上煤油灯夜奔,往往要花一个晚上的时间。如果是许多年没有消息往来的,信的内容要跨好几个春秋。从称呼开始,怎么开头,每个段落写什么,事件讲述如何安排,什么话该说,什么话不该说,左思右想,煞费苦心。生怕收信的亲友会误解,生怕信件在投递与邮寄的过程中遗失,生怕中途被不相干的人私拆、偷窥。

若是求爱信,那就更有讲究了。引经据典,遣词造句,文斟句酌,那可是推敲再推敲。一个字写错,就必须撕掉重写。撕了写,写了撕,个中经历了多少灵与肉的碰撞与折磨。

而今天,写错了敲打一下回车键,不会写就百度一下,写不下去了就搜索好词好句——Ctrl+V再Ctrl+C;想认识谁,握紧手机摇一摇,立马呈上一堆"巧笑倩兮,美目盼兮"的佳人,没准还能找到网恋对象。

于是碰到谁都是"亲",男的都是"哥哥",女的都是"宝贝";问什么都是"NANI",谈起谁都是"我的神";而一感到不安,就是"吓死宝宝了",稍有不满就是"CMTD"……没大没小没先没后没上没下,线上线下,没有谁要尊敬谁,谁也不必稀罕谁谁也不必在乎谁……

曾经,一封信写好,那恭敬之情可谓溢于言表。先是使唇上功夫了,一边吸气一边哈气,一边掌灯一边温烤,急盼着墨水快快干。然后小心翼翼地叠成千纸鹤或者小鸟之类,再装入表情表意的信封,选择不同方位贴上具有象征意义的邮票,早早出门,快快奔向邮局的路。

若是碰巧邮差经过,那个火急火燎抓耳挠腮的表情可想而知。而此后的等待更是让人难以抵挡。甜蜜与焦急,担忧与期待相互交织,让人辗转反侧,难以入睡。往往半夜醒转,披衣下床,庭院踱步,月色当空,五味杂陈——"驿寄梅花,鱼传尺素,砌成此恨无重数"……

想想八百里加急的邮差,想想一辆驴车,一部单车在九曲回肠的山道上穿行,想想风里来雨里去,想想雄关漫道,想想受各种交通与政治条件限制,长久的隔膜,那种见字如晤的亲切感,那种捧着书信手舞足蹈的惊喜感可见一斑——来信啦,来信啦……"开拆远书何事喜,数行家信抵千金"。

一封信若要写得动人,除了文字功底好,还要字写得好。一手蝇头小楷,一行娟秀的字迹,字如其人,文如其行,字里行间,深藏着多少德行与操守,深藏着多少爱恋与相思。

一行心字一行泪,一寸相思一寸灰……那从信笺里隐隐散发出来的淡淡墨香,写信人手指淡淡的余香,犹如遥想中姑娘的体香,足以让人怀想经年。而一拆一读,一来一往,笔交神会,让多少情感沉淀,铸就多少人间佳话,千古传奇。

"洛阳城里见秋风,欲作家书意万重"……我素爱书画,碰到信笺总是剁手都要买下来。总想写写书信,秀秀文采,晒晒书法,露露丹青。可是每次买回来,坐于桌前,磨好墨执起笔,却发现无信可写,无处可寄,自然也无信可等。时间长了,意已阑珊,信笺便束之高阁,尽惹尘埃。

纸上的亲情、友情与爱情似乎变得日益珍贵起来。钢笔、毛笔、信纸、信封、邮票等似乎正在淡出百姓的生活,成为抢救中的非物质文化遗产。写信寄信似乎成了专业机构的事,成了例行公事,成了无聊的附庸风雅的事,或许终将成为小说中的故事了吧。

"云中谁寄锦书来,雁字回时,月满西楼"……我怀想从前,怀念有信可写有信可寄有信可等的纸上情感时代,怀念纸上的爱情,纸上的天上人间,万水千山。

又是年终岁末时,我仿佛看见一封封情深义重的书信,一张张平安吉祥的贺卡正在跨越国界跨越时空,在情感的旅途飞奔……

2018年1月6日于沈阳

大舅的格言

【题记】

在故乡，我大舅有句非常经典的格言，在十里八乡有着相当的影响力。这句格言是——"七十二行好买卖，唯有种田打土块！"

一支墨斗定方圆

大舅是位农民，但不是位地地道道、本本分分打土块的人。大舅一手拿铁锹、锄头的时候，一手还兼做着一份临工——那便是"木匠活"。在旧时那可是下九流的行当（优伶、婢女、娼妓、乞丐、恶棍、剃头师傅、当铺、灶头厨师、木匠），可大舅不管什么九流不九流，活下去才是硬道理。

大舅四方脸，扁扁的鼻子，宽宽的额头，少发的头顶闪着智慧的光芒。我们家大到织机纺车、椽子檩条、门窗桌椅、水车风车板车独轮车，小到扬谷的木锨铁锹、茶盘果盘……只要是木质用具，几乎都出自大舅之手。

年轻时代的大舅是啥样，我不知道。听母亲说，大舅小学没读完就因外公去世而辍学了，8岁不到就下田插秧犁地，可想而知，严酷的生活环境教会了没上几年学堂的大舅——"再穷再苦饿不死手艺人"这个朴素的道理。打我记事起，大舅就已经是成名的木匠师傅了。

大舅拜的师傅是我们自然村一位姓鄢的老木匠。老先生精瘦，两眼会放光，其住处离我们家不过两三里路。大舅常常在逢年过节拜过师傅之后拐到我们家小憩。母亲总会与大舅拉家常，问大舅活路多不多，生活担子重不重，孩子们吃不吃得饱饭……

冬天农闲的时候,我常在村道上看见大舅。下着雪的乡土路,天寒地冻,路断人稀,戴着雷锋帽的大舅一头挑着大大小小的刨子、钻子以及不同规格的尺子等工具,一头挑着做木工必不可少的长凳子……

我最感兴趣的是大舅的墨斗。

大舅每次来我们家做木活,我都打他墨斗的主意,有时会伙同四表哥一起去偷。我们跑到外面的石板上、大树上弹墨画线,或者在地上划跳行(乡下一种用脚踢动瓦片或石块运动的儿童游戏,也叫跳方格)的线框。如果被大舅抓住,免不了一顿训斥与责罚。跟随大舅学手艺的大表哥、二表哥则手执刨子一边刨木料一边偷偷地笑。

过去做家具,木料都要先用镶了木楔的有刀口的四方形铁器刨皮,刨得越平整光滑越见功底,接下来用尺子测量,再用墨斗校正曲直,保证形状规则符合要求,最后才用锯子下料。而墨斗是关键。

大舅说墨斗是祖师爷鲁班造出来的,它是一种椭圆形的木质工具,一头有墨盆,也叫墨池,像笔筒一样;一头卷着细绳线,线头上系着线坠儿,叫班母(常常用铁钉代替),是纪念鲁班母亲的;而另一头装着海绵与墨汁。细线要通过前端的小洞进入墨池,穿过墨池的线就成了墨绳。操作时,要用一块木片,叫叮木尺,用尺按压海绵让线蘸满墨汁,然后按着海绵徐徐引出。由于在弯木头上是画不出一条直线的,因此要用墨斗在木料上固定拉直,再用手倏地拉起弹下,一条笔直笔直的墨线就出现了。

墨斗是大舅的宝贝,他看得很紧。大舅抽烟很有节制,喝酒也不贪杯,我们能偷到墨斗的机会自然不多。有次大舅主动拿出墨斗给我们讲解:"墨斗测方圆,好比我们的人生路。欲知方圆,必立规矩。方,是规矩、框架,是制度,是做人之本;圆,是圆融、通达,是处世之道。"

后来,我读《荀子》,才明白墨斗"测方圆,辨曲直"的道理缘自"木直中绳,鞣以为轮"。而"直"就是用绳来校准的。

大舅一生严谨,信守祖师爷的教诲,做人正直不阿,不仅凭着过硬的

第三章　记住就是感恩

木匠手艺在方圆十里八乡闯出了名气,更是将其中的人生哲理传递给身边的人,包括他的六个孩子及众多的弟子。

一生绝活一场空

大舅的木匠手艺是与时俱进的。他不仅能造农具,还能造织锦用的织机,能造绣楼,能生产现代化的课桌、组合家具,以及复杂的建筑木雕工艺(如屋檐的狮子头、麒麟等祥兽)。村里人盖房子大都请大舅做军师。

大舅在荣誉中体面地过了30年。20世纪八九十年代,随着交通的日益便利化,以及农村经济与生活水平的提高,木匠行当从农闲时的业余作业、流动式作业,演变成了作坊式、固定式生产;机械设备代替了手工,专业代替了业余。宽敞明亮、风雨不侵、经久耐用的铝合金门窗代替了传统的木质门窗。乡镇诞生了一批专门从事木材加工、家具定制的小企业,人们购置家具走向集成化、定制化。

大舅的市场变小了,活路越来越少了。很长一段时间,大舅只能承接一些制作小农具的活。大舅常常闲在家里,望着工具箱,望着一堆刨子锤子钻子发呆。几位表哥坐不住了,决定出门另谋生路。

首先放弃木匠活的是大表哥。他先是做了一年的生产队长,发现了乡镇经济变革带来基建项目兴盛的苗头,很快承包了临镇的一家米厂,没两年又承包了一家碎石厂。接着二表哥也跟了出去,成了合伙人。老大老二的背叛,引发了其他弟子们的思考,跟着大舅走村串乡的人渐渐少了。大舅常常是一个人背着行当,孤单地走在弯弯曲曲的乡间小道上。

大舅想,这世道变了?怎么就变了呢?!自己为此奋斗了大半生,吃了大半生的千家饭,到头来成了闲人,成了没用的人。

大舅想起那些因乡镇扩建失去土地的村民们,他们每天扛着农具,养着牛,却只能游荡在垄头陌上。大舅想,至少自己还有地,儿子们不种,自己种;至少自己还有房子,还有活干。

然而没几年,农具全部机械化,不再需要刀耕火种与冷兵器,牛跟着下岗了。播种插秧打谷,也都不用人力了,脸朝黄土背朝天的时代过去了。大舅的话语一天天少了,人也日益衰老下去。

"七十二行好买卖,唯有种田打土块!"——这曾是大舅闻名乡里的格言,然而最后连他也不知道——这地,自己到底还能种多久?

一堵矮墙四幢房

大舅先后建了三幢房子,买了邻家一幢土屋。随着儿子、孙子们先后告别泥土,大舅身边只剩下舅妈。家乡四季雨水充沛,房子年年要维修,前后左右四幢房,大舅常常忙得不亦乐乎。

几年前春节回家,大舅与舅妈蒸炒卤煮,准备了一大桌家乡菜。由于时间关系,我们没有在大舅家逗留,没有留下来吃拜年饭,大舅一脸的失望。

前年春节回家,大舅没有再准备饭菜,大舅与舅妈在屋檐下晒着太阳。午后的阳光洒在老屋的土墙上,洒在大舅与舅妈古铜色的面颊上,洒在舅妈拄着的一根拐杖上,洒在残留着一堆鞭炮与稻草灰烬的禾场上,洒在禾场边缘一堆高高的草垛上,洒在草垛边一头嚼着稻草的小牛犊的背上。金色的光影,一寸寸地移动,再远点是禾场边的稻田。田里满布衰草,不见新翻的泥土。收割后的稻桩,一排排列着队,火烧过后的痕迹黑白分明,早春的村庄一派荒凉的景象。禾场中央停放着一辆小汽车,许是来看望大舅的亲友买的,与这荒凉的场景显得有些格格不入。

大舅瞧见我们,起身迎了上来,挤出一丝笑容。舅妈从里屋搬出木椅,我们一行就坐在禾场上晒着暖暖的春阳,聊着故乡的变迁,聊着亲友们的生计,聊着各自的身体,聊着四幢房子如今只住两口人,聊着村里的老人们,聊着村民今后的命运。

我转到儿时与表哥捉小鸟与蜻蜓的后院。经过里屋时,看到大舅最得意的几把木锯挂在墙壁上,木钻束之高阁,墨斗丢弃在结满蛛网的窗台上。工具箱里只剩下几把生锈的铁刀。两幢相连的土屋后壁已然裂开了一条缝,后窗扭曲变形。我与表哥常住的后厢房,没了蚊帐与床铺,一张断了腿的小书桌倚在墙脚,房里显得空落落的。

推开后门,但见院里杂树丛生,一两株外国槐、荆条树大胆地蹿进了里屋,而院墙已大多倒塌,厨房的屋顶中央业已塌陷,向西侧倾斜着,青色的布瓦坠落了一地。一段矮墙固执地坚守着,墙上覆盖的茅草仿佛无力抵挡北风的侵袭,早已烟消云散。雨水侵蚀的墙面伤痕累累,裂开的创面摇摇欲坠。曾经葱绿的竹林只剩下一截截像是被镰刀割过的竹桩,冒着瘦尖儿兀自立着。

我有种恍如隔世之感,我不知道大舅这些年是怎么过的。儿女们相继离开后,舅妈又一直生着病,一向闲不住的大舅应该是精疲力竭,无暇顾及了。

我们照例没有在大舅家吃饭。我想,从前舅妈在盖有竹席顶的厨房,烧着柴火,炒着香椿,炒着莜麦菜,炒着至嫩至脆至香至甜的春天,表哥表姐一大群孩子围着土灶或者饭桌,那种吵吵嚷嚷、热热闹闹的场景将一去不复返了,而更让我难以释怀的是——我错过了舅妈做的最后一顿拜年饭。

那一年,舅妈去世。

一头水牛半壶酒

2017年清明回家,我带着家人一行拜望大舅。远远望去,稻田里的禾秆结满了青草,野油菜花在禾场边缘肆意开放。大舅的一幢老屋倒塌了大半,露出残垣断壁与光秃秃的门楣,碎瓦片堆积成山。

门前那头小牛业已成年,仍旧低着头,嚼着一口青草。入门的四方桌上摆着半壶烧酒,一碗咸菜,两碟花生。

我没有进门,心里怯怯的。我不敢再往里走,怕见到失去舅妈、失去三个孩子、尝尽生离死别的大舅;怕见到大舅一辈子引以为傲、赖以营生的"家当";怕见到破败不堪的后院;更怕儿时余存的美好记忆再一次被肢解与掠夺,连最后的一丝念想也被剥离与掏空。

80岁的大舅或许是外婆村的最后一批留守老人。我不知道如果有一天老屋都倒了,大舅还会不会留在村里,我更不知道通往外婆家的那条路——那条我打儿时就与哥哥姐姐一路狂奔的亲情大道,在没有外婆没有表哥表姐没有舅妈之后,到底还能走多久……

我不敢想下去,我放下两瓶酒,一条大舅爱抽的香烟,转身默默地离去。大舅家的屋顶没有炊烟,大舅的格言犹在耳侧,恍如昨天,而西天残阳如血。

2018年1月12日于沈阳,刊于2018年4期《唐山文学》

第三章 记住就是感恩

记住就是感恩

　　10年前,我与一位同龄的朋友阿利在M地相遇,并共同度过了一段患难的时期。那段时期,如果有两个苹果,他会分我一个,如果有一支香烟,他会给我抽。在他看来他比我要坚强。后来,他只身去了广州,10年间,我们不曾见面,不曾来往,为了谋生,我们各自忙碌奔波,居无定所,但我唯一能记住的就是他的电话号码。每年除夕,我都会给他打一个电话。10年间,我们通了10次话。10年间,发生了太多的事,我们彼此选择了不同的人生,我们所共享的记忆资源在日益减少,有时一段对话会在几年里不经意间地重复又重复,但是无论如何,仍不会忘记给他打一个电话,哪怕再忙,哪怕我们已无话可说。今年春节,如今已是深圳一家体育用品公司总经理的他,在武汉老家接到我的第十个电话时,终于忍不住潸然泪下。

　　5年前,一位正在读大四的网友"微微笑"闯进我的生活。那时我的事业不顺利,婚姻也濒临危机。微微笑以她青春与朝气一下子吸引住了我。她是一个很特别的女孩,喜欢笑,正如她的网名"微微笑"一样。她总会在我疲惫的时候,发一张张微笑的表情,逗我开心。有一晚我问她,为何总是泡在网上,她打趣地说,她长得很丑,在学校里没有什么朋友。下了课,学长和学姐们出去约会,她只能把自己关在宿舍里到网上晒一晒笑容。她希望她的笑容能被人感受到。

　　后来,我从她的口中得知,那时是她在校园里最后的日子。她可能拿不到毕业证,因为她来自贫困的山村,已经欠了两学期的学费。而所学的专业在社会上也很难找到工作,正如她的学姐们一样。不过,她说她需要那张毕业证书,但她拒绝任何人的援助。

离校前夜,她发短信给我,希望在网上用语音通一次话。我打开电脑,拿起了耳脉,开通语音电话。等了半响,她却一句话也没说,然后我听到电话那端的抽泣声以及挂线的声音。不久,我收到了一张她传过来的照片,照片上的她是位捧着玫瑰花、在夏日的绿荫下含着笑行走的女孩,长发垂肩,白皙的脖颈上套着一袭雪白的长裙,她的笑容如同她手中的玫瑰花一样,悄然绽放。快要下线的那刻,她忽然打出一行字:大哥,你是一位值得让我喜欢的好男人,如果抛却世俗的观念,我愿意和你在一起。

然而,从第二天开始,属于她头像的那一栏再也没有亮过灯。

我不知道是否应该记住她,但她给我的表情正如这座每日迎着朝阳醒来的城市表情一样,无论人们如何拒绝,终是难以抹去。如今,她的照片仍然储存在我的电脑里。

3年前,我服务的一家企业走下坡路,公司要裁员,与我同在一个部门的一位副经理和我,两人中只能留一位。那位副经理是我将他从生产线的班长一路提拔上来的。他没有大学文凭,他家有一位乡下来的妻子,有两个孩子,靠他一个人的薪水养着。为这事,我矛盾了很久。那晚他请我吃饭,他说这可能是我们一起共事5年最后的一顿晚餐,我以为他请我,是希望我把这个名额让给他,可是最后我们都喝得烂醉如泥。我记得那晚他讲得最多的是我对他的提携与照顾,他说这些他都记得。第二天,我去递交辞呈的时候,在总经理办公室门外遇见了他。他微笑着向我点头,像往常一样。后来,他走了,悄悄地离开了那家公司。

如今,我已离开那家我一度留恋的公司。但直到今天,我依旧记着他。

近两年,我的事业与婚姻开始转了风向。我遇到了许许多多并不优秀的青年,并不成功的商人,并不怎么讲情义的朋友,有的甚至只见过一面,然而我几乎无一例外地记住了他们的名字。把他们写进电话簿,抄

第三章　记住就是感恩

在通讯录上。逢年过节,给他们发发电子贺卡,发发短信,打打电话。

前不久,二姐打来电话,"前两日是母亲去世15周年祭日,我让大弟帮你买了一份祭品;还有,昨天是你大姐50岁的生日,我也帮你准备了一份礼品送过去了。你和弟妹在外面谋生不容易,要保重身体,安心工作,别为家里的事担心……"

我挂断电话,泪如泉涌。母亲的祭日,我居然不记得,大姐的生日,我却早已忘记。而一些商场上的伙伴,职场上的朋友,还有情场上的过客却让我久久难以忘怀;甚至连最难记住的一些陌生的熟悉人和熟悉的陌生人我都记住了,我唯独没有记住的是与自己最亲密最亲密的人。

人的一生,总有一些委屈,让人欲说还休;总有一些影像,让人回味无穷;总有一些名字,让人难以忘却——记住就是一种感恩!那么请记住所有你应该记住的人,尤其是那些给了你至真至美人生经历的亲人。

2009年4月4日于嘉兴,刊于2010年1月31日《莆田晚报》

让我路过你的世界

月桂飘香

与母亲一起度中秋,是我一生中最幸福的事。

记忆中的中秋,总是透着浓浓的茶香。忙完一天的秋收,母亲放了镰刀,在满月朗照的院子东侧的老桂树下摆上一桌子前日赶做的小麦饼,沏上一壶桂花茶,便和我与妹妹聊起父亲在世时度中秋的情景。母亲总是喜欢提及外婆家的老桂树,谈起在家做姑娘时的种种乐趣,聊起当年桂花满园飘香的情景,脸上不时漾起几许笑容。聊到最后,总会说到等秋收了卖了谷子替我去交学费,琢磨着该剩点钱帮妹妹做套秋衣。

母亲说的时候先饮下一口茶,然后手抚茶壶盖瞅着我们微微地笑,从母亲的笑里,我仿佛总能听到镰刀割倒谷子的声音,听到稻谷压在木板车上碾过村间黄土路时,扬起的声声古老而重复的音律。鼻吸里满是桂花的香味,分不清是树上还是茶杯里,那浓郁的香味在喉咙里转悠,茶水便显得格外地顺畅。母亲不住地加茶,不停地讲故事,直到月冷茶凉,直到那巴掌大的小麦饼撑饱肚皮,直到我与妹妹在月桂飘香的树下酣然入梦。

一个人度中秋是在离家到北方读书后,男男女女的学生一个个拎了父母送来的一盒盒月饼、香槟奔赴花前月下,我则吃着母亲寄来的小麦饼,趴在临月的窗下给母亲写信。向母亲打听家乡的月圆不圆,秋收旺不旺,院子里的老桂树是否又开始飘香。边吃、边写、边想,想母亲在月下手抚茶壶倚着老桂树含笑入梦的模样。

后来我大学毕业去了海南,在中国最南的城市三亚谋到了一份职业,在天涯海角认识了女友蓝格。那年中秋,我与蓝格泛舟海上,共看月亮一点点地从海上升上来。蓝格躺在我的臂弯里,一头长发在我身后轻扬。我们聊起她家乡的椰子林与橡胶园,她睡眼蒙眬地问我,此刻我最想念谁?我俯视她如月亮般光洁的脸,我不敢欺骗她,因为那刻我最想念的是我母亲。想念小妹出嫁后,她孤独地倚在月桂树下,手抚茶壶的微笑,想那满院子的桂花香,心里开始弥漫起小麦饼的味道,那一年却是我唯一没有收到小麦饼的一年。

那一年中秋过后,收到小妹的来信。信中小妹告诉我,羸弱的母亲已病故,就在中秋前夕,是在月桂树下发的丧。

家乡流行水葬,母亲是躺在桂花编织的花环中走的。生前母亲一直念着我的名字,盼望着我回乡过中秋节。

2008年10月6日于福州,刊于2013年9月8日《华西都市报·宽窄巷子》

第四章　走着走着就散了

第四章 走着走着就散了

人生中的许多来不及

前两天,我对工作电脑进行整理过程中忽然发现太太的一份文件,文件名叫"我的人生遗憾"。

太太是个"白羊座",个性豪放率真,爱冲动冒险,女汉子味十足,我们在一起时很少听她谈过去的遗憾。于是我十分好奇地点开一看,原来是一份从网上下载的当年她们班级高考录取院校的名单。她选的是文科类,总分考了490多分。

这个分数在当时考上二本一点也不成问题,而且分数比她低的同学竟然有二十多个,男女生都有。奇怪的是,他们都无一例外地被知名的省城二类本科院校录取,有的甚至上了京城的院校。

而在她的录取学校那一栏里,竟赫然写着周边一所条件较差的学校。再说比她分数低的同学录取的都是汉语言文学、外语、旅游等较热门的专业,而唯有她被调配在她并不感兴趣的幼教专业。

备注栏里写着——"选择性的错误",且标了红。

最终,她没有选择去那所学校就读,而是弃学了。

太太这份文件是一份EXCEL表单,表单的上角写着"人生第一大遗憾"。

这几个字一下子让我揪心起来。这件事过去十多年了,她后来边打工边自考,也获得了某知名高校的本科毕业证。可没想到这件事对她造成的遗憾是那么深。也许在她看来,如果当初她填报志愿没有出错,如果当初她被一所不错的知名高校录取,如果……或许她会少奋斗很多年,少吃很多苦。至少不会在车间干着普工的活,拿着五六百元的月薪,戴着民工的帽子,且一戴就是许多年;至少不会租住在柴火间大小的民工房里,两手空空,怕与同学联系,怕被亲友询问,怕回家过年。或许她获得的成功机会,拥有的生活质量比现在要好得多。

我没有再往下看,太太第二大遗憾加了密。

我想起了我的母亲。母亲打我记事起就没穿过什么新衣服。村里人都说母亲不爱打扮,不爱干净。她大多数时候都是边走路边端着饭碗,似乎总有忙不完的农事、家事。衣服总是穿姐姐们剩下的,裤子总穿我们兄弟缝改的,脚上基本是没穿袜子的。

母亲去世时,在阁楼的一个木箱里发现一块布料做成的旗袍。母亲虽然没有文化,但年轻时是很爱美的。她常用筒籽油梳头,用热毛巾敷额头的皱纹,就连只剩一只银耳环,她都宝贝似的戴着,不时取下来擦拭。

可我们当初却视而不见。我们长大后没给母亲做一件像样的新衣服,没带她上县城的大剧院听一次花鼓戏;没陪她到镇上的大澡堂子洗一次热水澡,就连每年春节也没让她闲下来,回一次娘家,给外婆拜一次年……

这还不算。我们在祭奠时才发现我们居然连母亲爱吃什么菜,爱喝什么茶,爱穿什么鞋都不知道。我们竟然给母亲的祭品清单里列着土豆,红薯,腌萝卜条、油菜蒸菜……这些她平时吃得最多的东西。殊不知一位母亲倾其所有,将她能给予儿女的全都无私地捧了出来,包括她最后的生命。

母亲已故,每次回故乡立在母亲的坟前,我都忏悔不已。

接着,我又想起我11岁的儿子。因为生计,我常年在外奔波,儿子出生后便寄养在岳父母家,五六岁时才接到城里。因为老家人忙,因为我们不在儿子身边,儿子养成了胆小怕事、爱说谎话、自私自利、不爱学习、不爱整洁、不爱交朋友、怕人找缺点等诸多不良的习惯。

我们当时总以为孩子还小,以后生活稳定了再慢慢来调教,结果发

第四章　走着走着就散了

现到了城里,不仅学习跟不上,那些坏习惯竟相当顽固,为此耗费了我们大量的精力。

最后,我想起我的健康。由于这些年从事文字策划工作,十几年如一日,常常熬夜加班,抽烟喝酒,应酬不断,而且不运动,不按时就餐,饥一顿饱一顿。结果到医院一检查,医生说我颈椎自然曲度消失,有颈椎病;说我血脂、血糖偏高,疑似糖尿病……更要命的是颈动脉硬化……说我血管比不抽烟的人老了十几年,而且动脉一旦硬化是不可逆转的,如果再不注意还会有中风危险……

我不敢再听下去,也不敢再往下想。如果我早点到医院检查,如果30岁时我少抽一支烟,少陪一顿酒,管住嘴,迈开腿,多运动,多喝水,我至于弄到这么严重吗?

人生中很多的来不及导致了今天的遗憾。有的是因为当初的忽视、放弃,因为不着急;有的是因为当初的无知、自大,负气而为。有的来不及尽管无法从头来过,但还可以弥补,至少可以减少一部分遗憾。

太多的来不及,让我们当初措手不及,让我们今天追悔不及。太多的来不及,趁我们现在还来得及。

2017年3月9日于广州

不打电话就离婚

妻子很在意我,自从有了手机与网络这玩意,我的耳根就没清净过。

譬如某晚,我加班,我告诉她我会晚半小时回家。结果,因为遇到公司管理层临时通知开会,晚了两小时,打开手机,短信100条挤爆了内存。我想都要回家了,就没回电。回到家,我被顶上两大"罪名"。一是食言,严重超出约定时间,没有时间观念;二是拒电。妻说,那种被伤害的感觉好比老公在空调房里喝茶享受、快活,老婆孩子则在排气扇下等待、受罪。这"两宗罪"上纲上线,一下子提升到了做人做事的高度,让人难以招架。

我想解释说,一是会议是临时决定的,一开就是两小时,不是我能预见的;二是中途手机按制度严禁接打,而且我没有开会时发短信的习惯。妻反问道:"不可预见,就应该事中控制,事后汇报,从公司到家有半个多小时,难道你半小时之前,还在开会吗?"我也只好保持沉默。因为都是我的错,错在——没有及时回电话。

用妻的话说,我不会赚钱,一个月挣的那点钱还完购房按揭、交完稚子学费,已是囊中羞涩,加上人又长得相当"安全",可我弄不明白,她仍是不放心。

有时,我往往刚走下楼,手机铃声就会响起来;刚到公司上班,打开电脑,QQ或MSN就开始叫起来,打开来都是一些不痛不痒的事,如果我不理睬,下班前一定会接到一封电子邮件警告……最要命的是,我出去与同学、朋友吃吃饭,或者工作上需要应酬,一个小时总能接到妻四五个电话。我在电话里常听到的是"你在哪儿,你什么时候回来,现在都

第四章 走着走着就散了

几点了……"

妻的电话往往在我与哥儿们话意正浓时响起,弄得我十分尴尬。

5年了,我不知道,我与妻的婚姻是幸,还是不幸?

一次同学聚会,让我陷入更深的思考。

兔子与他谈了5年的小资女友分手了。兔子说,"我实在受不了……",之后始终吐不出字来。

兔子的女友是位小资女性,有着自己的品位、爱好,不太愿生小孩,遇事想得开。大学毕业后在一家外资企业做国际贸易,拿着比民企、国企、事业单位丰厚得多的薪水与年终奖。她与兔子认识后不久,两人就同居了,半年后他俩就注了册。可房租依旧轮流付,薪水依旧各自花,后来共同买了楼,按揭依旧是每月各半,亲朋各自招待。许多同学都羡慕他俩自由自在的小日子。

酒过三巡,兔子与女友分手的原因总算浮出水面。

原来,让兔子无法忍受的是女友太过"通情达理"。兔子做什么,女友从不干涉,两人同处一室,你玩游戏,我上网,各得其乐。兔子去哪儿,女友从不过问,玩到多晚,女友从不打一个电话,有时等他回去,女友早就睡熟了。

老班长劝兔子说:"她信任你呀,不打电话省钱,这是福呢!"

兔子摇了摇酒杯说:"是吗?信任到连我上哪儿去,有没有醉酒,有没有危险,会不会去泡女孩子,她都不在乎?这种信任让我从她身上再也嗅不到爱情的味道。整整5年,她没给过我一个电话,你说她心里是真有我吗?"

不打电话就离婚?

兔子这番深入骨髓的感受让酒桌上的已婚男士全都醒酒三分。

我记忆的桌面忽然出现了两幅场景。一幅是一个缩在酒馆角落里,手握酒杯,郁郁寡欢地在深夜等电话的男子,他埋首发间,满脸凄色。那

217

男子是兔子；另一幅是一手捧酒杯，一手接听电话的男子，他歪着脖子，一脸郁闷，那男子就是我。

想着想着，我踏上了回家的路。还未上楼，妻的第十一个电话打了过来，"我在邻家玩，孩子在被窝里，你开门轻点声……"

2008年12月23日于福州，刊于2008年《女子世界》

第四章 走着走着就散了

二　货

一

春节从故乡返城上班没几天,我便接到了妻的电话。

妻在电话里说:"二货生病了,半夜常咳嗽,且咳得动静越来越大,连续几晚都这样,还流鼻涕,怕是感冒发烧了,不知道怎么办。"妻问我"何时回家?"

接着,妻还在微信上发来几张二货的图片与视频。但见二货病发时一副无精打采、病怏怏的模样,全然没有往日的古灵精怪,反应机敏。

二货与我们一起生活9个月了。二货是在政府"二孩"政策出台的时候进我们家的。

去年秋天,我犯了颈椎病,妻一急之下辞掉了薪水不错的人资经理工作,赶来广州照顾我。我病情好转后,妻回了福州当起全职太太。妻当上班族17年,一直没有闲下来过,很不适应无事可忙的日子。而二货则是妻得到的一个陪伴。妻是在菜市场一家店铺遇见二货的,遇见时,二货刚出生才15天,却早断了奶,整个瘦得像只老鼠,灰白相间的毛发并不顺溜。二货据说是它母亲第十二个崽,不堪负荷的老板娘好心央求妻领养,但又担心妻不懂善待,特地叮嘱说,实在不想养了再送回来吧,可千万千万不要丢弃啊。临走老板娘向妻讨要了10元钱的领养费。

"10元钱"便成了二货的身价。

二

我见到二货时,它有些怕生地往床铺下躲藏。小松鼠般漆黑的眸子闪着机警智慧的光,鬼头鬼脑的,着实惹人爱怜。二货额部有撮竖起的毛,纯黑的,然后一律向背部伸展,由黑变灰,再到腹部时由灰变白,最后腿部全是白色的了(大宝说可能是二货妈妈生它时,没油墨了)。二货尾巴细长坚韧有力,这让它看上去颇具几分虎气。

二货自入家门就没安分过。白天精力旺盛,喜欢将沙发、墙壁、床沿、纸箱当成练功对象,使出浑身解数,只为练成"鹰爪功",以至于趴在毛毯上睡觉时,仍不忘驱动着前肢做蛙泳状运动,头左右摇摇摆摆。妻说它是在做挤奶的动作,可怜二货还留恋着襁褓中的日子。二货做这些时,一对小眼睛眯成一条缝,等你走近,便装着被惊吓的样子,拿搞怪的眼神瞅你。

二货之所以"二",除了淘气顽劣,便是没脸没皮。二货从不按套路出牌。给它买了小屋它不入住,给它分配的毛毯它不喜欢。就喜欢把自己当成家里的"二宝",与家里的"大宝"争宠。

大宝的书本、玩具只要不留意,二货便让它们失踪,不是扔在沙发下,就是藏进床底;大宝专用的儿童版洗漱用具,没几天便会出现在垃圾筒或者马桶里。大宝的衣服、鞋子,不是破了个小洞,就是忽然少一只。送货员每天早上送来给大宝的早餐如鲜奶、面包,一上桌,稍不留神,便会少掉一半,或缺个角。

大宝与妈妈吃饭时,它便跳到空着的凳子上,前爪攀上桌沿,一声不吭地占据席位。只要你饭局一开动,它便可怜巴巴地瞅着你,央求共餐;大宝与妈妈一起看看电视,二货便跳上沙发,挤过去,一屁股坐在中间,一本正经地盯着电视屏幕,索要观看权。大宝用电脑,二货便冷不丁地跳上桌面来捣蛋,在键盘上一通拳脚过后,逃之夭夭,还时常将大宝抓得

第四章 走着走着就散了

满脸是伤。大宝对它是又爱又恨。

二货只要稍有不满便会来事。早上睡懒觉,你睡多久,它陪睡多久,饿了不声不响地袭击垃圾筒,或者悄悄溜进厨房,弄开冰箱寻找食物,结果不是踢翻茶具、碗架,就是绊倒了菜盆。中午给它洗澡,它就故意失踪,一旦被抓便可怜巴巴,作委屈反抗状地嗷叫。洗完澡则窝在阳台的藤椅里晒太阳,一边用舌头梳理毛发一边神奇活现地摇着洁净的尾巴显摆。半夜,你一不留意,二货便钻入被窝。一朝被拒,仍死皮赖脸地尝试潜入。不仅如此,妻走到哪,跟到哪,连如厕它都要挤进去。

二货也常因犯规被罚饭,因偷吃领受"家规",可它始终不长记性。只要你一坐下来或一躺下,它便死乞白赖地尾随到你身边来,或者把头埋进你的后背、脖颈,作温柔撒娇状地卖萌。而一旦挨了打,等你外出归来,它总是准时守在入户的玄关处,在你开门的刹那朝你喵喵叫,还在垫子上打着滚儿讨喜,以示欢迎(实际是索要食品)。

三

二货第一次官方使用它的名字,是在春节前被送进宠物店时。店主问到二货的名字时,一脸的疑惑,"什么,二货?就叫二货吗?没有英文名,也没有姓?二货?怎么叫这么不雅的名字呢!"

我想起丰子恺先生笔下的"白象"与"阿咪",我想它们与二货应该都不属宠物的类型,可卑微的出身并不影响它们在主人心里的高度。这样说起来,与丰先生家的宝贝相比,二货着实"二"得更可爱。

二货进我们家不到半年,便迎来一次别离。由于春节我们要返乡过年,二货是"四无"对象,无健康证明、无防疫接种证明、无宠物出生与领养证明……既不能上飞机,也不能坐火车,连托运都不行,无法与我们同行。我们商量后,决定将二货独自留在城里过年。

妻在微信朋友圈里找了两周时间,也没能找到愿意收留二货的朋

221

友。最后只有把二货送到宠物店。店老板十分热情地接待了我们,说春节期间不二价,一天的寄养费,除了住宿费、用餐费,还要收取清洁费、淋浴费、管理费、保险费等。二货不过是普通的品种,却与来自欧美的身价过万的宠物们享受一夜百元的VIP待遇。签合同付款时,妻迟迟不愿落笔,看看二货看看我,最后咬着呀交了800块,嘱咐我与大宝回老家不可向父母提起。

尽管如此,二货却死活不愿意。移送的那晚,鞭炮声四起,二货便嗅到了离别的味道,不肯吃饭,不愿意洗澡。到了移交时间,大宝来抱它,二货又抓又咬,十分不配合。我与大宝努力将它控制住,企图将它关进纸箱,二货拼命挣扎,不肯就范,叫声凄厉,硬是用头顶穿纸箱的出气孔,突围出来。待妻给二货一番肢体抚慰交流后,二货方才勉强让妻抱进怀里。待走到楼下,电动车一启动,二货便紧张起来,前肢紧紧地搂着妻的脖子,一路号叫。

到了位于后街马路边的宠物店外,动物们抗议的尖叫声此起彼伏,二货先是一惊,随后一瞅那些高大威猛的异类,更是花容失色,浑身直打哆嗦。无论妻如何安抚,就是不肯入内。在二货看来,许是担心被拐卖、伤害或者遗弃吧?连大宝都不忍看二货被关进铁笼子的瞬间。

这是二货第一次离家,着实让妻心疼不已。好在宠物店老板同意春节期间可远程视频,随时直播二货的生活状况。可能二货在家自由自在惯了,很不适应宠物店动物们喧嚣的群居环境,拒绝食用宠物专供口粮,拒绝配合工作人员给它洗澡清洁,不但绝食抗议,还两天两夜不眠不休,眼部满布血丝……看完视频,我们只好提前返城。

四

我们再次见到二货时,发现二货待在笼内沙堆里灰头土脸,蓬头垢面,一副饱受牢狱之灾的模样。它见到我们的第一反应便是眼神忽然一

第四章 走着走着就散了

亮,接着像见到救星般扑过来,小半个脑袋生生挤在铁笼缝隙间,脖子向上,瞪大眼,哑声求救。

重获自由的二货回到家,在屋里来回疯跑,用它灵敏的嗅觉寻找失去的记忆。二货的记忆大约只有两三天,我想,这对于它来说7天的惊魂体验与失忆,未尝不是一种痛苦的折磨。

二货回家没多久就病了。一连几天半夜流鼻涕、咳嗽、呕吐……一改过去顽劣本性,一下子安静下来。二货生病的几天里,它求生欲望十分地强烈,不断地用进食、跑步来抵抗。我们决议带它去看病,在网上查找了几家宠物店,都不受理,说生病必须到宠物医院就诊。

妻抱着二货到宠物医院时正是午后,宠物医院比一般诊所要忙得多,一千多平方米的院内有不少衣着时尚的女主来来往往,有的主人用购物车推着生病受伤的小猴,有的像背孩子一样背着名贵狗,有的则怀里放着布袋环抱着富贵猫;有的是带宠物过来看病的,有的是带宠物来洗澡的,有的是来做健康测评的,有的来给宠物找朋友玩耍的,有的是来找合适的恋爱对象并选吉日吉时交配的……

她们不时地问妻,你家宠物是什么品种?是哪国原产的?打过春季疫苗了吗?做了医保了吗?会打球吗?怎么没给它买新衣服呀?有请马戏团老师来上课吗?有没有报名参加宠物俱乐部呀?……

妻再看看二货,感觉十分尴尬。

轮到二货就诊时,医生示意我们将它放在手术台上,用支架绑住二货的四肢,再用喇叭状的塑料工具套住脖子。动弹不得的二货哪里见过这阵势,它不知道接下来还会发生什么,紧张得浑身发抖,一脸茫然惊恐地打量着这陌生的环境,陌生的人们,甚至陌生的主人,眼里渐渐溢出泪花。

医生望闻问切一番,立即指示——抽血检查,排除是否病毒感染。先量体温,称体重,再抽血查血常规,接着再查尿常规,然后再做抽样检测……等了一个多小时,检验报告单终于出来——体温39.5度,发烧,血检呈阴性……确诊为非病毒性重感冒。

医生迅速开出处方——挂瓶5天,药费1500元;主人可选择宠物打小针,要7天,费用980元。小针若是控制不住,还得挂瓶。加上血检380元,尿检180元……

妻掐指一算,二货的医药费比人要贵得多。不但如此,医生说,二货现在生理年龄为270天,需要打五次疫苗。而再过60天,二货到了生理期,需要买指定的品牌罐头、配方巧克力等专用营养品,以及定制的智能电子玩伴,如电子狗、电子鼠、室内生态草坪、草丛,以及各类抓板、网袋。这还不算,医生说如果照顾不好,二货就有可能精神失常一段时间,会半夜发情发狂发癫,叫声凄厉,行为失控,惊扰左邻右舍,建议最好做绝育手术。至于费用嘛,起步价3000—5000元,这是普通医生的手术价格。如果请主任、院长或者外请专家教授做,安全效果也就不一样,自然价格不一样。如果主任做再加3000元,院长做再加8000元,外请专家教授做……

妻不敢听下来,也不敢再算下去,10元钱领进门的二货,一年不到要花掉一两万元,这是中国西部大多数并不富裕的农村家庭近一年的收入,是我们家大宝参加培训班费用的10倍,买课外图书的100倍,一个月生活费的300倍……这还不算口粮、配套的玩具、卫生清理费、寄养费、损坏财物费,以及因闯祸支付的赔款……这样算下来,不是我们这样的工薪家庭能承担得起的。

"二货不过是只猫,一只普通得再也不能普通的土猫呀!"妻自言自语道。更可怕的是,一只猫寿命一般十多年(在家庭喂养的条件下,如果营养充足,医疗条件好,猫平均寿命为13—15岁;未曾交配的雌猫寿命为15—17岁,被阉割过的猫的寿命为17—18岁),也就是此后十多年的时间里我们不能把二货单独留在家里,我们一家不能出远门,更不能把二货留在宠物店超过5天……

五

妻感到事情的严重,因为可怜而领养,因为责任而养育。妻曾几次萌生放弃二货的念头,以至于故意打开大门让二货出走,让其自生自灭。可是一听到二货孤独无助的叫声,妻便坐不住了——担忧、焦虑、烦躁,害怕二货挨饿受伤闯祸被欺侮掉下楼梯……最后,妻动员全家人一次次把二货找了回来,妻因此流下了自责的泪水。我知道,善良的妻终究是忍受不住良心谴责——"二货,横竖它是条命呀!"

最后一次从医院回来,抱着二货回家的那晚,妻独自坐在沙发上,她第一次感觉到自己掉进一个由爱心编织成的巨大的黑洞,这个黑洞里有"道德""责任""伦理""法律",也有"六道轮回"。她默默祈祷——二货,千万千万别再生病!

大宝不识相地跑过来,说了句"妈妈,你和爸爸别再生二宝了,我们家有一个二货就折腾得受不了啦。"

2017年3月26日于广州

生死悟爱

城里的月光

我生长在福州，却从未把自己视作地地道道的城里人，这或许是我的潜意识里已把童年留在了农村的缘故。

我是10岁那年才随父亲进城念启蒙班的。入住城市，我几乎没有朋友，对城里的陌生和对城里随时都会冒出"黑五类""狗崽子""牛鬼蛇神"之类人的思想戒备，还有那规规矩矩貌似正统教育的学堂，厌倦的情愫常常使我怀念起乡下那自由快乐的日子。

早晨，我睡到日上三竿才起床，午后约了玩伴挎着竹篓到村外的河边捡蚬子。那时河水很清澈、凉爽，我们高高地卷了裤脚，猫了腰，总是要等到夕阳西下，河水涨潮，脚趾泡得发麻、发肿了才极不情愿地上岸。归途中，那一篓篓的蚬子总会引出一路的儿歌。母亲这时已在家门口守望，目光充满深深的关切与担忧。我常因弄脏了衣裤，或者迟归挨母亲的训斥。但母亲的臂弯依然是我儿时最美的童话。入夜，柳梢上的月光一点点地升起来了，透过屋顶的缝隙洒在母亲安详的脸上。大蒲扇下幽幽的轻风呼呼地，把一个个关于月亮的故事，夹进我心灵的书页里。萤火虫就是这时候走进我们蚊帐和梦里的。

城里没有月光，只有很深的孤独围绕。我和父亲当年的住所是20来户人家围起来的大杂院。确切地说，是一排非常简陋的小木屋。楼上人家偶尔用拖把拖一下地板，滑滑的污水都会渗透到楼下。于是，那继之而起的争吵声、咒骂声常常惊扰我的睡眠。我们的木屋子斜对面的院墙处是一间大大小小的炉灶组合起来的厨房，那地面久积的污水、稀泥，使

第四章 走着走着就散了

我常常不愿涉足。

记忆中，父亲常常加班，深夜才归。晚上放学后的那段时光是我最难熬的。我常放了书包倚在门槛上，看一家家男男女女从锅里乒乒乓乓地盛了饭菜兴冲冲地往楼上走，落下鞋子震动地板的特有节奏，此刻我的胃就感觉饥饿。当一些声响渐次止息后，我时常看到我家对门高我四级的那个男孩（他母亲和我父亲同单位）每晚半伏在地上，卷起长长的纸筒，吹炉火的情景。那张红通通的脸，在夜色里是那样生动，我的心里便升腾起一阵暖意。我很少和他搭言，只是痴痴地望着他。他常常趁他母亲不注意，给我送来香喷喷的饭菜，我大多是一把接了，缩进屋子里狼吞虎咽地吃，他则在一旁微笑地看我。我不知道那时我为什么竟不懂得羞怯。

在那个缺衣少粮的年代里，关爱与米饭的香甜常常具有很强的诱惑力，冥冥之中我把他当作自己的大哥了。久了，我会告诉他关于月光的故事。

他说，城里没有月光，月光都被下乡的知青带到了宁静的农村。城里只有星星，星星也都变成了一双双父母盼儿归的眼睛。他说这番话时，语气像个大人似的深沉。我后来才体会到城里也有月光，他曾经照亮过我人生最美丽的一段日子，且一直会照耀下去。那个男孩，后来成了我的夫君。

两个男人的故事

那年夏天，陈毕业的时候，我也念完了初中。母亲和弟妹们也陆续搬到城里来。家里靠父亲一个人的工资已很难支撑下去，母亲便去建筑工地当临时工，傍晚回来一个人坐在短凳上捶着腰叹息。看她憔悴的模样，我决定去找活干来减轻她的负担。母亲得悉后没有反对，并且很快帮我找到一份临时工。晚上我到厨房去做饭的时候碰到陈，陈已经在一家工厂做了好几天临时工了。高高大大的陈话不多,他一边从容老练地翻动锅里青菜,一边有些腼腆地问我的打算,我发觉我们都长大了。

陈第一次约我看电影是在我做了一个多月临时工后。正逢周末,陈说:"今晚电影院里放电影《甜蜜的事业》,很多人去看呢,我弄了两张票,你去吗?"我不假思虑地答应了他。一个16岁的女孩子跟一个男孩去看电影在那个年代意味着什么是不言而喻的。我已记不清电影内容了,只知道那晚母亲的训斥让我一夜难眠。我母亲与陈的母亲在生活中一直有一些小摩擦,我当时以为她是在借题发挥,小题大做。

次年春天快结束的时候,住同一院子的几位男孩、女孩闹着要去福清石竹山踏青。我长这么大没出过福州城,自然大声附和。因我有位舅舅在福清,母亲也便爽快地答应了。没想到等到上路的时候,同伴一个没来,只剩下了陈和我。陈跨在自行车架上望着我一脸的坦荡与鼓励,我不想放过这个机会,坐在了陈的自行车后。

石竹山茂密的绿林与清澈的山泉让我们忘却了小院诸多烦恼。陈帮我采集了大把的山花,我们从午后玩到天黑。那晚,我和陈坐在山坡上,吮吸着清凉的风里山花的馨香,看山下灯火阑珊。陈忽然握着我的手说:"记得小时候我对你说过,谁娶了你,福气呢。"我侧过头去,想那个半伏在地上吹炉火的男孩,心里一阵暖意。这种暖意随他满溢汗水的气息在我心里散发开来,渐渐笼罩了那个弥漫着山花清香的夜晚。

回到家,那个小院传开了我们的恋爱故事。母亲后悔不迭,父亲搬出陈"没有正式工作""家境不殷实"等理由,轮番轰炸,阻止我们来往,但我怎么也管不住自己的脚,不时出去与陈幽会。父母逼急了,我也会拿当时"到农村插队去"等流行的话来吓唬他们。我后来想,那时我是真的在恋爱了。

恋爱的滋味不知是甜还是涩,我在那种不和谐的音符中度过了两年,直到我招工进了一家国营单位,陈依旧干着他的临时工。地位的差

第四章　走着走着就散了

异无疑又给了父母反对的口舌,为了逃避,我搬进了单位的宿舍住。

工厂的生活紧张而又丰富多彩,我在许多次文娱活动中脱颖而出,成了颇有声名的厂花。也自然成了厂里一群男孩子们追求的目标,帅气的铭就在那个夏天走进了我的生活。铭是厂里团支部书记兼民兵连长,不但会弹一手好吉他,写得一手好字,还很健谈。铭时常借故约我去散步,跟我谈厂里的琐事,谈厂长夫人,谈他的抱负与忧郁。谈着谈着便会意气风发地抱着我的手臂旋转,我觉得朝气蓬勃的他与陈是两种全然不同的男孩。

铭身上似乎有一种光环,他看我的目光常会让我心里发慌。这种感觉是我与陈在一起时绝无仅有的,我发觉铭与我的距离越来越近,我害怕极了。铭一次提出要到我家家访,他拎了大包的水果,说这是工作需要。铭对我父母非常有礼貌,母亲表现得极为热情,端茶倒水;铭和父亲很投缘,一坐下来便海阔天空;我被一家人的笑容震住了。铭回单位后,我把自己关在房里不停地想,想不苟言笑且憨厚的陈,想他曾如何呵护过我,然而,我心里荡漾着的竟然全是铭那张帅气的笑脸。一连几日,我彻夜未眠。

那个夏天快结束的时候,铭给我送了一支玫瑰花。铭说,他爱我,他要我与陈断了关系。我一片茫然。

秋天来时,陈给我送过一次被子。那天一大早他站在我们单位的铁门外,他看上去消瘦了很多。他坚持要把被子送到我宿舍里,还轻轻跟我说,他已经招工进了厂。我木然地听着,心里盘算着万一被铭瞧见,如何跟他解释。

我一直将我与铭的关系瞒着他。父母对陈的态度以及铭给我的快乐,使我萌生过想放弃陈,然而,我却怎么也难以对陈开口。

那年深秋,发生了一件事,让我做出了影响一生的决定。我因母亲生病而请了假。病中母亲常念及铭的好,我心里酸酸的。回厂后,我去找铭,想告诉他我的决定。

我拐到二楼铭的住所,想铭应该会以怎样的姿势来表达他的喜悦。我顺手推开门,入目的画面让我惊呆了。我常与铭对坐着谈心的书桌前斜倚着一位长发女孩,女孩的整张脸深埋在铭的臂弯里,铭的手里持一支白菊,脸上那谙熟的笑容在门开的刹那僵硬了,我喉咙里如同吞下了一只苍蝇,一种呕吐的感觉直逼胸口。

我大力摔门,扭头就跑,铭追出来,在我身后疯狂叫我的名字。我只听到飒飒的秋风剪落梧桐枝叶的声音。

岁末,我嫁给了陈。新婚那夜,陈对我说,他终于圆了他儿时的梦。我躺在这个憨厚男人的怀里,泪流满面。

生死悟爱

嫁给陈的时候,我一直以为陈的耿直与厚道是我今生最大的财富。然而,当我生下女儿后,我发现躺在我身边的我最亲爱的丈夫原来是我最不了解的人。

丈夫很爱女儿。女儿才出生那阵子,每天下班后,他就抱着女儿立在窗台边,看窗外的万家灯火。并告诉女儿哪儿是外婆的家,哪儿是他工作的地方。女儿哭的时候,他会摇响铃铛,让女儿听那清脆的铃声。并且会唱那支"我们站在高高的谷堆上面,听妈妈讲那过去的事情"的歌曲。他那沙哑的喉音常让一屋子弥漫起沉郁的氛围。对于患产期综合征的我来说无疑增添了烦躁不安的情绪。我想阻止他,却又于心不忍。我的确无权干涉丈夫用他特有的方式表达他的快乐和爱。我那时最需要的是丈夫的爱抚,然而他没有给我。他几乎体会不到我躺在床上胡乱地翻阅杂志与育婴手册时不安的心情。我渴望他能陪我出外走走,去呼吸一下清新的空气及泥土的芬芳。而他除了哄女儿,少有想到我的时候。

第四章 走着走着就散了

丈夫无疑是个粗心汉子。后来我身体复原渐渐喜欢热闹起来,不时约了朋友来家小聚,谈工作、谈谈女人的话题。而丈夫常摆着一幅冷峻的面孔,少有欢颜。他可以径直地走进房间一个晚上都不出来。若是偶逢周末想出去活动一下,那得带上女儿。用丈夫的言论来解释便是"女人成了家,相夫教子是正理"。他只认这理,我不懂正理、歪理,为了避免争吵,我只能委屈自己:不跳舞、不打球、不外出聚会、不自作主张……

我渐渐习惯丈夫在身侧打着微鼾声沉沉睡去,无论年华如何检视我日益苍老的容颜。习惯了一个人摸着夜路回家,而不必挂牵是否会有一盏灯在为我守候。我不停地想结婚前丈夫对我是怎样地呵护与宠爱,但搜索枯肠方发现,原来丈夫依旧,所谓臆想的浪漫都是我一厢情愿。长期失去沟通使我隐约地感到我们的婚姻已走到尽头。

那年春节,我们一同去拜访一位儿时的恩师,我与师母聊着童年趣事。在饭桌上丈夫忽感不适,一个人冲到屋外不停地呕吐,我记得那天他根本滴酒未沾,我想搀扶着他,他摆摆手说没事。恩师惊慌地跟过来一定要送丈夫去医院,我想一向强壮的丈夫不会有什么大碍,便婉拒了。不想回去的路上他依旧呕吐不止,我忙找恩师联系医生,折腾半天,等到送到医院已是午夜时分。我坐在医院那条长长的木椅上,困倦使我昏然入睡。次日,我到医院帮他取检查结果,当医生向我言明病情时,我怎么也不敢相信,丈夫患的是胃癌,且是晚期。我想不到这只在电视、电影里才会出现的镜头居然走进了我的生活。那一刻,我像一个被全世界愚弄的犯错的小孩,呆立着不知所措。我脑子几乎一片空白,我不知该如何瞒着丈夫,更不知该如何向婆婆交代。

接下来,丈夫连续两次上手术台。医院那条昏暗的走廊与那张长椅,我想我今生都不会忘记,我是怎样一次一次无力地靠在墙上呼唤着丈夫的名字,默默地为他祈祷。首次切胃后的丈夫剧烈地消瘦下去,茶水难进,可每天他依旧强迫自己进食,吃一次吐一次。看着他强烈的求生欲望,我的心隐隐作痛。我无法原谅自己,我把这一切的罪责都归结到一个不称职的妻子身上。

第二次手术后,丈夫情绪变得很不稳定。几次爬到医院的阳台上想跳楼自杀。我知道几次毫无转机的手术所带来打击,以及因住院累积的债务正在吞噬着丈夫生存下去的信心,这个世界上谁也无力挽留丈夫了。我想起近一年来,一次一次奔波于医院与家之间,一次一次到单位请假,一天一天没日没夜为他操劳、一夜一夜因他失眠,我走到崩溃的边缘。

想他每次躺在床上闭上眼睛时那深锁的眉头;想他也许永远不会再醒来那刻我的恐慌;想他一日胜似一日的痛苦……我不忍看他,我真想默许他,就让他这样结束,获得永远的解脱。

可是当他近乎乞求般地对我说,"你让我走吧!我不想折磨下去"时,我依然抵挡不住那周身彻骨的冰凉。

我拼命地摇头拒绝他,近乎丧失理智——"不行,我不能让你就这样走,我将来怎样对女儿交代。"从此之后,丈夫直到生命结束也再未动过自杀的念头。

出院后不久,便逢上女儿9岁的生日,我提议一起出去吃顿晚饭,并点了丈夫最爱吃的红烧鱼。当我替他夹了一块送到他碗里时,他摇摇头,默默地看着女儿舞动着筷子在杯盘之间穿梭。眉梢偶或闪现出一丝笑意而后又遽然深锁。我明白丈夫一定在想明年是否还能看到女儿过生日。那晚本该是一家欢欣的日子,我们却被一种生离死别的阴影笼罩着。此后,我们常常手挽手地漫行在屋外的草坪上,小桥边,谈起城里的月光,谈起石竹山的灯火,谈起婆婆大人。我们很少提及今后的事,仿佛时间在我们脚步前停了下来,我们相拥而笑,笑着笑着就落下泪来。每个清晨,每个黄昏,我们独守着属于彼此的最后时光。

那年冬天,丈夫病情再度恶化,随着第三次手术失败含恨而逝。丈

第四章　走着走着就散了

夫的遗体就停在我们日夜相守的婚床上。我把所有人都堵在门外，一个人静静地替丈夫宽衣，我知道这是我与他今生最后的告别。我的脑海中不断闪现我们相识、相爱15年间的诸多情节。快乐的、悲伤的都将在此刻永久画上句号。我蓦然感到原来我是怎样爱着眼前这已不再答应我呼唤的男人，我忍受着强烈的呕吐扑到窗台外，泪如雨般飘落于窗外的夜色中。

情感热线

　　丈夫去世一年后，我兼职的那家公司宣布倒闭了。老板那天午后将我们集合在一起开了一个短会。大意是告诉我们明天一早将有人正式接管这家公司。我收拾完东西，如往常一样把办公室的门带上，习惯性地向对面的那间大大的办公室投去一瞥。透过四壁的玻璃窗，我看到一片烟雾缭绕之中，一张男性的脸在纸烟燃起的微光中明灭。

　　我记起我第一天踏进这家公司时，那张脸曾是如何热情洋溢而生动无比。我知道此刻他并不需要我的安慰，他只希望我们一声不响地离开他，让他独自去品尝失败的痛苦滋味。我慢慢绕过那间办公室，一步步地下楼。我想明天就将学会忘记，忘记各奔前程的同事；忘记通往这家公司的公车号码；忘记这家公司的每一个楼道与拐角；忘记一张张我曾经谙熟得像亲人般的脸。我的心一阵疼痛，我不想这么早回家，我想给家里的女儿打个电话，告诉她我将不能回家吃晚餐。伸手入兜，传呼机在掌中脆响，我抓起身边的公用电话回机，耳边是一个熟悉的男人的声音。他告诉我他已经为我联系到了一家公司，让我明天把档案转过去。我想对他说我并不需要工作，而想趁机休息一段时间，可是我却答应了他。家里的煤气快没了，女儿要去学钢琴，我需要工作，需要钱养家，养女儿，我答应过丈夫要让女儿得到最好的教育。然而这个男人已经为我做了太多的事，包括我刚刚告别的那个老板，那家公司。

次日，我按他的安排办理完了上班手续。那是家待遇颇为不错的电子商务公司。我想他在为我联系这家公司的背后一定付出了不少。为了略尽感激之意，我约了他一起吃晚饭。

福州城的冬天仿佛来得特别晚，我第一次在丈夫去世后穿上棉织的长裙，描了眉，早早地在预定的一家音乐餐厅等候，我想让他看到我很快乐而且满足的假象。他应着乐声而来，略显沧桑的脸上写满坚毅与睿智，我想那恐怕就是许多女人仰慕的那种男性的成熟。我低头替他倒酒，他呷了一口，浅笑着问我："快到年关了，家里还缺点什么？"我摇摇头说："什么都不缺。"我很平静地看着他，听音乐与他温暖的话语从耳际一遍遍地滑过。那夜，他痴痴地看我，如同少年的模样。而我却心静如水，凭其俯视。

除夕那天，母亲打来电话，让我和女儿过去吃年夜饭。午后，正想出门，却下起大雨来。于是，我决定在家过一个简单的年。我走进厨房忙活起来，我几乎忘了他说过要来。

饭菜做好后，他来了，拎了两瓶香槟，一个布娃娃，淋了一身雨。我递一条毛巾给他，他顾不得擦拭便脱下外套一把把女儿拥在怀里。女儿满足地抱着布娃娃在他的肩头咧开嘴笑。我仿佛又看见丈夫活了过来，用一双冷漠的眼睛看我。吃完年夜饭，我支开女儿，对他说："你家有老婆孩子呢！她们需要你，以后别来了吧！"

"家里有孩子陪她，她不孤独，也许她并不需要我，而你不同，你家需要一个男人，需要我！"他深情地说。

"可是你明白，我们都快不惑的人了，更需要理智与责任。"

"你放心，我并不需要任何条件。我只想能帮你。"

那晚，我硬着心肠把他赶出了家门，把他推向冷冷的雨夜中。结果他在病床上躺了3天。

大年初一，我打电话给他妻子，电话那端是一个女人的抽泣声，良

第四章 走着走着就散了

久良久。而同时我似乎听到了自己的哭泣声,在那个迎春花绽放的午夜里彻夜不息,一如当年与丈夫最后的告别。从此,我和他之间再也没有故事。

两年后,我走进了我至今仍为之奋斗的公司,并在这座城市的一端重新找到了一个平稳而又幸福的家。又两年后,这家公司的员工情感热线电话开通,我成了一位"知心大姐"。每次拿起听筒,我都有一种冲动。我想告诉那些年轻的遭遇挫折、碰到困难或迷途的朋友们:其实人生没有过不去的坎,没有走不出的风雨泥泞。重要的是牢握手中的那把伞柄,不让忧愁的风雨浸湿你的一生。

2001年7月11日于福州(讲述人/林雪)

像风一样的女子

一

风是一位非常诗意的女孩子,爱书爱诗爱席慕蓉,爱一切可爱之人。而偏偏她选择了做一名餐饮店老板。

风的餐厅开在一个叫燕镇的地方,汉宜公路横穿燕镇,与另一条主街相交叉,形成"丁"字形,风的餐厅就正对着交叉路口。

我与风相识那年她21岁。

那个年代二十出头的女子能自立门户开餐馆,是相当有本事的。风的餐厅面积约七八十平方,厅内摆着三四张圆桌,包房也只有两个。餐厅除了风,还有一名主厨,一名帮厨,一名传菜员。走进店里,感觉十分干净整洁,窗台上摆满的兰花盆让满室流淌着清新的花香。

见到风,是一个夏日的傍晚,夕阳将落未落,燕镇马路上跳动着灰黄交合的光影,暴晒一日的马路,散发着沥青、汗水、塑料、青草、阳光等混合的味道。同去的还有一位风的师弟"安"。

风解下围裙出来迎我们,说着十分客气且亲热的话。风一头短发,两个漆黑的眸子,清亮中透着柔软与坚强。一同出来的是位丰满模样俊俏的女子,十八九岁的光景,开领黄衫的第二颗纽扣作脱落状。

我怯怯地向前伸出手,风见状上前浅浅地一握,打趣道:"大诗人,没见过这么多汁的妹子吧!"

安在我身后偷笑。"那可不,夏可是坪坝镇(县下面的另一小镇)上有名的美人呢。"

我们刚坐下,便来了一拨顾客,夹着黑手包,一看就是吃公家饭

第四章　走着走着就散了

的人。

风忙着一边招呼客人进包间点餐，一边吩咐夏通知厨师备菜。我后来才知道夏是跟随风从县城一起下来的姐妹，去县城前在她的家乡坪坝镇学厨艺。

夏雪白的皮肤满溢着胶原蛋白，一张脸积攒着足够的水分与青春能量，两弯蛾眉清秀如画，在眉心处向上收紧后顺从地向两侧卧去，神态中多了份妖饶。若用"三庭五眼四望三低观山再看五岳"的审美标准来评判，她足以录入"大桃心美人"之列。而葫芦状凹凸有致的身体，以及裸露的一段饱满跳跃的雪脯让人侧目，总让人想起大唐的壁画。

大多数男人对夏这类性感且养眼的女子是没有免疫力的，只要看一眼就醉，就会把一粒种子刻入骨髓。

我却觉得风有更多让人尊敬与欣赏的东西。

风瘦得像诗经里的女子，棱角分明，有种清丽脱俗的气质。风说话时，清脆婉转，十分悦耳；唇角总带着浅浅的笑意，浅浅的酒窝盛着一缕淡淡的清愁，闪亮的精明眸子中藏不住妩媚。

我没有问她店内的运营情况，那个时候仿佛这些无关紧要，正值花样年华的我们，赚钱还不是太紧迫，柴米油盐不过是生活中的一个壳，而浪漫的情感与梦一样的文学才是主要内容。

在那拨顾客等候上菜的空间，风招呼我们坐下来饮茶。我们聊起县城一位叫胡鸿的年轻女诗人和她的诗集，聊着聊着，一壶茶的功夫，天就黑了。

那个时候，我的生活半径不过是村庄到小镇的距离，对县城、燕镇知之甚少，对文学更是一知半解。自然也不会想到，自己日后真的能成为一名作家。

那拨顾客离席，我们将要就餐时，又来了一拨顾客。这拨顾客似乎是招待县里来的领导，说话有些官味儿，嗓门也较之前那拨顾客大，一进餐厅就嚷着肚子饿,直接钻进厨房挑菜。

风、夏起身迎客。我看到了一直在厨房里帮厨的传菜妹——"秋"。秋娇小玲珑,却面庞饱满,模样不输风和夏。

大约八九点钟的样子,风为我与安准备了一碗猪肝汤,一盘清炒苦瓜。那是我第一次吃苦瓜,第一次尝到风的厨艺。一汤一菜,同甘共苦。直到今天细细咀嚼方才领悟。

我与安低头吃着,聊着风,聊着风的失恋,也聊夏的温柔,聊着秋的可人。

安说她们都单着,却不是一般的人呢。自然我们也聊起竹笛、长箫、葫芦丝与诗歌。风对我们的话题十分感兴趣,见我们饭后打算出去逛街。风悄悄对我耳语,让我晚点一定要来店里找她。我点点头。

饭后我带着安去燕镇粮管所找寻做白案的表哥,商量晚上住宿的事。

再次见到风的时候,餐厅已经打烊,夏、秋与厨师喝着餐后茶。风换了一身白衣黑裙从餐厅出来,像清风一样地飘过来,飘过马路,飘向立在路边的我。路灯下风清瘦的身影像极了张爱玲小说《倾城之恋》里的女主角。

我们走着走着,忽然同时问对方——"去哪儿?"我笑了笑说:"随便吧。"风说:"镇西有片小湖,要不去湖边看看星星。"

风口中的小湖其实只是百来亩鱼塘大的人工湖。从马路到湖边没有近路,只能从树丛里钻过去。因为是下坡,我们手握在一起相互支撑。

湖边有段堤坝,坝上因少有人走,青草满坡。我要坐下来时,细心的风拿出两份报纸垫在夜露初上的草坪上。风理理裙摆与我偎依而坐。

风从安说起,说到餐厅的师傅,说到夏与秋,说到他们如何走到一起的,说着说着,说到她刚结束的恋爱,情绪便激动起来,眼泪在夜风里飞。而从未真正恋爱的我心里却十分平静,我想劝慰风,却不知从何说起。因为风的前男友也是我要好的同学。于是风流泪的时候,我就轻搂着她

第四章 走着走着就散了

的肩,或者让她枕着我的手臂。

那晚繁星满天,星空下的湖面随着晚风起伏,有些温润的感觉,像风的泪。

尽管夜色朦胧,肩并肩的我们仍能看清彼此的面容,听到彼此的心跳。我怕见风的泪眼,怕见到她的泪滴落在我的手背上。我不断地给她递纸巾,傻傻地说着一些言不由衷的话,把视线投向星空。

夏日的夜半,夜露是不眠的精灵,眨着水汪汪的眸子,每一次的眨眼都会掉下一串泪痕,带着煽情的力量,在风的头顶坠落。濡湿了风的发丝、额头、眉弯、胸襟、后背、手臂、裙摆,渗入薄薄的坐垫里,从她身体的深处侵入,尔后凉飕飕地袭上心头。

风那夜约我的目的到今天一直是个谜。不知风是想找个能倾诉的对象,还是对我这样一无所有的文艺青年存着一份好感。我们聊到很晚,聊诗歌聊文学梦,聊那些已婚的未婚的朋友,只是不聊自己,不聊将来。

次夜,忙碌一天的风来表哥处寻我。我借宿的室内有一张小课桌,一部收录机,一张单人床。风与我并排坐在床上,一起听着周华健的《花心》、郭富城的《对你爱不完》、叶倩文的《潇洒走一回》、张真的《我被青春撞了一下腰》《红红好姑娘》……继续聊着昨夜未完的话题。

我感觉风的心情好了很多。风告诉了我许多在县城以及其他的镇上我所不知道的趣事、情事。我们聊着聊着,停了电。风说:"要不,咱出去走走。"

我送风出门,夏日小镇的夜十分静谧,夜里月色未起,周遭一片漆黑,偶或有亮着灯的货车经过,卷起一路尘埃。为了避开公路上的车辆,我们绕着一段环湖的黄土路走。不巧因村里要灌溉庄稼,有段路面被挖断了。风走在我前面,结果一脚踩空,跌进水沟里。我忙去搀扶她,她却急忙起身,结果我们跌在了一起,我趴在了她后背上,水湿了她一身。

风说不好意思,我却说伤到没?别糟蹋了她的裙子。我们俩看看对方,傻傻地笑了。

后来,我写了一首今天看来摆不上桌面的诗——《那夜晚潮》寄给风,风看了十分地喜欢,还给我写过几封信,我一直珍藏至今。

二

再次见到风,是在县城的一个转角书店,那是我离乡几年之后的一个春天。

据说风在我走后不久便放下了餐厅,先后做过几桩其他生意都不如意,最后开了这家书店,我知道这才是她喜欢的工作——读书、论书、交友。

书店依着商场大楼,空间呈三角形,加起来不过二十平方米,书籍却满满当当。书店的书只租不售。言情、武侠、科幻、童话等畅销书籍琳琅满目。也有些只展示却不租的书——如《嘉莉妹妹》《简·爱》、中英文本《飘》等西方名著。

我想那正是风的性格。她应是一本本地读,且读过好几遍的。而三毛写的23部作品,她应该不会放过,书店大约都采购齐全了。曾经风与我都喜欢三毛的作品,我们都喜欢她浪迹天涯我行我素的个性以及她与荷西的爱情故事。

那时三毛离去多年,电影《滚滚红尘》的风头早过。一本本怀念三毛的书已陆续上市,《三毛的绝唱》便是其中一本。风将之送给了我。同时送给我的还有巴金的《家春秋》三部曲。

我已经忘记了,那个时候我是落魄过后,还是正在落魄着。风书店的门是用几块可以拆解的大板条拼成的,灰黄的路灯包裹着风小小的书店,让人有种海上孤舟的感觉。

风邀我出店小坐。我发现仍旧一袭白衫黑裙的风清瘦了很多,脖颈

第四章　走着走着就散了

上套着一条灰色的围巾,清冷的风飘过,瘦弱的风身子颤动了一下,我望着风的背景,有种心疼得想流泪的感觉。

那些年是我人生中最艰难的几年。据说,风与城里找的一位男友又分了。我们像几年前的那夜一样,风拿出两份报纸,垫在花坛边立起的墙石上,风撩起裙摆与我坐在了一起。依旧像过去一样,肩并肩地坐着。像一对情人,也像一对姐弟。

我没有问风在我离乡后几年的遭遇,也没问夏与秋的下落。我们聊着她书店的生意,聊着她的身体,聊着县城的变化,聊着身边结了婚的朋友们,聊着他们的生活。

"你还爱书么?"风说。

"爱!"我说。

我说:"你以后就一直开着这不来钱的书店?"

风说:"你以后就一直种那几亩食不果腹的薄田?"

最后,我们都笑了。都说"不会"!

我不知道风的不如意是否与我有关,但无论风怎么不如意,都比我过得要好得多。很多话题,仍在农村挖着地的我根本不敢、也没有资格去再碰触。

"一身诗意千浔瀑"。风在我心中,仍旧是一位了不起的女子,是一位我打心里感激且尊敬的充满诗意的善良女子。

那晚,我们聊到路灯将熄。我们受生活所迫谈话的话题改变了很多,观念与看法也改变了很多,但身体里依旧有着一种不曾改变的东西支撑着我们坚强地活下去。

我目送着风离去,风就在春夜里,在昏暗的灯下,在洁净的马路边,像风筝一样渐行渐远,直至拐弯处消失。那条围巾在她的身后扬起,像一页页诗笺在风里轻轻地飘。而她消失的方向,一弯新月遥挂在天空。

几年后的一个夏天,我听到说风来我邻居家了,她带着一个不满周岁的孩子,专程来朋友家喝喜酒。

我打算晚上去拜访,可当我经过朋友家时,她正在沐浴,黑白的背影印在玻璃窗上,像极了一幅人体素描,醉了乡村的夜。

我没有进屋,不仅是因为去的不是时候,而是因为缺乏再见的勇气。我不知道与她坐在一起还说些什么,聊她在做着什么生意?在哪个城市?还是聊她的孩子?聊她的老公?聊她的婚姻是否幸福?——与我这样一个一直单着的仍无建树的男人?

此后我再也没有见到风,也没有听说关于风的任何消息。风的背影成了我对她最后的记忆。那背影时常穿越时空,飘入我的梦里,飘入我常跳动着的文字里。

三

10年之后,我在网上遇见一位叫"风"的女子,那时我正为一套价值一百多元的考试书发愁。风二话没话将之借给了素昧平生的我。

我几次要汇款给她,她都摇头。连寄书款都拒收。此后,每每感恩节记起,我都会给她发一条信息,而每次她会发张笑脸图回应。

十多年过去了,她从未提过这事件。前些天,我又提及。她发了张表情说:"你还记得这事!"

我在风的QQ空间里发现,原来她是白羊座。"豪放率真,富有强大的想象力,热情勇敢,女汉子味十足"是这个星座的性格特点。

她是靠自学成才的,我想与她的个性较为吻合。

她的空间的信息并不多,只有一张她留着长发埋首书间的剪影,此外就是小学一年级学生们上课与考试的几张图片。每张照片都有一些网友的评论。空间里还晒出一张她女儿的照片,十二三岁的光景,穿着一件coseplay演出服,非常美丽。

她是江南小镇上的一位小学语文教师。

第四章 走着走着就散了

四

前两年,我在一家作家云集的知名原创文学网站遇见一位叫"风"的女子。

风是网站资深的散文编辑。风在几乎要淡出我生活的QQ上说:"在我编过的散文中,你是写的最棒的。你的散文情景交融,非常能打动人。我常常读着读着就流下泪来……"

我说:"是吗?是因为写的故事,还是故事背后的那个人,那个已历经沧桑的老男人了么?"

风发了几张笑脸与激励的表情包。

风对我投的每篇稿都十分尊重,审校得非常认真,点评也相当深刻与细致,评语柔中带刚,一语中的。这常常让我想起,1991年1月4日深夜两点,去世当天三毛写给贾平凹先生的信。信中三毛对贾先生小说的赞誉,可谓大师见大师。那种怜惜那种尊重那种感佩令人动容。

风说十分喜欢我写的职场类的小品文,老板的形象十分鲜活,是用哲思与情感在码字,很有在场感。可是精品评选小组却有着不同的看法,因此为了让我的稿拿到"精品",风认定的好稿总是反复推荐,直到抗议成功!

2016年有段时间,我犯颈椎病一直头晕住进了医院,很长时间无法写作。风作为编辑老师虽然不懂医,却不时地安慰我,教我一些按摩理疗的办法,缓解不适与情绪。有次,一篇散文《故乡那抹炊烟》被选上了"绝品",风半夜收到消息,立马第一时间给我发来祝贺的短信息。似乎她比我这个作者还兴奋。而那刻,我正躺在医院的病床上,挂着点滴,等待检查结果,心情焦躁不安。风送来的喜讯给了我一丝生命的光亮,让我在长达9个月的治疗中挺了过来,走出那段抑郁的岁月。

而风作为一位作者,她写的文章每篇皆精,非精即绝。

《人民文学》主编宁小龄在福建鲁院给学员上课时指出,"一些作者喜欢借助个人生活,个人经验写作,依赖于个人生活经验,这是一个初级写作的阶段,像写亲情,写风景,写熟悉的小事等。"

按宁先生的说法,写作分为"经历层面""艺术层面""精神层"三重境界。宁先生说,不少文友仍然骑行在初级这条线上。而我想,风显然已完成变道。

风是一位慈爱的大姐,是位用时光煮书的文化人,是名优秀的网络编辑,是位非常非常有爱的作家,是我在文学路上遇见的一位知心大姐。

2017年年初,听说她开了家牛羊肉店,就在她的家乡。而此后,我在网站上再也没见到她更新文章。她不写散文很久了。

五

麦家在小说《风语》中说:"风语,不是风的语言,而是风的声音,风的呜咽……男人是风,你抓不住,靠不住,只能借。"

其实,女人是雪,抓得住,握不久;女人也更像是风,在你的人生经过的路口,像风一样飘过,再也不见,而远处月色正浓。

2018年1月22日于广州

第四章 走着走着就散了

走着走着就散了

【题记】

　　这个世界,甭管你是谁?遇见了谁?遇见了就会有告别!我们随时都要准备着,准备与谁和谁说"再见",包括自己。

　　再见,就是再也难见了!

一

　　我在老家镇上念高中时,有两位十分要好的同学——冰与庆。冰与我曾同床共枕过,庆是睡在我上铺的兄弟。我们都来自农村,家境都一般,但学习都很努力。

　　庆的父亲是半个公家人,原本在中学教书,可庆念初三那年庆的父亲竟意外去世了,据说是车祸,一同遇难的还有庆的母亲。

　　庆与妹妹尚未成年,便成了孤儿。他俩的生活费就靠父亲去世后的30多元钱的补助金。每个月初,我常常陪着他去一所中学领钱。

　　庆是个颇为乐观的人。他个头不高,有张常挂着笑容的脸。高二那年春天,庆说他母亲去世前在村里留下了几亩旱地,他想再种一年,已经播了种,到明年要高考了就得转租给村邻。

　　16岁的庆已独自干了两年农活,他不满15岁便能一个人下地使牛,妹妹则跟在牛后面吆喝。星期天学校没课,他就走十多里地回家给苗秧子浇水、施肥。

　　快放暑假时,庆问我假期是否能去他家帮助收割,我愉快地答应了。

　　他的家在一个周遭长满荆条树的村子。在向阳的一处坡上,有一排

245

土坯、红砖与土木结构混搭的房子,庆家就挤在里面。

庆的芝麻地就在家门正对面的荒岭上,一棵棵芝麻秆儿列兵似的站成一个个方阵,饱满的果实一粒粒在烈日下坚挺,招摇着,一副倔强的劲儿。我们戴着草帽光着膀子在芝麻地里收割了一整天,满脸都是小飞虫爬过的红疙瘩。

记得那天的晚饭是庆与我一起做的。在月色朗照的院子里,我们呼吸着满布芝麻与青草香味的空气,喝光了一瓶稻谷酿的烧酒,醉倒在屋檐下的竹床上。半醉半醒中,我们说了很多话,说要一起考南方城市里的大学,要一起出国,进修地质或历史学,要做个考古学家,建一个神户时代的有榻榻米的木房子,要一起娶个温柔贤惠的日本媳妇……末了,我们相互拍着肩说:这辈子要像战友一样打拼,像亲兄弟一样血脉相亲……

那年夏天,我们一同骑自行车去冰家帮助收割水稻。冰家在山坳里,屋后有个方圆几里长的人工湖。在湖滩上,我们像孩童般光着屁股在霞光万道的夕阳下,背着铁叉,抬着小鱼网,在湖里抓鱼捕虾,满身满脸都是泥。

两年后,冰考取了一所警校,后来辗转回到镇上当了名户籍警;他与庆不时联络着,偶尔约在镇上的小酒馆里喝杯怀旧酒。

庆则考进了一所技校,毕业后在江汉油田做了名钻井工人,娶了位油田的工人做媳妇。虽说整天在井下作业,全身冒着油气味,连汗水都是彩色的,但总算与地质攀上了点关系。而我由于父亲病逝,一路挫折不断。

庆后来也去我家帮助收割过庄稼,我母亲一直夸庆懂事,说哪个闺女嫁他福气呢。

庆却一直感叹,这下彼此离得远了。我不知道是指路的距离,还是指我们之间的情感距离。但谁都没想到,最后我比他走得更远,远到彼

第四章　走着走着就散了

此十多年都不曾见面。

十多年来,我们从每月写写信,到打打长途电话,到后来聊聊QQ、微信。我们聊同窗谁发达了,做职业中介做成了大老板,娶了房管局的千金了;谁出息了,读了博移民到国外去了;谁圆梦了,当了作家出书了;谁结婚又离了;谁把初恋情人丢失了;谁落魄了,在城里混不下去,回镇上了;谁为二奶打架进局子了……

接着,我们从聊同学转到聊家庭,聊老婆,聊孩子,聊各自打算在哪买房,打算让孩子上什么样的学校?

或许是感觉两个大男人像"同志"式腻着不正常,媳妇们出面干预的次数开始多起来;又或许是各自工作、家庭日益忙碌了,彼此联络的频率渐渐少了,少到春节发句祝福都不知道该如何落笔。

而作为公家人的冰后来做了片警,却依旧守在故乡,守着警区,守着一方平安,彼此的共同语言越来越少。

曾经的知己,说好做一辈子兄弟的同窗,聊着聊着就淡了!

二

父亲是个十分重情重义的人。亲友在他的眼里只看中两个人。其中一位便是父亲的小表弟"德"。我们管"德"叫"德叔"。据说,他是姨奶奶一族以及父亲这一辈里唯一从"泥巴腿子"混到县城当工人的人。当然也是父亲常挂在嘴边念叨着的有出息的"公家人"。

父亲的姨老表有三个,都住在镇子西边,父亲称之为"西上"。

父亲童年时代就在那里度过。所以,"西上"对父亲而言有着一种独特的情感。以至于每个大年初一去"西上"拜年成了我们家的规矩。

去"西上",父亲必带我去。因为我是家里最小也是唯一健壮的男丁,是为父亲支撑门户的人。我去几次"西上"后才知道父亲原来还有个乳名叫"照"。父亲年届五十,大表叔们仍叫着父亲的乳名,这让父亲感到自己十分地年轻,也十分地亲切。

父亲与表哥们见面必有酒局,常喝得找不着北,而且总有说不完的话。不过每次酒过三巡,便会重复一句话:姆妈与姨母就生了我们这几个。我们要相互照应,不管老辈子(当时奶奶已去世,姨奶奶身体状况也不好)以后如何?这条路(指亲戚关系)要走下去。不能像酒一样洒了。边说边把酒杯倾斜着,欲做向下翻转的动作。

表叔们连连拱手回应:"一母生两女,血浓于水,不能,不能!"……

"一定不能忘了本。"……

这后一句话是父亲朝着德叔讲的。

姨奶奶是由表叔中排行最小的德叔抚养的,因此我们去"西上"拜年时就常在德叔家落脚,一去就是多日。我与蓉表姐要好,也颇讨姨奶奶的喜。

我念高一那年秋,姨奶奶去世。父亲特地赶到学校告知我这个丧讯,只上过三个月私塾的父亲不知道如何才能找到我,便立在教学楼前的操场中央,站了一节课。我下课时才发现他。他低着头,腰间缠着白布,脸上满布凄色。父亲希望我放学后去一趟"西上",送姨奶奶上山。

从小学到高中,记忆中那是父亲唯一一次出现在我就读的校园。

姨奶奶去世后不久,大表叔也去世了。德叔将全家搬到了县里,只留下了空落落的老屋。

德叔不时从县里托人送些药品、紧缺的食品回来给我父亲。还常给我在镇上念高中的二姐寄去钢笔与复习资料。父亲便用笔记本记着,告诉我们说,以后长大了要报恩,要懂得还礼。

再去"西上"拜年时,父亲到三表叔家只待半日,当晚便会回。但每次必带上物什到山上祭拜大表叔,我照例跟在父亲后面。但见父亲路过德叔家老屋时,头扭向一边,步子也加快了。我想,父亲是不忍看到上了锁的那两扇门,不忍看到人去屋空的场景,不忍忆及在德叔家留下的太

第四章　走着走着就散了

多回忆。

父亲生重病时,是德叔与二姐夫陪着去省城看的病。在父亲的心里,许是担心自己这样没见过世面的人,头回去省城恐闹出笑话来,有德叔这个常在外跑的"公家人"保驾踏实;又或许父亲还有一层更深的含义,如果自己在省城医院手术中走了,还有二姐夫这个读书人与德叔在,这下一代的关系算接上了。

父亲重视的另一位亲人是他的堂兄。我们管它叫二爷。二爷有只眼盲了,但二爷的拳脚功夫不错,身上有股虎气。二爷家的三个儿子从小也都跟二爷练过拳。我们家孩子虽多,但排行靠前的都是姐姐,不免在村里受欺侮。而二爷便是我们家最大的靠山。每每遇到"谁家的牛吃了谁家几口庄稼""谁的板车占了谁家的道"类似这种鸡毛蒜皮的事欺侮到我们家时,父亲第一句话便是——"去新湾叫二爷去"……

二爷也待父亲不错。家里做个木匠活什么的,也会叫父亲去喝盅小酒,每次父亲都会醉着回来。他们每次酒后也都反复确认着一件事:虽然是叔伯兄弟,可同一祖宗假不了,况且村子又隔得这么近,两家关系比亲兄弟还亲,这亲情不能变。

若干年后,二爷病重,临终前,特地把父亲请去交代后事。父亲得讯,在家里徘徊了好久。

父亲打二爷家回来没几天便生了病。后来我从母亲口中得知。原来二爷的遗言是:老三,各自的儿女大了,子孙多了,孩子们负担重了,我们说话不管用了,我走后,就……就不要再来往了吧……

那句话或许在二爷心里埋藏了很久,每次想说却被父亲一张热络的笑脸给挡了回去。或许那根本就不是二爷的意思,只是迫于压力,转达了儿女的意思。不管怎么说,二爷的话像把刀戳到了父亲痛处。

让父亲痛心的或许不是今后在村里没了保护伞(因为那时我们都渐渐大了),而是在他看来世上情如手足的兄弟,几十年来往,鞋底都不知

249

磨破了多少双，可还没走完第二代，这说没就没了。

父亲也终究没能挨过次年的雨季。父亲去世后，我的姐姐们先后都出了嫁，家里开始返贫。期间德叔来我们家看望过母亲一两次。还给我们送来了一对种兔，建议我母亲养兔致富。兔子终究是没养起来，我们自然也没能迅速致富。

后来，我们与德叔及另外两个表叔的下一代往来越来越少，"西上"人家都搬迁殆尽。父亲穷尽一生努力建立起来的血脉亲情，也走到了尽头。

那年，我去县城办事，在路边坐上一辆双人座电摩，车主是位五十多岁的男子，戴着我熟悉的瓜皮帽，帽檐有点低，弯着腰，背对着我。我一坐下来他就启动了电摩，且迅速加足油门，一副急切的样子。

"去哪？"。

那时我心里记挂着要办的事，张嘴说了地名后沉默着。到目的地时，他转了下头，示意我付钱。

我心里一紧——德叔？我低低地叫了声，我怕认错人，但我想他已经听见。他的背抖动了一下，尔后仍保持着驾驶的姿势，眼睛木然地望着前方。我想他应该不难认出我的，可是他始终没有再回头。那段路本就不长，应该是三元钱的费用，我给了他一张五元的钞票，让他不用找了。他笑着点了点头，把帽檐再低了低，绝尘而去。

我更加认定他就是德叔，或许他单位经济效益不好下岗了，或许是有了空闲出来赚点外快。他一辈子习惯性地扮演着强者角色，没想到晚年还要接受乡下穷亲戚且还是晚辈的帮助。

他没认我，是不好意思？还是……

那是我最后一次见到德叔。此后，我再也没能打听出关于他的消息。

前年春节回家，与大堂兄一起去祭祖。回来的路上，大堂兄走得很慢,我陪着他掉在队伍的后面。蓦地,他叹了口气对我说:"我们的父母都入土为安这么多年了,我现在已过花甲之年,横竖也快躺进去了。他们走得早,很多话来不及说,我又是个泥巴腿子,种了一辈子地,也不懂啥道理。你们几年才回乡一次,平日里连个讯息都没,你说如果我走了,这条路还……"

大堂兄哽咽着,几行浑浊的泪水从深陷的眼窝边滚落下来。

后面的话大堂兄没再往下说。父母仙逝,长兄为父,我不知如何作答。

我一直认为我们还年轻,身后的事还有很多时间来安排来处理。可是,我却没有替大堂兄去想,更没有想到父亲那一辈纠结着的难以割舍的亲情休止符如此快速地来到了我们的眼前。

曾经牢不可破、血浓于水的亲情,走着走着就断了。

三

祝叶是一位美丽的乡村女教师。

我们的交往是从1993年春日的一个傍晚开始的。我快下班时,邮差送来一张薄薄的信封,那是一封19岁的少女写给20岁少男的交友信。

"我非常赞同你在杂志上发表的格言——'追求者是没有归路的,因为开拓者前进时根本就没有路',我相信你会是个有为青年。你爱好书法、音乐、摄影、写作,这也是我喜欢的。相信你的格言里裹藏着一颗柔软而坚韧的心;希望我们能成为知心朋友!"

信是用蓝色墨水写的,十分工整。首行称呼我的名,省略了姓,而落款处写着"祝叶"。

我回道:"祝老师,你的信简短真挚,字迹纤细又明丽,心思细腻又缜密,提议恰当又贴切,想来定是位美丽又善良的好姑娘。非常感谢你的鼓励,期待你再次来信。"

让我路过你的世界

　　那个年代，社交工具就是收音机、书信，最流行的便是交"笔友"。
　　当我收到她第二封信的时候，我看到了她寄的照片。
　　深山下的一所乡村小学，五六间整齐排列的红色瓦房教室，半个篮球架立在教室前的空地上。早春的时节，应是春寒料峭，白玉兰在小小校园的一隅正静静地开放。但见一棵绿色柏树旁倚着一位长发的青春女子，一款蓝白相间的高领毛衣套在她饱满的前胸，一条黑色健美裤单薄而得体地束裹着一双稍瘦的腿，使她显得亭亭玉立。她的眼睫毛微微上扬，眼神中充满淡淡的感伤，而弧度优美的嘴角则露着浅浅的笑意。这看似忧喜参半的表情纠结在一起，使她看上去美得让人有种疼怜。
　　祝叶在信中写道：我想我喜欢文字中的你，不过生活中的你应该比照片与文字上的更加阳光！期待……落款由"祝叶"变成了"叶子"。
　　叶子的那张照片我用目光抚摸了很久，那时候电视剧《雪山飞狐》《婉君》正在热播，歌曲《追梦人》《一个女孩名叫婉君》唱遍了大街小巷，而远近村落里扎着麻花辫的学童也能扬起嗓子吼上几句。于是苗若兰、婉君的影像不断地潜入我的梦境，最后全都幻化成了叶子的笑容。我把她的照片镶上框摆在我房间的书桌上，朝也看晚也看。那时，我感觉自己是幸福的，是她陪我度过了人生中最艰难的青春岁月。可惜这张照片在我南漂时留在老家遗失了，一同遗失的还有198封叶子寄来的信件。
　　叶子与我前后只见过三次面，每一次我都不能自已。
　　初见叶子是在笔交了两年后。那是个叶落的深秋，故乡正是清冷的时候。她穿了件白色的连衣裙，背着个蓝色小包，一头长发披在肩上，手里拽着我写给她的信件，大老远跑来找我。鞋跟上、小腿上还粘着泥。见了面也不迎上来，远远地杵在那儿，泪珠子在眼窝里打转，嘴角却挂着笑意。第一句话便是直呼我的名字，然后说，你真的好过分，这么久没来信……

第四章 走着走着就散了

她说她忘了带礼物,赶路,走得急,说着从包里取出10个棠梨塞给我,说是山上采的。

我握着叶子的手,不知该说什么。看着她在晚风里瑟瑟发抖的双肩,以及从她手上传过来的冰冷的气息,我的心一下子揪紧了,然后是生生地疼。

后来我知道,叶子住的村子一天能遇上两班去镇上的车,到了镇上再转车到县城,县城再转车,还要再走一段很长的黄土路才来到我那儿。

一个女孩子从邻县的乡村大老远跑到南边另一个县的乡下来,百来里的路,就为见一个书信里神采飞扬、会写点诗、发豆腐块的穷小子?可那穷小子却没法招待她,哪怕给她煮一碗热气腾腾的面条,为她准备一个暖烘烘的被窝。

天快黑了,我把外套脱下来给她披上,她说:"我得到你们镇上赶末班车回去,明早还有课呢,见到你我就放心了。"

说完,她紧紧地抱着我,泪水打湿了我的肩——"你一定要好好的,好好的,我还等着你来娶我呢!……"

那时的我,与未发迹前的"夏洛特"相似,特别地烦恼,而且落魄。在一个比叶子更穷的村子里任代课老师的我一天能领到二元三毛钱。我能给她怎样的未来?

再次见到叶子的时候,我的人生开始转了风向,文路开始打开,却还是穷着。而叶子已经25岁了,变成了村里人嘴里的老姑娘。据说,她为了等我,拒绝了好多上门来提亲的人家,包括镇上、县里的公家人。我为叶子感到不值,更为自己感到悲哀。

那一年,叶子在学校的岗位被人代替,对方是从县幼师毕业的校长千金,叶子一气之下回到了村里。叶子在信里与我商量着一起南漂,叶子说她母亲去世得早,要不是父亲拦阻早就出去打工了,真不愿待在乡下,不是怕乡下苦,是看不到希望。

叶子说她想走出大山,到山外更远的地方去,趁着年轻。出去哪怕住工房,哪怕找不到工作饿肚子,也要出去。在哪都行,只要有我;叶子甚至拿出了户口本。

叶子的家在大洪山下一个美丽的小山村里,一条条四季流淌的小溪流走了叶子的童年,一座座石板桥原生态地横卧在山冈上,连接两县的公路打山腰经过,转过几道弯,然后迅速急转向上,像条河流一样在叶子村口稍稍平坦的空地上舒缓了下来,然后再向北缓缓地爬升,便能看见叶子家冒着炊烟的厨房。

这是个离镇上三十多里路的自然村,几十户人家分散在高高低低的山坡上,这条已经年久失修的公路成了村子唯一与文明离得最近的地方,也是出山的必经路,因此方圆十里的村民们进出大山都会在这里歇个脚尖儿。叶子的父亲十分精明地在马路边搭建了一间瓦房,开起了杂货铺。叶子也便成了这间杂货铺实际的女主人。她在货架后支起一张竹床,白天堆放货物,夜里看店时当床睡。

我曾问过她怕不怕村里的二蛋之流来骚扰?

她恼了急急地说:"你还是男人吗?村里好些人知道我是有主的,他要有胆量来也得经得起我爸的拳头。"

叶子在后来的信里写道:"山里很静很静,静得让人落泪。要是你在或许能听见一群山猴子争奶抢食的欢叫声。一个人在夜里有时感觉很特别,这寂静仿佛能让人听到时光走动的脚步声,有种接近佛境的清冷与空灵。但一想到你就感到很温暖。今天收到了你的信,知道很快就能见到你了,挺开心。希望我是你的开心果,也能让你开开心心。"

叶子还在信里动情地说:"可有时一想到将来一只碗,一双筷子,一条毛巾都要靠我俩劳动的双手来挣,就感到揪心……"

我想从小失去母爱,吃过太多苦的叶子,在那个物质仍然贫乏,一瓢一碗来之不易的年代,为了做出选择内心经历了怎样痛苦的挣扎。

第四章　走着走着就散了

　　我们美好而浪漫的感情遭到了叶子父亲与姐姐的强烈反对,以至于我们几次都难以成行。当叶子告诉我家庭矛盾开始减缓时,我才走上去叶子家的路。

　　第一次进叶家的门,叶父表现得非常客气,叶姐脸上总挂着淡淡的笑,边用拾来的松枝、松果、茅草生火做饭边问一些家里的情况。天色黑下来的时候,叶子从小卖部打烊回来,见到我有些羞涩又有些委屈地在灶前木凳上坐下来,一边给灶膛里添柴火,一边故作生气状地说"喂,你还站着干吗,坐下可以给我挡挡风"。这时我才发现,叶子身边还有一个小木凳,而厨房的门裂开几条缝隙,风从缝隙钻进来,生生地有些凉。

　　那晚,灯下的叶子十分地美,不知是暗黄色的灯的缘故,还是刚走完一段山路,叶子的脸红扑扑的。

　　那顿饭我不知道是如何咽下去的,我与叶父在灯下围着一个小木桌,桌上支着一只小火炉,小火苗舔着盛满腊肉、豆腐、萝卜的铁锅。叶子与她姐在厨房里吃着,不时过来夹点菜。我与叶父不咸不淡,有一句没一句地说着话,努力地打破这初见的尴尬。我依稀记得给叶父倒酒时,我笨拙地把酒洒在了桌子上。

　　我记得叶父讲得最真切的一句话是——"小朱呀,你是叶子的朋友,从大老远下来(当地一种对外来人进山行为的敬称)一趟不容易,吃好!"

　　饭后,我想与叶子单独说说话,便去拉叶子的手,忽然感觉到她的手比从前更加冰冷,她有些矜持地挣脱,才迈出门便迅速关门把我堵在屋内,而叶姐在我身后一声不吭。

　　我不知道,屋外那个人是否已泪眼婆娑。没坚持多久门还是开了,她转过身去不想让我看清她的脸。

　　静静的山峦,林木如黛,一弯新月悄悄地爬上枝头,远处的零星的灯火或明或暗地闪着,让人有种置身世外的感觉。叶子一袭红白相间的裙装,一头黑发长长地垂着,朦胧的月光将她优美的身姿绘成一幅黑白的剪影。

我从身后搂着她,我发现她的眼里、腮边、唇边都是泪水。

叶子低低地对我说:"去睡吧,咱们的事,明天再说好吗?"

我不知道那晚她不让我送她回店铺,是因为避嫌,还是有了自己的主意。我想她应该知道,那刻我的心里已经对她说了无数遍——"我真的很在乎你!"

那晚,叶姐把我安置在叶子的房间里。那是间小而温馨的土屋。墙上贴着我几年里陆续写给她的几幅字画,其中一幅是草书——"人生何处不相逢,相逢何必曾相识"。木床靠着墙被一袭蚊帐包围着,床边有张老书桌,抽屉半开着,内里有半张剪下的报纸,报上登着我为她写的一首小诗——《枫叶的情思》。

我能想象,叶子一定把这首诗用她纤柔的手指,用心尖用泪光甚至用嘴唇来回抚摩过,在日里在夜里在无人的角落读过背过笑过骄傲过,最后想着盼着思念着……叶子又是如何幸福地活在我给她营造的精神世界里,又是如何在现实生活里挣扎,一边饱受旁人的冷眼,一边孤独无依地守护一段从文字里走出来的感情。

深夜,我躺在叶子新浆洗的被子里,头枕在她绣着莲花的枕头上,呼吸着她留在房里的气息,想着我与她未知的明天,彻夜未眠。

我最后一次与叶子的相见是在1997年的情人节,正好是大年初二。我在镇上买了一瓶"稻花香"与一盒巧克力,花了一百八十多元钱,那是我在镇上卖春联攒下来的,也是我当时所有的积蓄。

我在叶子杂货站前的马路边下了车,一群乡民们围在路边聊着什么,穿着蓝格裙的叶子见了我,微微笑了一下,让我先进店里。尔后,她便露出我熟悉的那种淡淡的哀愁。

那或许是叶子最后一次的挣扎。那个阴郁的午后,我们在叶家吃完饭回来,叶子趴在我肩上流着泪提出了分手,叶子说:"我舍不得你,可是

第四章　走着走着就散了

我就一个父亲与一个招女婿上门的姐姐，她们都希望不要嫁那么远，你让我怎么选？"

我开始对她大吼大叫，居高临下地说她不理解我，说她不努力争取……

这段在纸上编织且憧憬了4年的感情终究没有抵挡住柴米油盐，难道我们的纸上爱情就这样戛然而止了吗？

从叶子的杂货店出来向南是一段很长很陡的下坡路，我顺着山坡在山道上奔跑，不争气的泪水在我心域里满山遍野地奔流，全然没有听见叶在我背后的呼喊。

就在那个大洪山山麓下，那弯弯的山道旁，叶子曾经在耳边说过，在情书里写过的那一段段话，一个个字迅速钻入我的耳朵，又一行行一遍遍跌落在乍暖还寒的春风里。

是情不够？还是情太深？

一年后我只身离乡南漂，一去18年。这18年，我的事业与人生在另一位同样来自故乡的女子的一路鼓励、守护与鞭策下开始转了风向，可是每当想起这段感情，我就问自己：如果那天晚上我吻了叶子，我坚持送叶子回了店铺会如何？如果我与叶子谈话时不那么冲动会如何？如果离开时我听到叶子流泪的呼喊回了头会如何？如果叶子坚持离了家与我一起南漂又会如何？

叶子是我的初恋。有人说她后来听从父亲的安排没有走出大山，我走的那年秋天就嫁给山后一户做泥瓦工的人家；也有说人她走出了大山，嫁到邻县一位做生意的人家。至于那间杂货铺仍然开着，仍在马路，在山道上，在小河边，尽管生意一直都不太好。

情不知所起，一往而深，恨不知所踪，一笑而泯。

或许有些情感想着想着就忘了，但我不会忘，我不知道叶子会不会。我常想，人这一辈子曾经最初的真情，往往不是给了最后陪你走过一生的那个人,而是给了离你最远伤你最深的那个人;而曾发誓永不变的爱情,常常爱着爱着就变了。

附:诗歌《枫叶的情思》原文

——给一位乡村女教师

你那么执着地等待

等待又等待

很温馨的月

很清澈的溪

等待你含笑走近

你却将一尊倾城的倒影

默默地剪成相思

等待

——投给远方

岁月或许早已开始扬花

你宁愿

错过花满枝头的春

错过清荷脉脉的夏

而等待

风絮满山的秋么?

1993年秋刊于《山东家庭生活报》7版头条

四

小欣是我故乡的发小。她16岁时便长成了个素面朝天的女孩。从小就爱读书。我青少年时代的许多小说都是从她那里借阅的。

小欣脸上结了几颗雀斑,但这没有影响她乐观执着的个性,以及

第四章 走着走着就散了

她的感染力。她十分地勤劳，村前村后，垄头陌上都能看到她打猪草、种菜、拾麦穗以及采莲的身影。她下雨放牛的时候常常一边打伞一边看书。

我总觉得小欣是琼瑶剧里走出来的女子，她比小说《何以笙箫默》的女主角要汉子得多。

小欣做得一手好菜，乡下农忙过后，我们几个发小与她镇上的同学去她家小聚，她就能魔术似地摆出一桌，于是大家像结社一样，温一壶烧酒，边喝边谈书说经，无论男女，一点不像前脚还在泥里打转的庄稼人。而小欣绝对会是聚会的主角，她妙语连珠将成语接龙转上十圈不停，能让葫芦发出优美的旋律，把《月光下的凤尾竹》吹得跟原创音乐似的；能把琼瑶、三毛的每本小说主角与内容准确地复述出来，能把红楼梦里诗词一句不漏地背下来……她过目不忘的本领堪称才女。

可是，她念完中学就弃学了，这让村里人都为她感到可惜。

小欣青春时代有不少追求者，村里村外的都有。

"一把扇子二面黄，上面画的姐和郎，郎在这边望到姐，姐在那边望到郎，姻缘只隔纸一张。"

"石柳花开叶叶青，郎将真心换姐心，不爱灯笼千只眼，要学蜡烛一条心，鸳鸯结伴永相亲。"

这些千回百转的民歌民谣伴随着小欣的成长不时在故乡山坳里传诵，仿佛都是唱给小欣听的。

可谁没想到，她居然嫁给一位大她15岁的外县厨师张先生。

张厨离过一次婚，小欣全家人反对，可小欣坚持要嫁，家人拗不过，结果就嫁了。在迎娶小欣的婚礼上，张厨当着小欣父母亲与乡亲的面发誓，这辈子一定要疼惜小欣，珍爱到老。

张厨是在县里酒楼当掌厨时遇见前去学厨艺的小欣的，小欣学完厨艺后并没有急着开酒楼，而是开了家小书店。

张厨很快被小欣的文艺气质吸引，成了书店里的常客。小欣倚着窗前、伏在桌上看书的模样足以让路人心动，而小欣几颗雀斑在张厨看来似乎成了个性标签。张厨收入不错，我想县城里的主要马路、公园、影院、书店都会记得他们徜徉的身影。

婚后不久，小欣便为张厨生了一个女儿。张厨去省城掌勺时，小欣没有跟去，而是选择留在娘家带女儿。小欣一边养育着女儿，一边帮助她母亲做农活、干家务，一有空她便读书、写诗、创作，还在县里的报纸上陆续发表过不少的文章，此外，还考过了厨师三级。张厨据说也荣升五星大饭店的首席大厨。

这段原本不被祝福的婚姻成了村邻们羡慕且在嘴上翻滚的典范。

小欣女儿4岁时，她跟着张厨去了省城，把女儿送到省城里的实验幼儿园，还在城里开了家小书吧。起初每晚张厨都来书吧接小欣和女儿回家。渐渐地，张厨似乎越来越忙，回来得越来越晚，据说他喜欢上酒楼里的女服务员，暗地里好了一年多了。

小欣在省城开书吧的时候，曾寄给我几本当时十分抢手的畅销书——《呼啸山庄》《三个火枪手》《嘉莉妹妹》《飘》《茶花女》以及《泰戈尔诗集》等。我写信给小欣，希望她想开点，未来很长，孩子重要。

没想到，小欣还是迅速结束了这段感情。离婚的消息传到村里时，村邻一片唏嘘——一个没有女人看管的男人迟早会出事；还有人说，都是那些斑斑点点的缘故?!

不管怎么说，小欣没有在意脸上的斑点，她选择了放手。一年后，她带着5岁的女儿嫁给了10年前追求她的初恋情人。

可是，这第二段婚姻也没能维持多久，小欣又离婚了。于是，村里人关于小欣"斑点论"再次发酵。

去年听说小欣去美容医院做了彩光祛斑，做了"超声刀""皮秒"，还隆了鼻、丰了下巴，打了玻尿酸……35岁的小欣出来的时候，脸上白白净

第四章 走着走着就散了

净,光彩照人,与过去判若两人。听说她曾回过故乡一次,可大家都觉得当初那种迷人的气质在小欣身上再也找不到了。

明明约定到老的婚姻,看着看着就厌了,走着走着就散了,连回忆都淡了……

我忽然想起徐志摩的诗句:一生至少该有一次,为了某个人而忘了自己,不求有结果,不求同行,不求曾经拥有,甚至不求你爱我,只求在我最美的年华里,遇到你……

我有很久没有小欣的消息了。QQ、微信、博客、微博、朋友圈都没能找到她。我不知道她是否还相信爱情,相信自己。我想她不会在意别人怎么看。

2017年2月17日于广州,部分内容刊于2017年3月《佛山文艺》杂志、2017年12月《中国文化与产业》杂志

让我路过你的世界

【题记】

几十年之后,一个石碑、一个木盒、一个土坑就是人生旅行的终点。再美的风景,再浪漫的季节,再香的美食,再棒的营养品,再醇的美酒,再难舍的亲情友情,再绝代的才子佳人都将与我们无关。我们已不在时间的服务区。那么,请珍惜身边的每一个人,即使只是匆匆路过,路过彼此的世界!

初 萌

不少人的情窦初开都发生在春天。

那年,我在江汉平原一个小镇上念初级中学,那是所毕业班寄宿学校。自从新建了一幢两层教学楼,老旧的那两排红砖的教室便改成了办公室,以及学生的住宿。

我每天都能看见初二年级的一位学妹,十四五岁的样子,有一张把人间冷暖烧成青花瓷的脸,有一张月牙弯式的微微上翘的唇镶嵌着两个小酒窝。颈子上套一袭花格子长裙,在腰的部位打了个结,于是正在发育的胸部开始显山露水,变得凹凸惹眼起来。一双半高跟鞋裹着一双美丽的小脚。她从宿舍里走出,穿回廊,过操场,经教学楼出门,每一步仿佛张爱玲小说里的人物特写——一副随高跟鞋饱满跳跃的身姿,一副眉骨被灵魂亲吻成粉面含春的画像。那铮铮的音韵与皎皎的目光,让你误以为走进了江南的明月夜。

而她最引人注目的是头上扎着的辫子。长发拢起,在左侧耳际蓦地

第四章 走着走着就散了

弯下，像瑜伽女人柔软的腰肢，坚挺地悬在半空。行走起来，辫子微微颤动，晃晃悠悠，忽闪忽闪，像极了当年电视剧《霍东阁》的女一号熊英翘。这使她看上去增添了几分调皮与机敏。我想那时的她，应该走进了不少毕业班男生的日记。

学校的师生大都来自于乡下农村，有的教师还是半袋米的半农半商户口。这是那个特定年代的特定产物。一个商品粮户口仍旧是许多农村人一辈子的追求。而镇上机关干部的子弟，那些真正吃着商品粮的学生一般都在另一所新建的教学条件稍好的中学念书。

我所在那所学校，非毕业班寄宿的女生只有她。她的家乡在另一个较偏远的乡镇，据说是因她叔叔的关系转学过来。二年级没有自习的规定，所以放学及周末空下来的日子，她大约是很寂寞的吧。

我们班男生都有上自习前买包葵花籽等零嘴儿的习惯。在课间15分钟，我们常常立在二楼的阳台，边嗑瓜子边看抱着书本或拎着水桶的她走近又走远。于是盯着她凹凸有致的背影，便有了不少评论。自然有知情的人报了料，她就是谁谁的堂妹——贞。

贞与我住的床铺仅一墙之隔。于是肇事的学长（留了级的）便会趁人不备在我床铺上方的墙面偷偷打了个小孔，用一块灰砖合上作为伪装，想偷窥时再悄悄打开。

隔壁宿舍昏黄的光亮便时时穿透过来，自然也能看见贞。有偷窥癖的学长若自习课溜个号回来，大多能看到贞。她不是在温书，就是在水盆子里洗澡（学校没有设女性专用沐浴房，无论是教师或学生都以盆浴为主）。我睡觉前检查床铺，发现墙上的灰尘掉到床单上，于是这个秘密便败露了。

我没告发那位学长，一是怕挨打，二是怕说不清，三是自己也存着偷窥贞的心思。毕竟在那个青春躁动的年龄，在那个生活窘迫的时代，在那个百人读书一人上大学的畸形年代，在那个情感问题仍趋于保守的年

263

代,对异性身体的好奇与渴求往往会折磨男人们一辈子。在那个年代,谁能保证自己的心理都是阳光的呢?

坦白说,我偷窥过贞,可一次也没见贞沐浴的样子。一次见到贞读着一本书,那月牙弯式的嘴唇亲吻着食指,开开合合,一副入戏太深的模样;一次见到贞用熄灭的火柴描着蛾眉,雪白的香腮,鬓云欲度。

我更喜听贞读书的声音,或者洗脚的声音。我觉得那是世上最美的音乐。

贞是位文静有礼的姑娘,拎着水桶在走廊转角处撞见,也会红着脸对我笑笑,我便驻足点头,然后也羞红了脸,仿佛偷窥她沐浴的人是我似的。

贞浅浅的笑容,如同校园肆意绽放着的小野菊,星星点点地埋在灌木或者墙角的浅草丛中,冷不丁冒出来让你惊喜。我也仿佛从贞的笑容中嗅到了阳光包裹着小野菊的香味。

为了能与贞同班,我还萌生过留级的想法。可是很快被淹没在了那场决定是做公家人还是继续做泥腿子的命运角逐中。

接下来,一次次的模拟考试,一次次决定前途命运的班会、家长会,一个个懵懵懂懂的灵魂被一股脑儿拽进了黑袋子里,被驱赶着掉进了那个黑洞般的漩涡中,再也没了荷尔蒙的冲动。

毕业班年考后,大家各奔东西,辍学的辍学,上高中的上高中,上中专的上中专,几家欢喜几家愁,似乎谁也没有提起过贞。贞是转了学,还是回了故乡?没人知道,总之我再也没有见过贞。

无论她是考上了高中,上了大学,还是留在了乡下……她的身边一定不乏优秀的男生或者男人。我想她不大会想到14岁那一年,那个校园里开满野菊花的春天,她一度成为男生日记里的女主角,成为拨动少年心弦的思慕对象;她更不会记得曾路过她世界的那个人——那个故意在拐角处等她出现看她发呆的男生,早已把她的剪影刻进了记忆的春天。

第四章　走着走着就散了

初　情

第一次正式相亲，是20世纪90年代初。

二十出头的我对自己的人生充满迷茫，对爱情存在着离奇的梦想。在日剧方兴未艾的年代——去日本名古屋相亲，到大阪找松坂庆子般美丽的新娘，飞京都古城举行西式婚礼，是不少青年的人生追求。

如果放到今天，可能要挨愤青一顿暴打，可当时的想法就是这样。历史归历史，恩怨归恩怨，爱情归爱情。日本姑娘的开放、坚强、贤淑，婚后无微不至地伺候丈夫，蛊惑了许多男人，起到了"娶妻当如殷丽华"的宣传作用。

我对母亲说，我要留学就去日本，给她找位日本儿媳。

母亲并没有感到惊愕，她可能看到了我蚊帐里挂着的各式日本地图，还有跟着电台学日语的那份决心。于是她笑了笑，"那敢情好，只怕养不起人家姑娘吧！"

尽管心中充满了太多不着边际的梦幻，但择偶的标准还是在心里扎了根。

我的第一次相亲是在母亲与姐姐们的操持下进行的。感谢她们，让我开始面对情感的夏天。

我第一位相亲对象是我姐家的近邻，比我年长一岁，面容饱满，长发披肩，体态丰盈，话不多，见到陌生人总低着眉。姑娘家是三层的小洋房，父母非常年轻，条件比我家好太多。除了读书少些，那位姑娘绝对是一位可以居家过日子的人。

很重要的一点是，姑娘似乎对我并不挑剔，姑娘的父母亲对我还算满意。第一次见面，姑娘便很亲切地给我倒茶，大方地让我参观她住的房间，还让我观赏她养的雏菊。我一边赏菊，一边偷眼瞧她，她的脸颊顿时浮起一层淡淡的红晕，然后便一低眉。

我们每次的相见都静默着,静默得能听到彼此的心跳,能听到牛在树荫下打着饱嗝的声音。我想姑娘应该是对我有好感的,只是我们都不懂得如何去爱。几次交往过后,我便不好意思再耽误姑娘的青春。

后来她嫁到了一个离我家不远的村落。男人开着农用车,种着几亩果园。果园里据说常常有生人光顾,自然男人就动了手,还打伤了人,自己也受了伤。

我每次回故乡,打姑娘娘家的小洋楼经过,都不敢抬头,不敢离得太近。我总觉得有一双眼睛盯着我,责怪我当年辜负了她,亏欠了她善良的母亲。

这位姑娘总让我想起云。云与我年龄相仿,她是家兄带进家门的。听家兄说,她是一堆朋友中最朴实且有心计的女子。云的家乡在邻县,来我们镇上的美容店学美发手艺。

云算不上漂亮,却长着一张智慧的脸。她是第一位走进我家且留过宿的女子,也是唯一与母亲同过床的外乡女子。她似乎并不嫌弃我们过于贫穷的家境,对我母亲十分的热情。

次日,她起床后手执木梳,一脚立在石门槛上,一脚立在窗下,半个头倾斜着,一头黑发垂地。见了我,她扬起脸,眼眉处尽是笑意,像一朵早开的雏菊。

家兄见了便开玩笑说:"弟娃,让云做我们家的媳妇可好?"

我只是笑,其实心里早泛起了一丝涟漪。

后来听说她一个人到南方打工,接着云的兄长出事。5年后,返乡的她用柔弱的双肩撑起了一个破败的家。

此后很长的时间里,我一直对她充满着感激与敬佩。等我终于下定决心托亲友去提亲时,她却正好出嫁。云嫁给了一位同村比她大得多的男人。后来听说云与她的丈夫在镇上开了家小店,做起了小生意。

我与云以及那位姑娘不见已二十多年了,或许她们早已儿女成群了

第四章　走着走着就散了

吧？我不知道她们过得幸不幸福,是否偶然会想起我,想起曾有个胆小、冒失、青涩的男人,曾经懵懵懂懂、惴惴不安地路过了她的世界。

初　遇

樱来自上海。

那年,带着未满岁的孩子回到成都的婆家,为了就近照看孩子,樱决定留在成都,在我当年任职的那家整形医院负责营销。

我第一眼见到她时,就为她文弱的体质担心。没想到,先出状况的是她的适应能力。

她到成都上班时正值芽虫满天飞的春阴时节。她住在成都交通大学老宿舍里。住了一晚,一大早便敲开我的办公室门。

"你晓得不?你晓得不?成都的宿舍不能住人的啦!"

我好奇地停下手中的工作望着她。

"成都人奇葩的呀,我昨晚到餐厅吃饭就犯嘀咕——敢情餐厅里居然摆着麻将桌,还以为那是人家的主题风格。没想到,每家都是这样子的呀。那哪里是餐厅呀,敢情就是棋牌室嘛。"

"到了晚间,还未进小区门,便远远听到一片哗啦啦的麻将声,进了小区,接上头的便是老掉牙的歌,便是乱哄哄的广场舞,男女老少都在扭,那个土呀……可转念一想呀,土就土吧,可不能没完没了的呀,半夜了还不结束,还不放过我的耳朵,怎么住得下去呀!一点都不比上海……"

第二天,她就在院外一家酒店旁租下了一间单身公寓,连夜从宿舍搬了出去。公寓在高楼的二十几层,芽虫与蚊子都飞不上去,似乎不用担心成都的坏天气与潮空气了。可是没几天,新问题又来了。

樱怕黑!一个结了婚当了母亲的女人怕黑!!!

可成都的路灯那是相当明亮的。除了春熙路、宽窄巷子、锦里、杜甫

267

草堂等情侣、游客扎堆处。

樱对黑夜的定位是不能过8点。过了8点,樱就不敢出医院大门。

樱说:"在上海,没有夜晚,只有白昼。三步一灯五步一哨,环境那是相当安全。你再瞧瞧成都,一到晚上,街上居然连个鬼影都没……"

于是作为她的领导,我当仁不让地成了她的8点过后的贴身保镖。

在送樱回宿舍的路上,我听了不少关于上海的故事。樱讲得最多的是上海人的法律意识,维权意识,以及高效工作的精神。

樱说,她在上海上的大学,在上海买的房,在上海遇见的老公,在上海结的婚,生的娃,在上海落的户,在上海找的第一个朝九晚五的工作。

樱每次讲述时,都一脸的自豪。

樱说,要不是为了孩子,为了老公安心上班,她这辈子都不想来成都。自然也不会来成都工作。而我却为她接下来的工作担心。

果不其然。没几天,樱便向我投诉成都的同事。

"这成都没法子待的啦……慢,慢,慢——太慢了……开个会,要讨论一上午。在上海就半小时的事情嘛;说句话,还要喝口茶,哈哈哈一下(茶水在喉咙里转悠的意思);还有女孩子居然会吸烟呢,什么状况嘛?上班,上班根本不是那回事呀,拖拖拖……什么事都是'改天喝茶聊'……太奇葩了,一点都不像上海……"

原来,成都人有享受慢生活的特点:喜欢骑自行车慢行,过马路喜欢手牵手;早上上班,喜欢边吃早餐边读新闻;工作前,喜欢先泡上一壶茶;做方案时,喜欢边听音乐边思考;开会时,喜欢带点水果点心。若是地震来了,也是慢悠悠的——一副处变不惊的模样。

樱的部下对加班加点不感冒。樱则希望每天的工作进度快些再快些,方案落实提前提前再提前;上班就得心无杂念,安安静静,讲究效率……

于是矛盾出现了,为了让团队跟上樱的节奏,樱先是大会小会批评,接着就是一遍一遍地向我投诉。最后只能把大家没干完的工作全揽过来。两个月下来，樱累倒了。

"我来成都，绝不是来养老的……"

樱讲的不是没有道理。成都不仅是离婚率最高的城市，据说也是女烟民最多的城市之一。诸多的第一成就了成都"成功之都""时尚之都"的美誉。民间有"生在扬州，穿在苏州，玩在杭州，吃在广州，活在成都，死在柳州，葬在徽州"的说法，以及"少不入川，老不出蜀"的告诫。

樱走了。就在汶川大地震过后两天，工作了三个月的樱走了。或许她不得不走！不仅工作进展不顺利，又遇上她的孩子出水痘。婆家一天三遍电话。况且成都的乡下，樱住着怕是更不习惯。再说连天都不愿接纳她——居然让她遇上一生难遇的大地震！可谓天怒人怨！

樱离开的前夕，我们坐在马路边的花坛上聊了许多。樱讲了许多感谢我之类的话，说不会忘了我这个慈爱且包容的老师。

"我只与优秀的人为伍……"这是樱临别的赠言。

樱走后，不时在我的QQ空间顶个贴，留个言。渐渐地，樱掉了线，音讯全无。一年后，我也离开了成都。

对樱而言，成都与成都的人不过是一个过客；对成都而言，樱与我又何尝不是呢。我们相互遇见，相互路过，没有谁对谁错。

初　信

我是一位谨慎的人，轻易不会资助一个人。不是因为我小气，是因为我本身就是需要被资助的对象，可我还是背着银行的债务决定资助深。

深来自闽西，闽某"211"工程大学毕业。

深是我曾经的朋友。他是位对人生对事业对爱情都有着周密计划的人。他总是干着一件事，想着几件事。在念大学时便兴办刊物，创建社团,自己到处拉赞助。他的第一份工作就是拉赞助获得的。

到了单位,深几天写一份管理建议,一月提报一份创新计划,他的活跃程度深得领导的常识。

较之于踏实苦干的我,他的情商显然高出太多。深没有背景,他靠的全是自己的努力与智慧。他在学校上学时,骑着自行车跑遍了福州的大小超市及土特产商铺,着手筹备创业。毕业找到单位工作后,他与其叔叔在闽西创建了第一家粉干厂。

他毕业后与我窝在打工单位的宿舍里。一年后,他晋升为宣传部主任,搬出宿舍;2年后,他成为厂长。第4年,他就跳槽到了一家单位做副总经理。29岁时,他用1万元付首付,成功预购了一套价值36万的洋房。当挤在单位宿舍里的我们仍在抱怨房价过高、持续观望且犹豫不决时,他已住进了一套100多平方米的新居。

此后,他再从副总任上离职,成为一家知名保险公司省级代理。当我们仍骑着电车上班时,他早购买了一辆小轿车。

许多朋友都说,以深的眼光、智慧与胆识,迟早会成为大老板,我也曾这么认为。

我常常受邀去深家喝茶或者喝汤。深很健谈,且大方好客,所以去他家的同事较多。我喜欢他的书房,有一个向阳的小窗。小窗的窗台上摆着一盆绿萝,一盆用红酒瓶喂养的水仙花。

书桌上摆着电脑与办公设备,坐在窗前,能看到小区的中央花园。我曾为此羡慕深。深摇摇头说,他大部分时间不是花在拜访客户的路上,就是花在招待客户的饭局中。况且为了发展生意,他在外面还租着几间办公室。因此,能待在家里的时间非常之少,更没有时间坐在窗前那张椅子上。

又过了段时间去拜访。深的书房多了一张高低床。据说是给来省城读书的亲友准备的。

第四章 走着走着就散了

深开第一家超市时,选在校园区,生意还不赖,接着开了第二家。

校园超市的消费对象主要是师生,有明显的淡旺季,利润本来就比较薄。还没完成原始积累,深与合伙人就遇上电商,零售实体店蒙受了严重的打击,生意变得清淡起来,只能靠借贷来维持周转。

为了走出困难,深想起自己的专业。他决定在金融证券领域碰碰运气,结果损失更大。深不得不通过开电子超市,承接电子物流支付平台等生意来弥补亏空。深更忙了,他常常一个门店一个门店地拜访,一个电话一个电话地求助。

深参加了商会的竞选,并成功坐上了市级商会秘书长的位置。

深获得了商会的支持,人生与事业仿佛转了风向,危机似乎就要过去了。可正当朋友们为深高兴为深祝贺时,灾难却悄然降临。

深出事的前夕,我从广州回福州。深约我去他朋友家喝茶。听朋友说,他生意做赔了,卖了房子,离了婚……我吃了一惊,难以置信。

那天傍晚见到深时,是在市级创意主题园的一家船木文化展馆里。夕阳正红,透过落地玻璃窗,与馆内的昏黄的灯火相接,琳琅满目的中式红木家具、根雕、木雕仿佛得了这光辉的灵气,一下子活了过来,满屋子熠熠生辉,无比奢华。深穿着一件白色衬衣打着领带,坐在主茶座位置,正一杯一杯与他的朋友饮着茶。见我进来,忙起身向朋友介绍。

深的朋友是那家展馆的老板,一点不像五十多岁的男人。精力充沛,目光如炬,而深看上去则一脸倦容。我们仨聊着创意馆的行销计划,从名人音乐派对到诗人茶话会;从名家书画展到美女人体写生……聊得正酣,深忽然接到一个电话,说是临时要赶场,便中途离开了。

那晚,深又约我去另一位老板店里饮茶。老板是深的老乡,也是深电子金融产品的客户,对我们十分地客气。深与老乡聊着生态农场、非转基因植物茶油以及商会的工作,我在一旁听。深的健谈与丰富的经商知识让我折服。

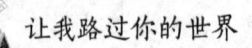

在回途中,我坚持走路,深坚持要开车送我。于是,我向深提起还钱的事。

"不好意思,拖了两三年了,我尽快还。"深淡淡地说。

那天,有关家庭方面的事,深一句也没提,我也没有问。我想也许朋友圈的传言并不确切吧。深那么优秀怎么会出状况呢?

那天后没多久,深就住进了医院。深是半夜腹痛被送往医院的,原以为不过是小病,没想到竟然是一场把深带到生命尽头的噩梦。

深手术后,我与同事们一起去医院看望。去的时候正是5月暮春,三角梅开得最旺的时候。可一向生龙活虎的深一夜之间变得虚弱至极。深躺在了病床上,救命的生理盐水正一滴一滴地进入他的身体里。深见我们这些老友进房,挤出一丝笑容,眼睛随即眨了眨。他的父母与亲人守在床边。

我不知该说些什么,面对病毒摧残着的深,面对挣扎在生死线上的深,任何安慰的话都变得那么苍白。毕竟,谁都不愿成为那位生命进入倒计时的被安慰者。

出院后,深回了故乡。

我与他的朋友们一样,祈祷着深在生他养他的故乡吸取天地之元气,获得日月的滋养,祈祷着深能转危为安。

2017年的春节,是深在人间度过的最后一个春节。我选在除夕宴前给他打电话。我对他说:"坚强点,要挺住,路还长,身体要保重……"

深在电话那端淡淡地说:"好,好的……"

几个月后,深病发,再次住进了医院。

生他养他的大山最终没能治好他,病魔还是带走了他。

深23岁大学毕业,38岁身价过千万;39岁患重疾,据说债台高筑;40岁离去。18年的奋斗历程,每一年每一程,他基本上都在奔跑,他能记得每周的工作日志。就连他躺在病床上,他都在谋划着如何筹够医药费,

第四章　走着走着就散了

等筹到数十万救命款后,他又在筹划着老婆与孩子未来的生活……直到他不得不闭上眼睛。

他到底是怎样的一个人?又有多少朋友?没人说得清。但能进入到他通讯录与朋友圈的人,都是深重视的人。

很多做过他领导的朋友说,深本是可以过得快快乐乐的,可他对自己的要求太高,给自己的压力太大了。我不知道擅长总结且十分擅长理性思考的深在离去前是否总结过自己的一生。他是否有过抱怨,有过后悔。

深总让我想起19世代契诃夫小说里的"小人物",为了人生的追求,像许多人一样,10年苦读,终于从农村来到城市,用一张大学毕业证敲开了职场的门,十几年的血战,终于拿到一张进入城市精英俱乐部的门票。结果呢,他仍然无法真正成为其中的一员。

深浓缩了自己的人生,就像他短小精悍的身材,就像他的名字——深。他用生生不息的奋斗,换来的是一场浮华与虚空。

胰腺癌带走了56岁苹果CEO乔布斯,淋巴癌带走了48岁的罗京,肝癌带走了42岁的傅彪,宫颈癌带走了40岁的梅艳芳,直肠癌带走了38岁的王均瑶,也带走了深……

一篇网文讲得好:健康才是王道!财富、名誉、地位、面子、豪车、名宅等有健康叫资产,没健康叫遗产!

深离去的日子是"六一"儿童节,我是次月才知道的。之前,我也生了大半年的病。很少关注周围人的生活。病愈后,我给他的前太太发了加微信的短消息,想说些安慰的话,没有获得通过。

对某些朋友来说,深是一位值得交往的好兄弟,也有人说相反的话;而对更多朋友来说,深不过是路过了他们的世界,短暂而又充满光亮。如果上天有灵,在往生者的意识世界,我们又何尝不是路过了深的世界。

初　梦

东曾是一家知名企业党委书记兼内刊总编,我们曾经有着共同的梦想——那就是成为一位伟大的作家。

东来自江西,当过18年的炮兵,荣立过一屋子的军功,正团级干部转业。可他不要政府职业分配,坚持自谋职业。国家的十几万的补贴一分不要,在我们那个城市曾是上了报纸头条的新闻人物。

用东的话说,"我不喜欢到某些机关单位整天喝茶读书看报,那是虚度光阴,那是'铁饭碗'。我要到民营企业去,民营企业才是香饽饽……"

东放弃一切利好的理由是——"我自己能行"!

东不仅有着敏锐的洞察力与行动力,他严谨的工作作风与生活习惯,让许多人折服。

他每天早上6点骑1小时的自行车,7点钟到单位上班,花1小时半写一篇文章,然后上班。下午下班后,他加班1小时把文章改好发出去。

若是遇到周末休息,他就7点骑车出发去省图书馆排队等开门,然后借书读书查资料做笔记,中午11点骑车回家给孩子们做午饭。饭后休息半小时,开始写作。将读书的心得领悟,结合当下新闻热点,生活故事,写成评论或者心灵鸡汤类的稿件,发给各大报刊网站。

他坚持一天读一本书,一天写一篇文章。这种军人作风,使他很快成了投稿大户,金点子大咖。

东在生活上非常节俭,几乎不下馆子吃饭。一定要吃也会带上家人与孩子们。

写作是东最大的爱好。2004年,东39岁,为了实现职业撰稿人的梦想,潜心写作,东辞去了每月2400元的工作。这个决定使他的家庭产生不少的风波。两个正在上小学正在长身体的孩子嗷嗷待哺,妻子在民营小企业工作,收入也不高。东没了稳定的收入来源,原来就紧巴巴的日

第四章 走着走着就散了

子就更难过了,生活品质可谓一落千丈。

离职前,我得到消息劝东再考虑考虑。东说:"我快四十了,我为国家为老板工作了25年,剩下的日子我要为自己活。"

东说一不二,有着强烈的目标感。他离开单位的时候,没有让任何人给他送行,没吃一顿送别饭。他走得非常从容与坦然,仿佛他已考虑了很多年。

在单位的时候,我们一同做着编辑工作,业余时间都笔耕不辍。我们俩起初使用的是公司的同一邮箱,因此报刊编辑常常把我们的稿件归属弄错。由于稿件也常常上同一本同一期报纸杂志,因此,我们私底下常常较劲,看谁的文章发得多,稿费多,拿的奖多。

东擅长写短、平、快的文章,我喜欢写得绵、长、狗血的稿子。因此我的稿费常常会多些。有很多个周末,我们一起骑行,奔跑在印刷厂与单位的路上,我们就许多问题一起探讨,结下了深厚的友谊。即使在单位组织的旅行车上、途中、景点,我们时常会拿着一本图书边阅读边讨论。有很长一段时间,报摊是我们最常光顾的地方,一旦发现对方的文章被刊出,便向对方报喜祝贺。

东做职业撰稿人的头两年,据说日子十分地艰难,由于从职场、商场、情场到名利场,从游记、评论、杂文、随笔到小品文,他都写,因此很难出彩,稿费起初只有三四百元,孩子们想吃顿肉都难。

写了一年后,东渐渐摸清了专业写稿的门路,他专写哲理类小品文,重点给几家名刊写稿,哲理类小品文属快餐文学,报刊转载率高,稿费渐渐提升到每月两三千元。正当东每日查百度查发文信息,每日忙着向各家转载期刊打电话索取稿费,忙得不亦乐乎时,2008年的一场经济危机伴随着新电商时代来临,纸媒一下子成为过去式,关的关停的停,稿酬也跟着一降再降。东的收入一下子严重缩水,我也被迫跳到收入较好的医美业。后来,几次邀请东改行,东经过一番挣扎后拒绝了。

中间许多年,各自为生计忙碌着,一直没有见面。我不时在网上获知东参加国内各类机构与报纸杂志举办的文学笔会的消息,获奖的讯息。

前两年,我邀请进入作协的东出来吃饭,还给他准备了一瓶茅台,他十分地开心。伏案笔耕十多年,东依旧身健体硕,笑容不改。他还住在过去的老房子里,他的两个孩子都上了大学,爱人成了企业的小股东。只有他像从前一样,闭门谢客,关门写作,享受着写作的快乐。

他说"一日不写睡不香";他说"感谢我曾与他为伍,在文路上同行,给了他更坚定的力量。一起写作的时光十分美好";他说,"国家经济的腾飞,一定会迎来文化的繁荣";他坚信"最边沿最少人走的路,一定是未来最阳光最有价值的路"。

他讲这话时,我看到他发自内心的喜悦与幸福。

他说,"你现在好了,成了CEO,是否考虑回来投资文化产业呀……你比我文章写得好呀,还在坚持吗?还想着实现大作家的梦吗……"

我不知该如何作答,少年的志向,青年的梦想,中年的犹豫,老年的一声叹息……有太多的原因与理由将我们的梦想一点点地吞噬。我羡慕东,年届不惑,仍然有梦,而且梦想如昨,不改初心。

我注意到东,仍穿着十多年前的旧军装,脸上因长期"夜奔"沟壑纵横,面色不复从前的红润。

我时常想,如果我当初像东一样选择了同一条路,我是否能坚持到现在,我的家庭与孩子是否能像今天这样衣食无忧……

不管别人怎么评价东,东不顾一切随心而活,不顾一切地选择为文献身的执着与勤奋,让他成为别人世界里一面独特的风景。而我作为曾路过他生活的人,也理所当然地成了他文字中的一部分了吧。

第四章　走着走着就散了

初　醒

包先生,是我初入职场的第一位引路人。

包从一所江浙重点大学毕业就到了民营企业工作,从助理到经理到总经理到总裁助理,从管生产到管行政管企业文化。包先生把最美好的10年献给了那家企业。我认识他的时候,他已到而立之年,已是一家企业的高管。

包先生是十分注重细节与过程的人。他的办公室是从大间里隔出的一间玻璃房,不到6平方米空间,一张办公桌三张皮椅一部电脑占据大半,上万份报刊书籍进一步地挤压了他活动的区域,可整个办公室并不显得拥挤与零乱。整间房看上去十分整齐洁净精致舒适。连办公室养的绿色植物,都打理得生机焕然。不管包先生接待工作有多忙,工作事务多么繁复,只要走进他的办公室,坐到他的桌前,一缕书香花香墨香总能让你神清气爽,肃然起敬。

在他的带动下,办公室每一位成员每天都有提前早到的习惯,整个办公室任何时候都窗明几净,即使是油漆褪色的水泥地板,也保持得光亮如新。

办公室里每天服务很多人,可是却十分地安静。轻声细语,长话短说是每位成员必备的素质与行为准则。就连离座凳子归位,水杯放在桌面的某个位置,都有标准,都有人提醒与监督。

包先生是一位将务实与务虚结合得臻于完美的人。

那时,集团行政人事、党工团、大学预科班及两报一刊等归属包先生领导。他对每一篇报道审查之仔细,意见批注之具体,让人吃惊。从选题策划到主题组稿,从新闻标题到言论内容,从人物通讯到职工生活,每一字每一句,他都读得相当认真,指导得相当细致。

他与企业领导人主张"企业报刊肩负企业文化塑造的重任""管理者

就是文化的践行者""报道要贴近实际,贴近职工,贴近生活"等指导思路推动了企业报的健康发展。

在他的要求与指导下,这家发行量不过万份的普通企业报,最终成为全国知名企业报刊,摘得奖杯无数。

他与企业领导人一起倡导并践行的"不称外来务工人员为打工仔、打工妹""抱怨是无能的表现""轻声快步靠右走""说写做一致,责权利统一""至诚如神"等企业文化理念与行为规范影响了许许多多的人,可谓开民营企业文化建设之新风。员工走出去,不管走到哪,不管穿着啥,都能一眼分辨出来。

那个时期,许多领导来企业参观无不给予高度评价,那家公司的企业文化成了全省全国的先进与标杆。

包先生,是一位严于律己却宽以待人的人。他在企业10年,与普通员工一样从不迟到早退,每天深入一线看望员工,珍惜每一位员工。对每一位员工的职业生涯规划都十分负责任地给予建议与指导。对于员工犯的非原则的错误,他总是主张教育感化引导。有一杯水,他总是先给身边的人,早上批评你,晚上去你家吃饭;昨天劝退了你,明天仍旧去参加你的婚礼……在他的世界里,有"黑"有"白"也有"灰",有法有情也有爱。他的身体力行与宽厚仁爱,使他成为员工心中最爱戴的人。

包先生是一位充满智慧与趣味的人。他讲话时,一副近视眼镜背后,总有会微笑的眼神。你坐在他对面,他会认真地听你讲话。表扬—批评—表扬,是他的沟通方式,他常常用身边真实故事来说服你。与他谈话既轻松又充满敬畏。得到他的赞扬,你会因此而兴奋好几天。

他的交游十分广阔,从文联到演艺界,从政府部门到保洁公司,从高校到新闻界,他都有相当不错的人脉与人缘。他十分善于倾听与赞美,却从不抢别人的光环,他总能收获他们的尊敬与掌声。

包先生一直单到四十多岁才成家,可他把工作与家庭都经营得相

第四章　走着走着就散了

当好。他离开单位前,我看到他躺在那间办公室的椅子上,一连思考了好几天。他和每一位同事都进行了个别谈话,都给了他们一份人生的忠告。

"尊重对方,尊重事实。"这是包先生送给我的。我一直珍藏着,不敢辜负。

我想,包先生不是在你朋友圈里时常点赞,在你风光无限时围观你的人,但却是看懂你知你最深的人。他会在你无助的时候,给你一丝光亮与温暖。

与其说,我路过了他的世界,不如说他路过并影响了许多人的世界。他像一位精神领袖,点醒了许多迷途的人,尤其是涉世未深的青年们。

尾　声

我忽然想起在嘉兴南湖工作时,曾一起看十里桃花的红颜知己们;想起在成都、重庆工作的夏夜,一起在大排档吃龙虾宴、K通宵歌、打望万千佳丽的兄弟们;想起在湖州一起走出陈立夫、陈果夫纪念馆,走进苕溪大街雪夜的伙伴们;想起在广州参加万人拉练与明星聚会的同事们;想起经历过诸多挣扎与磨难的朋友们……想起云散后,各自的发展,各自的音讯渐无。

我又想起我的故乡,想起故乡的亲人,想起那片安息着我们祖祖辈辈、父母亲友的山坳,想起那个山坳里永远静止的时光,忽然了悟。

大多数的人,生前活在尘土飞扬的世界里,死后仍旧归于尘土,似乎从不曾来过。

2018年1月31日于广州

美的另一种救赎(跋一)

高 静

2014年4月,我在广州。

我拖着沉重的行李和满心的期冀从春寒料峭的北方飞抵略有潮热的广州,在华美医疗美容医院见到了当时负责运营的老朱。他有些稀疏的头发和多肉的单睑让我想当然地把他和游走在夜店和各色饭局的商人联想到一起,我想他的大脑大概也是一样装满了各种款式的女人、各色不同菜系及对金钱的痴迷。简单的工作沟通,我们有了一些共识,我想他大概并不完全是我想的那样,可谁知道晚上他在干吗?

很快我就淹没在工作中,因老朱与我工作上是间接领导,如同作战时他是军师指挥方向,而我是得了军令提刀上阵的精兵,所以我们见面的时间并不多。但工作的高强度总是让相关部门的人快速度过磨合期,直接进入热烈状态。不出两个月,我就可以对老朱的头顶开玩笑了。我常常赞叹他聪明到绝顶,而且同病相怜地要他去找些生发妙方来。

在广州工作期间,老朱并没跟我讲过写作的事,在我印象里快要离开广州时偶然得知他是作家,因忙着奔赴下一个战场,也没过多交流。直到今年得知他要出书,向他讨来看看。这一看,惊讶不已。没想到老朱的文字这么美,老朱的心思又是这么细腻。在老朱的文字里,我认识了少年的老朱、情窦初开的老朱、为人夫为人父的老朱,以及老朱的家人和乡亲们。

　　读他的散文,像是看一幅徐徐打开的画卷,从未去过湖北乡村的我被其文字描绘的景象所吸引。在《故乡那抹炊烟》里,我听着虫鸣鸟叫,大口吸着混有青草和野花芬芳的清新空气,看白色的炊烟在农家烟囱上升起、盘旋,听百余条炊烟在除夕的清晨如交响乐般奏响,此起彼伏。对于像我这样在钢筋水泥罗织的森林里长大的人而言,那是何等震撼,又是何等向往。

　　我羡慕老朱,同时也和与老朱一样感叹大时代的变迁,感叹每年都有成百上千的美丽村庄在隆隆机声中消失。一同消失的又何止是炊烟?所幸他用文字将它们描摹下来。因为他的笔触,那炊烟有了魂魄,有了亲情,有了故事。

　　而在《乡村的夏天》里,我又变成了馋嘴的孩子,在荷塘旁,闻着烤鱼的香气飘来,不住地咽口水。填饱肚皮的我们,看着蚂蚁忙忙碌碌地做搬运游戏,纯真的童年仿佛又活了过来,让到了油腻中年的我们有了清欢的滋味。

　　略感沉重的是"怕儿子长大"这一章。我们同属外漂族,我既盼儿子长大,又怕儿子长大。在《再不陪我,就长大了》一文中,儿子对老朱央求到"爸爸,你能不走吗?在福州也能找到工作的吧?妈妈不是找到工作了!"……相似的画面也出现在我的脑海。那时儿子来广州看我,还在上幼儿园大班的他走在路上也突然冒出一句"妈妈,你不是说以后在家上班吗?"我一时语塞。

　　"幼儿养性,童蒙养正,少年养志,成年养德。"不能陪在孩子身边,不能看着他长大,错过他的痛,错过他的乐,错过育他习性的关键时期,这一直是我们这些外漂族最痛的地方。

　　在他的文字中,看着他把孕妻送回乡下,看着他把儿子从乡下接到城里,又从城里送到乡下。看着去幼儿园路上电动车上父子的身影,看着夫妻俩望子成龙的目光,看到老朱每次拿起行李出门的无奈,我就像看到了我自己——我们人生的意义在哪里?这一心灵的拷问成了每一个焦躁不安的夜里不断重复且无果的主题。

从少年到青年再到中年,我们承载了家庭重担,在工作和生活中探寻人生的意义,用工作和生活来修行。漂泊于我,除了赚钱,个中也包含了自我人生的圆满与诉求。小学、初中、高中、大学、考研、攻博……追求似乎没有终点,如同游戏打怪升级一样,已升至高级玩家的你,仅装备就花了大把银子,难道要结束游戏?难道要退回家庭做主妇?果真如此,儿子将来如何评价一个为陪伴他而放弃个人奋斗的母亲呢?我又有何资格要求儿子在遭遇挫折时勇往直前?

当然,《让我路过你的世界》一书中,我更喜欢老朱所描绘的那些我所缺失的生活场景。它们是新鲜的,跳跃着的,充满音律与美感的。在他的散文中,我感受到了文字的张力,感受到了他对生活的思索和拷问。一个从事医美的人,一个能够感受到美、看到美的人,一个能把美塑造得如此动人的人,本身就是一个美学专家了吧?

他与我一样生活在最忙碌的中国医美界,生活在没有黑与白的日子里。我以手术刀雕刻美,创造美,并以美的救赎为荣。我终日奔跑,不敢懈怠,因此忽略了沿途的美景,而他却捡拾起来,并打磨光鲜。正因有了这些鲜活的文字让我浮躁的心慢下来,静下来,让我的心灵路过了所缺失的那份美好。如果我是一位美丽世界的生产者,那么,他也是,用文字,用心灵!

作者简介：

　　高静，中国协和医科大学整形外科博士，主任医师。先后在国内知名大型医美连锁机构工作，实力派专家，韩国、美国等学术交流专家、访问学者。擅长各种整形修复类手术，尤擅鼻整形修复，深得爱美人士好评。

乡土本真的回望与呈现(跋二)

——读朱慧彬散文集《让我路过你的世界》

杨 府

文学发展到今天,可以说诸体皆备。诗词曲赋、随笔小品、杂文书牍、小说戏剧等,在诸种体裁中,散文向来被视为正统,余则为末节。大凡人文的精神、人格的情怀、经世的策论等,都是通过散文的形式得以直观地呈现出来。古代的文人,功名多从文章来,若赞他写得一手好文章,这"文章"的指向,大抵不是指被摒于科举之外的诗词,更不是指被视为浅俗的"出于里巷"的小说,而是传统文学观念里的"文以载道"的散文。从这一意义上说,散文就是文人的基本功,历来受到重视。正因为如此,写散文说易则易,而要真正写好散文,从芜杂中开出一片锦绣来,却不是一件容易的事了。散文是一种最能抒发作者真情实感、写作方式灵活的文学体裁。须有高度的语言驾驭能力,唯真唯美,"情动于中而形于言"(《毛诗序》)。

设若没有过硬的基本功和一定的识见,是万难达此高度的;其次是收放自如的构思,所谓"形散而神不散",看似行云流水,"在天成象,在地成形"(《乐记》),达乎心凝形释,不变其旨之境,少了人文的情怀,文章也绝难立得起来。所以说,在散文创作中,作者的识见、格具和情怀,更容易见出。要"有我",且越显越好;不像小说创作,要把作者的影子隐藏在文后,越隐越好。因此,散文的创作一旦感情不真,识见不深,就会陷入或故作高深,或无病呻吟的境地,文章也就缺少感人的力量和魅力了。我常以此作为选择、阅读优秀散文的标准。所可喜者,我在读慧彬先生的散文中,找到了标准,找到了那些感动于我的情愫、品格和悲悯情怀。熏风拂窗,云浮邈想,不由不良多感慨:慧彬先生深得文章之旨啊!

  我与慧彬先生的相识,即始于文章,确切地说,就是始于散文。十多年前,浙江举办首届"孟郊奖"全球华语散文大赛,我与慧彬先生的散文皆有幸"雀屏中选",成为获奖作者并受邀参加颁奖典礼,因此得以相识。不仅仅我们都来自湖北,更重要的是因为文学的缘故,心灵极易接近。同看莫干山的竹海,再观景于防风祠,又泛舟于下渚湖……短短的几天相处,彼此视为契友。后虽各自奔波在不同的省市,也多年再未相见。但在人生的长河里,始终屹立着一处思念的码头,也相信总会有那么一天,人生的航船会带我们抵达理想或思想的彼岸的。我与慧彬先生即属于那种虽不能时时想起,但确是都不曾忘怀的朋友。我认为这是交友的一种境界,至纯至真,无世俗的尘埃,心中飘扬的,只有艺术的真善美。我很佩服慧彬先生的是,他竟能在市场竞争激烈的医疗行业,不废主业(因为那是他安身立命、养家糊口的工作,且做得很好,成为企业的高管),犹能坚持初心,大作迭出,屡创新高。几十年如一日,其志不改,其情缱绻,读书、写作、思考,成为他职业之外的又一种坚持(因为那是人生的情怀所寄,尤其是六七十年代出生的人,更有着一种殉道者的虔诚),以纯美的文章诠释远去的岁月、解析当下世态、回望回不去的故乡等。他虽久居城市,市井的繁华提供给了他优渥的生活,而他的根,始终扎在故乡的土壤里。可以说,故土是所有游子历经繁华过后精神的归宿,也是精神的高度所在。纵浮云乡思,秋风依旧。故土已远,物是人非。但因为有故乡厚土的滋润,思想才越加繁茂。一片片锦绣华章,就在他的一次次回望与坚守中,以草木贞心,从芜杂的故园葳蕤起来,抵达到纯净

乡土本真的回望与呈现(跋二)

的乐园,从而成就了自己的文学园林。

慧彬先生的一些散文,多年前我已读到,很是欣赏,并且编发过。这次趁着他的作品结集出版之际,能够得以集中阅读,整体观览,尤使我感动不已,也生发出诸多感慨。

当下写散文的作家不少,尤其是年轻一代的作家。但他们有一个特点,题材触及的多是一些个人的小情小绪,风花雪月。对于激烈变迁中的乡村风情、宗法礼俗,着墨不多。我甚至做这样的推想,或许就是因为他们不熟悉或者有意回避和舍弃这样的生活。而几千年来,中国问题的矛盾点主要就是乡村问题。正像作者在自序中写的那样:"而事实上,中国的乡村正走在消亡的途中,'大国空村''暂住中国'是目前中国的真实写照,当前城里的原住民尽管三代以前都来自乡村,却瞧不起乡村,不愿意回到乡村,他们只愿意把乡村作为旅游、休养的后花园。"而慧彬先生有这样的认识和自觉,他以来自于乡村社会而自豪,怀着对乡村社会的热爱与了解,对乡村文明的固守与忧伤,对乡村变革的无奈与期许,从城市文明的视角反观静态的乡村,他所倾力写出来的作品自不同于所谓先锋的艺术家,这是一本耐咀嚼、有相当艺术思考的作品集。

"作为一名土生土长的乡村人,很懂自己的乡,自己的土。面对中国城镇化进程这个大背景,应该有所记录与表达,可是写着写着就想落泪,写着写着就写不下去了。不是因为题材与内容的问题,而是离开故乡20多年,对乡村的变迁、文明的兴衰,对人生的价值,对生命个体存在的目的性,对生活追求与人生梦想的矛盾性理解发生了改变。"(作者《自序》)。诚哉斯言!可以这样说吧,欲了解中国,必须了解中国的乡村。只有了解了中国的乡村,方才具备成为大作家的潜质。慧彬先生有这种潜质,也有这种自觉,流淌在他笔下的,"大部分以故乡的真实故事为原型,以故乡情为基调,描绘了20世纪70至90年代30年间乡村生活的基本样貌,以及民情、民俗、民众生活。"(作者《自序》)。诸如《故乡那抹炊烟》《乡村的夏天》《老屋门前美人蕉》《月自故乡来》《无处安放的乡愁》《回不去的故乡》《走着走着就散了》《大舅的格言》《生死悟爱》等，就是城市化进程中乡村生活、乡村情绪的记录，有喜悦，有哀伤，有赞叹，有失落，是颂歌，也是挽歌。篇幅有的长达万余言，但读起来一点不觉其长，反而觉得意犹未尽。之所以有这种效果，就是他字里行间流露出来的真情实感，深刻、深情，感人至深。他的语言是朴实的，鲜活的，精粹的，富有张力，形象，真切，不加藻饰，洗尽铅华，文采斐然，意绪深邃。我想，这些都是他的散文充满着阅读魅力的原因吧！南宋哲学家陆象山说："今天下学者，惟有两途，一途朴实，一途议论。"以此而论"今天下学者"的文章，虚多实少，弥漫着大而化之的空泛的"议论"，表面上云遮雾罩，光晕十足，实在有些不晓畅，故作高深，是以时髦之语掩饰时人之耳目。其何以至此？乃没有生活的根，情感的根，以及人生阅历匮乏故也。而慧彬先生的这本散文集，难得之处就在于，有实在的内容填充其间，不管是人物和风情，都附着他最真挚的感情，做到这一点确乎不易。它必须要有生活的累积，要有久在红尘中历练的经历，要有沉在尘埃里的虚怀及悲悯情怀，才能沉淀出智慧与哲思的美文来，才能营造出一个情景交融的文学世界来。所以我说，慧彬先生的散文深得文章之旨。

他在《故乡那抹炊烟》《回不去的故乡》等文中，挹注了从少年到中年对故乡所有的感情，写出了他所熟悉的乡村情景，炊烟、月亮、草木、腊月的酒、年夜的饭，都充满着色彩和韵律，而不吝动情的赞美。同时，也不回避农村的现实，农民的生存状态和在城乡剧变的时代背景下，个体发展与社会变革的内在矛盾，以及商品社会对乡村秩序的冲击、对传统道德观念的忽视与扬弃。时有悲悯之情，而无悲观之意，这是时代使然，也是时代进步的必然。从作品中，我们可以感受到他内心所受到的撞击和无奈，以及"城乡两极更多角色与人本情怀的反思"；说明他是一个有责任感的作家，一切的思考来源于当下的社会，而不做无病呻吟的噱头文字。

慧彬先生的文笔细腻,刻画人物传神,即使人物瞬间的心理变化,他也能捕捉到。譬如《走着走着就散了》一文,给我留下了极为深刻的印象。

此文写了几个亲戚之间在父亲去世前后情感的变迁。首先,父亲是个十分重情重义的人,在他的有生之年,所做的最重要的事,就是建立和维护亲戚之间牢不可破、血浓于水的亲情,并希望把这种亲情延续下去。其中一位是父亲的姨表兄弟德叔,父亲与之最善,常来常往,"见面必有酒局,常喝得找不着北,而且总有说不完的话。不过每次酒过三巡,便会重复一句话:姆妈与姨母就生了我们这几个。我们要相互照应,不管老辈子以后如何,这条路(指亲戚关系)要走下去。不能像酒一样洒了。边说边把酒杯倾斜着,欲做向下翻转的动作"。后来德叔全家搬到了县里,也时不时地从县里托人送些药品、紧缺的食品回来给我父亲。"父亲生重病时,是德叔与二姐夫陪着去省城看的病。在父亲的心里,还有一层更深的含义,如果自己在省城医院手术中走了,还有二姐夫这个读书人与德叔在,这下一代的关系算接上了。"

父亲重视的另一位亲人是他的堂兄。作者管他叫二爷,"拳脚功夫不错,身上有股虎气",是作者一家最大的靠山。每次酒后,父亲都会反复确认着一件事:虽是叔伯兄弟,可两家关系比亲兄弟还亲,这亲情不能变。但若干年后,二爷临终前,遗言父亲:往后,各自的儿女大了,子孙多了,孩子们负担重了,我们说话不管用了,我走后,就不要再来往了吧……这话像把刀戳到了父亲痛处,父亲期望延续的亲情止于一代,在他看来世上情如手足的兄弟,几十年来往,可还没走完第二代,这说没就没了。

第三位是作者的大堂兄,作者写道:"前年春节回家,与大堂兄一起去祭祖。回来的路上,大堂兄……叹了口气对我说,'我们的父母都入土为安这么多年了，我现在已过花甲之年，横竖也快躺进去了。他们走得早，很多话来不及说，我又是个泥巴腿子，种了一辈子地，也不懂啥道理。你们几年才回乡一次，平日里连个讯息都没，你说如果我走了，这条路还……'大堂兄哽咽着，几行浑浊的泪水从深陷的眼窝边滚落下来。"作者由此感慨："没有想到父亲那一辈纠结着的难以割舍的亲情休止符如此快速地来到了我们的眼前。曾经牢不可破，血浓于水的亲情，走着走着就断了。"

在乡村，构筑伦理基础的无非两点，一是血缘，一是地缘。血缘淡了，地缘远了。可以说，维系情感的两根绳子松动了，而乡村之间，都是以家庭为中心的传统小农经济生活方式，亲情人伦也都是以情感的亲疏远近的状态呈现，"平日里连个讯息都没"，感情自然疏离。故乡二字，只是对漂泊于外的游子而言的。只有离开故乡的人，才可以有故乡，那是根，寄托着乡愁。她是可思不可及的，因为现实中的故乡和情感中的故乡，已是两种形态，两种概念，她只是我们情感的寄托罢了。就像《走着走着就散了》中所叙，景物依旧，小路隐在，而人事已非，物换星移，故乡已回不去了，已经融入不了，也进入不了重新建构的伦理生态，他们甚至是斥拒的，就像德叔最后的佯作陌路。而游子却是把故乡当故乡，亲情一如既往，但已隔着一层淡淡的生分，走着走着就散了。我们只能以回望的方式，寻找曾经遗留在那片土地上的记忆，尽可能多地传承贯穿于生命之中的某种文化传统，以最热切的故土情，笔下意，呈现乡土的本真。

我与慧彬先生的经历几乎一样，都是从乡村走向城市，对广袤土地上人们的心态和处事方式，我也是熟悉的。但读了慧彬先生的文章，我仿佛再一次回到了乡村，再一次真正感知并认识了乡村。我被他深挚的情怀所牵系，被他清新、纯朴、真实的文字所感动，被他细致、深邃的叙述所吸引。深情而雅致，执着而缱绻，开阔而灵活，是他散文的特点。他写了城市化的不可逆,写了城乡转变中的撕裂,写了乡村风俗的宁静与保守,笔法多样,不拘一格。有现代意绪,也有传统观念,他拓展了自己的写作题材,也找到了自己的写作模式,相信随着时间的流逝,其作品的深刻价值会愈加凸显。在我的阅读经验里,有这样直观的读后感,也是不多的。这,或许就是文字的力量和魅力吧!这也是一个优秀作家,所能够和应该具备的潜质了。有了这样的潜质,那么,则高度可期矣!其未来亦必可期矣!

作者简介

杨府先生,诗人、作家、学者。现居北京。出版有诗集《家园》《乡村谣——纸上的故乡》、散文集《瓠下集》《村人村事》、长篇小说《婚内婚外》《婚行天下》;历史长卷《落架的凤凰》《帝国崛起》《皇后隐历史》《文人的B面》《中华血脉》以及学术专著《老字号与中国传统文化》《艺苑撷英》等十多部。其著作曾参加德国第六十一届法兰克福书展和入选陕西省精品图书出版基金。现为《中国文化产业》杂志总编、中国传统书画研究院常务副院长。